時間의 징.검.다.리

怡雲 金翰南 수필집

이곳에서 5대가 살았고, 내가 태어나 자랐던 곳

노문사

時間의 징.검.다.리

책을 내면서

　1945년 강릉에서 태어났습니다. 어머니 뱃속에서 해방의 기쁜 소리를 들었습니다. 해방둥이로 자라서 금년 나이 일흔일곱이 되었습니다. 한국동란 중 1.4후퇴 때에 경상북도 대계로 유명한 강구 항까지 피란 갔다 왔습니다. 유엔군의 참전으로 북진을 따라 고향에 돌아와 초등학교에 입학했습니다. 교실이 포격을 맞아 벚나무 밑에서 공부해야했습니다. 중학교 때 4.19혁명을, 고등학교 때 5.16혁명을, 직장시절에 민주화 운동, 등등 우리나라 격변의 현대를 살아왔습니다. IMF 때 결코 명예라고 부를 수 없는 명예퇴직도 강요받았습니다.

　은퇴하고 사진도 배우고 글쓰기도 배우고 한문공부도 하고 탁구도 배우고 당구도 배웠습니다. 그중에서도 졸품의 사진 찍기와 졸작의 글쓰기를 열심히 한 것 같았습니다. 이제야 삶의 여유를 부릴 때 세계역사에 어떤 유례도 없는 질병 COVID19로 열린 감옥생활을 하고 있습니다. 자신을 돌아볼 기회이기도 합니다.

내 가슴속에는 보고들은 수많은 기억들이 삶의 고단함 때문에 잊혀있었습니다. 슬픈 일도 기쁜 일도 자랑하고 싶은 일도 부끄러운 일도 감추고 싶은 일도 기억이라는 먼지 낀 창고에서 끄집어내어 따뜻한 볕에 쏘이고 싶었습니다. 그 기억들에게 글이라는 옷을 입혀보았습니다. 그간 모아둔 나의 졸작들은 내가 걸어온 「時間의 징.검.다.리」들이라는 것을 알았습니다. 머뭇머뭇 거리다가 용기를 내어 출판하게 되었습니다.

　건너 뛴 징검다리도 많습니다. 하찮은 이야기들입니다. 읽어볼 가치도 크게 부족한 것입니다. 읽는 분들의 넓은 혜량을 부탁드립니다. 무엇보다도 함께 살아주고 자식을 훌륭히 길러준 아내와 자랑스러운 아들 며느리 두 손자가 있어 더욱 용기를 내어 나의 시간時間의 분신分身들을 책으로 엮었습니다.

2021년 3월 5일
일산신도시 寓居에서
怡雲 金翰南

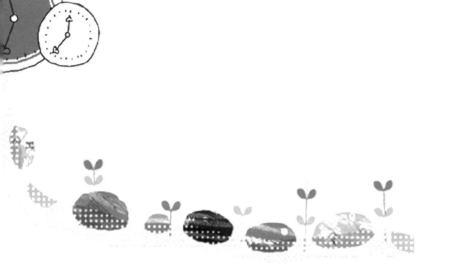

목차

■ 책을 내면서/ 金翰南

제01부

한글, 자랑스러운 유산遺産

「가위소리」

가끔 회색건물 숲길을 산책한다. 크고 작던 간에 건물들은 층마다 칸마다 간판을 달고 있다. 도시 속을 산책하는 것은 간판 숲을 걷는 것이다. 숲속을 거닐 때 나무와 이야기하듯 간판에 숨은 이야기를 들추어내는 것도 때론 재미있다.

오늘도 소음이 덜한 동네주택가를 거닐었다. 한집건너 미용실이라고 할만치 미용실간판이 자주 나타났다. 남자이발소는 찾아볼 수 없었다. '이발소'와 '미장원'을 대신하여 '미용실'로 간판이 바뀌더니 이제는 '헤어hair'가 대세였다.

「헤어 살롱」이란 미용실 앞을 지나며 얼마나 화려한지 일부러 안을 들여다보았다. 귀족냄새를 풍기는 프랑스 상류사회의 객실이나 응접실이 떠오르기 때문이었다. 미장원이란 뜻도 있기는 하지만 '살롱'은 화가나 조각가들을 초대하여 작품을 감상하는 귀족들의 사교장소를 뜻한다. 손님도 없어 썰렁했다. 이름과 어울리지 않는 실내분위기에 혼자 웃었다.

몇 발자국 걷자 「헤어 클리닉」이란 간판이 고개를 내밀었다. 병원냄새가 나는 말이다. 마음의 병이 있으면 미장원에 간다는 부인도 있다고 하니 전혀 생뚱맞은 표현은 아니었다. 더욱이 외과의사와 이발사는 같은 직종이었던 시기도 있었다고 하니 애교로 받아주어야 하지 않을까.

　모퉁이를 돌아서자 「헤어 스칼프추어」이라는 미용실과 마주쳤다. 조각은 깎아내는 예술이다. 불필요한 것을 떼어내는 조각처럼 남자이발도 가위질로 불필요한 머리카락을 잘라내는 것이니 '조각'이란 말과도 무관하지는 않을 것 같았다. 여자미용도 자르고 부풀리고 붙여서 새로운 얼굴로 '조각'해낸다는 의미의 간판이 아닐까 생각했다. 미용을 '아트' 수준으로 끌어올리겠다는 주인장의 야무진 심중을 헤아리며 더 느리게 발걸음을 옮겼다.

　「헤어 갤러리」라는 간판을 만나니 들어가 구경하고 싶어졌다. 화랑은 구경꾼을 불러들이는 곳이다. 골프대회에서도 구경꾼을 '갤러리'라고 말하지 않는가. 미용보다는 솜씨를 구경하러 오라고 유혹하는 주인장의 음흉함을 느꼈다.

　'아트' '뉴스' '패션' '샵' '디자인' '알파' 같은 외국어가 들어간 미용실 간판들도 여럿 있었다. 모두 경쟁에서 살아남으려는 몸부림이다. 외국인은 가뭄에 콩 나듯 가끔 보일 뿐인데 누구를 위한 간판인가. 간판에서 우리말이 점점 자취를 감추고 있다고 생각하니 조금은 우울했다.

　막다른 골목에 들어서자 낡은 미용실간판이 섬광같이 눈 속으로 빨려들었다. 누군가 앞을 막아 세우는 듯한 느낌이었다. 환한 놀라움에 시선은 색이 바란 간판에 화살같이 박혔다. 네댓 평 되는 작은 미용실 간판이었다. 책갈피로 끼워두고 까마득히 잊었던 고액권지폐 한 장을 찾았을 때처럼 눈동자에 불이 켜졌다.

　발길을 잡아둔 간판에는 커다란 주홍글씨로 「가위소리」라고 쓰여 있었다. 가위와 소리 사이에 글씨보다 더 큰 가위가 하늘을 자를 듯 입을 쩌억 벌리고 있었다. 가위 손잡이 아래에 작고 까만 글씨 '미용실'이 수줍은 듯 매달려 있었다. 유리창에는 이방인들의 얼굴도 붙어있지 않았다. 미용실이라는 말이 없어도 한눈에 무엇을 하는 곳인지 쉽게 알아차리기에 넉넉했다.

　우리말 「가위소리」 간판을 보는 순간 멸종위기의 천연기념물을 만난 듯 기뻤다. 소리 내어 읽고 또 읽었다. 한번 읽어보라. 가위질소리가 들려오지 않는가. 타향살이 하던 낯선 나라에서 우리나라 비행기를 타고 귀국길에 들어섰을 때 느꼈던 고국의 평온함이 온몸을 휘감았다.

　중학교 입학할 무렵 처음으로 이발소에 갔었다. 기계로 짧게 머리카락을 밀고는 귀밑과 목덜미에 있는 잔털은 가위로 잘라냈다. 뒷머리에서 모양을 잡아가면서 가위는 올라왔다. 금속의 차가움과 이발사 손끝의 온기가 어우러져 벌레가 기어가는 것 같았다. 귓등에 가까워지면서 싹둑싹둑 가위질소리는 점점 커졌다. 간지러움에 목을 움츠렸다. 지금도 이발할 때마다 세월의 벽을 넘어 그때 그 가위소리가 들려온다.

　「가위소리」는 미용에서 가장 중요한 도구인 가위가 일하는 소리를 담은 간판이다. 얼마나 멋진 비유인가. 아름다운 우리말로 직업의 긍지를 처마에 당당히 내걸었다. 까마귀 떼 속에 있는 한 마리의 백로였다. 주체성을 상실한 뭇 간판들을 비웃으며 정상에 우뚝 서있었다. 우리말을 사랑하는 주인장은 나라도 이웃도 손님도 자신의 직업도 지극히 사랑하지 않을까 생각되었다.

오라버니

어느 날 좌석버스를 탔을 때 일이다. 몇 정거장 가서 차가 서자 할머니 한분이 힘겹게 올라섰다. 성질 급한 운전기사도 혹시나 다칠까봐 그분이 안전하게 자리를 잡기까지 출발을 늦추었다. 차내에는 앉을 자리가 없었다. 듬성듬성 서있는 승객도 있었다. 앉아있는 사람들은 휴대폰을 들여다보거나 눈감고 있었다. 누가 올라타는지에 대하여는 모두 일부러 무관심했다. 앉은 자리를 빼앗기지 않으려고 양심의 그루터기마저 감추었다.

셋째 줄에 앉아서 누군가가 자리양보하기를 기다렸다. 양보란 미덕이 점점 퇴색해 가고 있다는 것을 한두 번 경험한 것이 아니었다. 그래도 혹시나 하는 마음에 짧은 시간이었지만 기다렸다. 아무도 일어설 기색이 없었다. 창가에 앉았던 나는 자리에 일어서면서 할머니에게 앉기를 권했다. 그제야 통로 쪽 옆자리에 앉아있던 청년이 자리를 양보했다. 나이차이가 60갑자나 되어 보이는 노인이 새파란 젊은이에게 '미안'하다는 말로 감사를 표현했다.

고맙다는 말보다 미안하다는 말이 내 귀에 너무 낯설게 들려왔다. 정말로 미안해야 할 사람들은 마음의 눈을 감은 사람들이 아닐까. 미안이란 말을 입속으로 읊조리며 할머니가 자리를 잡도록 손가방을 받아주었다. 다림질과 색상으로 보니 연세에 비하여 옷을 곱게 차려입으셨다.

가족이 외출한다고 잘 돌보아드렸거니 생각했다. 할머니의 말투나 겉모습에 호감이 끌려 말을 걸었다.

'오라버니'를 보러간다고 했다. 참으로 오랜만에 듣는 말이었다. 남편을 '오빠'라고 부르니 삼강도 오륜도 없는 세상이다. 세계어디에 남편을 그렇게 부르는 나라가 또 있으랴. 호칭이 무너지는 것은 관계도 뒤틀리고 그 속에 있는 인정도 점점 메말라가는 것이다. 미안을 말하는 할머니에게는 오빠라는 말보다 오라버니가 더 어울렸다. 오라버니는 노량진에 사셨다. 그곳에 가려면 두 번 더 차를 갈아타야 되었다. 차를 바꾸어 탈 때마다 그 미안이라는 말을 되풀이해야할 할머니를 생각하니 걱정이 되었다.

"몸도 불편하신데 전화로 안부를 주고받으시지 이렇게 나들이를 하세요." "매일 전화를 하지만 얼굴을 보지 않으면 남매의 정을 온전히 나누지 못해요. 두 손을 직접 만져 볼 수도 없고 눈빛을 서로 마주칠 수도 없으니 전화 거는 것은 아주 답답해요. 목소리만으로는 어디가 불편한지는 알지 못하지요. 직접 내 눈으로 가봐야 직성이 풀립니다. 정이란 오감五感으로 주고받아야 온전하게 느끼는 것이 아니에요."

참으로 지당한 말씀이었다. 요즈음 안부편지를 쓰는 사람도 없다. '카톡'이 모든 안부를 대신한다. 사용하는 말도 '오라버니'같이 긴 말은 사용하지 않는다. 'ㅋㅋ, ^^' 같은 기호 또는 에모지Emoji로 감정을 표현한다. 원시인들의 언어를 사용하는 것이다. 언어의 진화가 타임머신을 타고 과거로 되돌아가고 있다.

'오라버니'연세는 93세라고 했다. 할머니의 얼굴을 다시 한 번 바라보면서 그분의 나이를 추측해 보았다. 막내 동생 같아 보이는 얼굴이었다. 자기 나이는 88세라는 말에 내 눈은 화등잔이 되었다. 십여 년 요양원에 계시다가 돌아가신 내 어머니 연세다. 내 얼굴도 알아보지 못하시던 어머니를 생각하니 내 눈에도 눈물이 울컥 치밀었다. 할머니는 두

남매로 자랐다고 한다. 오라버니의 건강이 최근 아주 나빠지고 있는데 자주 가보지 못해 속상한다고 했다. 앞으로 몇 번이나 더 얼굴을 보겠냐며 눈물을 훔쳤다. 그 '몇 번'이라는 말을 몇 번이고 되풀이 했다.

더욱 나를 놀라게 한 것은 할머니는 혼자살고 있다는 사실이었다. 외동딸과 같이 살았는데 몇 년 전부터 따로 산다고 했다. 딸도 자주 찾아오지만 성당식구와 신부님이 더 자주 찾아온단다. 어투와 표정으로 보아 가슴에 묻어둔 슬픔은 눈곱만치도 읽을 수 없었다. 혹시 마음에 상처가 있을까봐 왜 따로 사는 지는 차마 묻지 못했다. 내릴 때에는 나에게 '고맙다'고 말하면서 웃으셨다. 얼굴에는 한 조각의 외로움도 없어보였다.

창밖 파란 하늘이 방안을 가득 메운다. 지금쯤 고향에는 뻐꾸기 우는 소리가 들판을 덮으리라. 그 소리가 멀리서 들리면 어머니는 언제나 먼 산을 우두커니 바라보곤 했다. 시집오시기전 집을 나가 행방불명이 된 큰 외삼촌 '오라버니'를 생각하셨다. 언제나 눈물 섞인 말로 여자도 글을 알아야 한다면서 한글과 한자를 가르쳐 주시던 오라버니 이야기를 들려주시곤 했다. 오빠를 찾아가는 그 할머니의 마음이 내 어머니의 마음이리라.

한글, 자랑스러운 유산遺産

　지하철 옆자리에 앉은 여학생이 부지런히 손을 놀리며 웃고 있다. 휴대폰을 양손에 잡고 두 엄지손가락으로 문자를 열심히 주고받는다. 무엇이 그리 좋은지 웃음을 참지 못한다. 웃는 얼굴이 더 예뻐 보였다. 내 둔한 손놀림으로는 흉내조차 낼 수 없다. 친구와 대화대신에 민첩하고 쉴 새 없이 문자로 주고받는 것을 경외감으로 물끄러미 바라보았다. 한글의 우수성을 외국인들에게 당당히 소개했던 기억을 떠올리며 더 흐뭇한 눈으로 곁눈질했다.

　오래전 오스트리아 비엔나에서 선진은행업무를 배우러갔던 때였다. 합스부르크왕가의 천년 수도에서 초가집과 궁궐의 차이 같은 문화충격에 빠져있었다. 오후에는 대학 서머스쿨에서 독일어를 공부했었다. 하루는 교수님이 어느 나라에서 온 학생이냐고 물었다. 그리고는 충격적인 질문을 했다.

　"너희나라에도 고유문자가 있느냐."

　고유문자라는 말에서 어떤 모멸감을 느꼈다. 비엔나 은행에서 만났던 많은 사람들이 한국전쟁당시 뉴스를 3년 동안 보고 들었다. 피난민과 고아 등 우리의 참혹한 모습을 보았던 것을 생생히 기억하고 있었다. 전쟁으로 폐허가 되었고 가난하고 문화수준이 낮은 나라라고 생각하는 사람도 있었다. 그 교수의 질문은 주눅 든 내 자존심에 큰 상처를 주었디. 그들의 오만함을 잠재워주고 싶었다.

우리나라도 고유문자를 가지고 있으며 그 우수성을 설명하겠다고 했다. 나는 앞으로 나가 흑판에 머리보다 크게 내 이름을 한글로 쓰고 바로 밑에 영어로 쓴 다음 그 밑에는 한자로 썼다. 한글의 자모와 영어의 자모를 화살표로 연결하여 우리글이 한자와 다른 소리글이라는 것을 설명했다.

"영어의 자모는 26개이나 발음기호가 따로 있다. 독일어의 자모는 영어보다 복모음이 3개 더 있어 29개이며 발음기호도 필요하다. 한글은 24개의 자모를 갖고 있고 자모대로 발음하여 별도의 발음기호가 없다. 한글은 복모음이 풍부하여 표현 못하는 소리가 없다. 따라서 한글자모가 세계에서 가장 우수하다."고 언성을 높였다.

독일과 미국은 너희나라의 고유문자가 있느냐고 되물었다. 영어나 독일어의 자모는 아시아에서 전래되었고 오랜 세월 변천되어 오늘의 자모로 확정된 것이다. 즉 남의 나라 것을 빌려서 쓰는 것이라고 알려주었다.

한글의 자모는 15세기에 세종대왕이 학자들과 오랫동안 음성학과 인체의 발음구조를 연구하여 자모를 창제했다. 자기문자의 자모를 창제한 세계최초의 민족이 우리나라라고 주장했다. 그것이 얼마나 배우기 쉽고 사용하기 편리한지 초등학교에 들어가 몇 달이 지나면 읽지 못하는 학생이 없고, 1학년을 마치면 쓰지 못하는 학생이 없다. 또 의무교육으로 글자를 모르는 사람이 하나도 없다. 문맹률이 세계에서 가장 낮은 국가가 우리나라라고 침을 튀기며 외쳤다.

너희나라 글은 좌에서 우로 쓰지만 우리 한글은 자모를 묶어서 글자를 만들므로 쓰기를 좌에서 우로, 위에서 아래로 쓸 수 있다. 실제로 옛날에는 위에서 아래로 썼으며, 약속만하면 아래에서 위로 쓸 수도 있다. 세계에서 가장 편리한 문자라고 하면서 흑판에 이리저리 써보였다.

이것을 감사하기 위하여 한글을 창제하고 공표한 날을 기념하여 공휴일로 하고 있다. 문자를 창제한 날을 공휴일로 하는 나라가 또 있다고 생각하느냐고 대들었다.

내 한자이름을 가리키며 우리는 한글창제 전 중국문자를 쓸 때에도 독일보다 먼저 세계최초로 금속활자를 이용하여 책을 출판하였으며, 지금은 한글타가지가 널리 보급되어있어 문서작성이 기계화되었다는 것도 알려주었다. 그 밖에도 몇 가지를 더 설명했었다. 그날 세계 여러 나라에서 온 많은 학생들로부터 큰 박수를 받았다. 그 교수는 정말로 귀한 것을 알게 되었다고 칭찬했다.

오늘날 우리나라가 이동통신 및 인터넷을 남녀노소가 모두 널리 활용하고 있는 것은 한글의 덕이 크다고 믿는다. 한글창제의 덕을 옆자리의 학생이 마음껏 누리고 있다. 나도 쓰는 것보다 치는 것이 더 편해졌다. 두드리고, 삭제하고, 복사하여 붙이고, 글자를 크게 했다 적게 하고, 글씨체를 고르고 바꾸고 하는 것을 원고지에서 해야 한다면 상상만 해도 땀이 난다. 이런 사회가 올 것으로 예상하고 한글을 창제한 분들에게 고마워할 뿐이다.

휴대폰을 꺼내 초등학교 1학년짜리 손자에게 안부를 물었다. 이내 '카톡' 하고 답이 왔다. 내게 답장을 보내느라 고사리 같은 손으로 자판기를 두드리는 손자의 모습을 옆자리의 여학생의 손놀림과 겹쳐 그려 보았다. 그 두드림이 비엔나 대학교실에서 수많은 외국인들이 쳤던 박수소리 같이 들렸다.

문어文魚의 억울함

어시장 한쪽 모퉁이에서 문어文魚를 팔고 있었다. 네 마리는 물이 가득한 각자의 그릇에 양반다리를 하고 앉아서 생각에 골몰했다. 크고 인물 좋은 한 놈은 넓은 평상에서 썰매를 타고 있었다. 손님을 유혹하려는 주인의 연출에 맞추어 살아있고 큼직하여 먹음직하다는 것을 멋진 연기로 보여주고 있었다.

다리 하나를 평상 모퉁이를 향해 쭉 뻗고 빨판으로 고정하여 온몸을 잡아당기면 몸통과 나머지 다리는 아주 부드럽게 당겨졌다. 이러기를 몇 차례 반복하더니 평상난간 밑으로 다리를 뻗어 마침내 길바닥 친구들이 있는 곳으로 떨어졌다.

귀찮게 한다고 분을 내며 "망할 놈" 하고는 주인이 다시 잡아다 평상에 내동댕이쳤다. 바가지로 물을 확 뿌려 도망가지 못하게 했다. 망할 놈을 팔아서 흥하려는 주인아주머니는 뚱뚱하고 무표정하고 나이든 얼굴이었다. 말투에 어울리는 표정이었다. 이것이 장사꾼의 모습이구나 생각하니 웃지 않을 수 없었다.

보고 있노라니 문어와 주인이 같은 짓거리를 되풀이했다. 문어는 분명 그 길로 가면 친구를 만나서 밀고 당기며 재미있게 놀 수 있다고 믿고 있었다. 다리 하나를 쭉 뻗어 방향을 잡고 나머지 일곱 개의 다리와 협력하여 오직 그 쪽으로만 탈출을 시도했다. 이 절제되고 통제된 행동을 바라보니 사람들은 문어에게 여러 가지 오명을 씌우고 있다는 생각이 들었다.

대머리를 문어대가리 같다고 표현한다. 때로는 어리석은 사람을 놀리는 말로 '이 문어대가리야.' 한다. 문어를 잘 모르고 하는 말들이다. 머리라고 생각하는 둥근 것은 문어의 몸통이다. 머리는 몸통과 다리 사이에 있다. 문어단지나 통발에 먹잇감을 넣어 문어서식지에 뿌려놓고 문어를 잡는다. 입구가 점점 작아져 일단 들어간 문어가 나오지 못하게 한다. 문어의 유연성을 역이용한 것이다. 단단한 머리를 가진 사람들에게 생각은 언제나 유연해야 한다는 것을 문어가 가르치고 있다.

문어발을 기업이 여기저기 진출하는 것을 빗대어 비난한다. 재벌이 돈을 벌 수 있다고 판단되면 사회적 책임을 일단 접어두고 사통팔방으로 그 영역을 넓힌다. 이 팔방을 다리가 여덟 개인 문어를 비유로 든 것이다. 다리에 빨판이 많이 달린 외모만 보고 한 어처구니없는 말이다. 문어의 다리는 각자 다른 방향으로 뻗지 않는다. 한두 개의 다리를 쭉 뻗어 온몸이 일사분란하게 원하는 방향으로 나아가는 문어를 모욕하는 말이다. 만일 재벌처럼 모든 다리가 제각기 다른 방향으로 잡아당긴다면 종국에는 문어는 제자리걸음하다 굶어죽을 것이다. 재벌이 문어발식으로 확장하다가 망하는 것은 문어를 잘 못 흉내 냈다가 가랑이가 찢어진 것이 아닐까. 문어가 비웃을 일이다.

때로는 문어를 사리사욕을 위해 약자를 마음대로 부려먹는 제국주의의 상징으로 묘사하기도 한다. 생존에 필요한 먹잇감만 찾는 문어에게는 억울하기 그지없는 누명이다. 문어는 서로 떨어져 제 각각 살아간다. 텃세도 부리지 않는다. 만약 두 마리가 만나기라도하면 작은 놈이 알아서 물러난다. '문어 제 다리 잘라 먹듯' 속담처럼 갇혀 굶주리면 자기다리를 잘라먹고 생명을 유지한다. 살신의 문어가 탐욕의 상징으로 모함 받고 있으니 어찌 억울해하지 않으랴.

여덟 개의 다리를 가졌다고 서양 사람은 옥토푸스Octopus라고 부르고 중국에서는 팔대어八大魚라 이름 지었다. 우리 선조는 무늬가 있는 물고기라고 문어文魚(무늬 文)라 불렀다고 한다. 하지만 나는 '글을 아는 물고기(글 文)'라고 부르고 싶다. 그래야 문어의 억울함을 조금이나마 풀어줄 수 있지 않을까. 인간이 만물의 영장인 것도 문文을 알기 때문이다. 문어가 평상 위에서 펼치는 모습을 바라보니 이 모든 오해와 모함이 인간들의 편견과 탐욕으로 인한 것이다. 무척추동물 중 가장 복잡한 뇌를 가진 것이 문어라고 한다. 장기기억과 단기기억을 가졌으며 시행착오를 통하여 문제를 해결한다. 어떤 문제를 한번 해결하고 나면 기억하였다가 비슷한 상황이 생겼을 때에 응용해서 쉽게 해결한다. 평상의 문어가 같은 방향으로 탈출을 반복하는 이유인 것이다.

고향사람들은 바다에 사람이 빠져 죽으면 제일 먼저 달려드는 것이 문어라고 믿고 있다. 문어가 사람고기를 제일 좋아한다는 것이다. 자신을 오해한 탐욕스러운 인간의 편견과 모함에 대한 앙갚음이 아닐까. 세상사에서 억울한 것이 어찌 문어뿐이랴.

정지용 시비詩碑 앞에서

옥천은 시인 정지용과 소설가 류승규의 고향이다. 류승규 문학상을 받으시는 글방 선생님을 축하드리려고 옥천에 갔다. 산세를 끼고도는 큰 강이 있고 골짜기마다 들이 있어 문향이 되었는가보다.

읍내 거리곳곳에 '지용제'를 알리는 벽보가 붙어있다. 현수막도 바람에 펄럭이며 애드벌룬도 하늘높이 떠있다. 영국이 셰익스피어와 인도를 바꾸지 않는다고 하듯이 옥천은 서울을 준다 해도 지용과 바꾸지 않을 기세다.

행사를 마치고 바삐 정지용 생가로 발길을 옮겼다. 실개천을 건너자 다리머리에 작은 초가집이 서로 마주보고 있다. 이엉 덮은 돌담을 보니 까마득히 잊었던 그 옛날 고향마을이 생각났다. 안내인의 설명에 의하면 복원한 것이라고 한다. 방에 걸린 빛바랜 사진만으로는 시인의 체취를 느끼기에 부족했다.

누구를 기다리는 듯 입구에 시비가 얌전히 앉아있다. '향수'의 시구가 석양을 받아 반짝거리며 나를 반겼다. 휴대폰에서 가곡 '향수'가 흘러나왔다. 고향이 그리울 때면 듣는 곡이다. 귀로는 가락을 들으며 눈으로는 노랫말을 쫓아갔다. 입으로 나지막한 소리로 한 마디 한 소절 시를 따라 읽었다.

정지용이 나의 어린 시절을 이야기하고 있었다. 어느새 마음은 고향으로 날아있다. 기억이 조금씩 희미해져 갈수록 더욱 가슴깊이 끌어안고 싶은 나의 향수를 읊어보았다.

'넓은 벌 동쪽 끝으로' 펼쳐지는 곳을 바라보며 자랐다.

고향집 사랑모퉁이로 올라서면 터가 꽤 너른 묘가 있었다. 100년 전 선조들이 그곳으로 이사 올 때 집터를 팔았던 사람들의 묘다. 그 묘에 올라서면 동해까지 펼쳐진 들이 보인다. 맑은 날에는 지평선 위로 솟는 일출도 보았고 초가을 태풍이 올라오면 철석거리는 동해바다의 파도소리도 들렸다. 잔디가 황금으로 변한 어느 가을날이었다. 묘위에서 뒹굴고 놀다가 땅벌 집을 건드렸다. 빡빡 깎은 머리에 여러 방을 쏘여 혹이 여기저기 부어올랐다. 어머니는 된장을 발라주었다. 그런 고향을 어찌 잊을 수 있으랴.

'실개천이 회돌아 나가고' 하얀 자갈밭이 반짝이는 곳에서 어린 시절을 보냈다.

고향집은 입봉笠峰 끝자락에 있다. 동네이름을 삿갓재라 불렀고 앞뒤로 개천이 흘렀다. 집 앞 벌판을 회돌아 나가는 개천은 추억이 있는 곳이다. 샘물 밑 하얀 모래로 이를 닦고 세수하면서 가재도 잡았다. 여름에는 발가벗고 개헤엄 치며 부끄러운 줄도 모르고 놀았다. 몸보신거리였던 피라미 미꾸라지 붕어가 노닐던 곳이다. 지금은 홍수를 예방한다고 콘크리트 둑을 높이 쌓았다. 맑은 물도 흐르지 않는다. 그리하더라도 그 옛날 그 추억을 어찌 잊을 수 있으랴.

'질화로에 재가 식어지면' 그믐달이 떠오르고 추위를 느꼈다.

군불 때고 나면 숯불은 재를 섞어 질화로에 담았다. 화로는 난방기구요 김과 생선을 굽는 화덕이었다. 긴긴 겨울밤에는 간식으로 밤 고구마 감자 계란 떡 등을 구워먹었다. 가장자리에 언 손을 올려놓고 고모들과 자리다툼하며 오순도순 이야기 하던 곳이다. 질화로에 재가 식어지면 새벽이 되었고 굴뚝에는 연기가 다시 솟아올랐다. 지금은 중앙난방으로 겨울에도 추위를 모르고 산다. 그럼에도 옛날 그 시절을 어찌 잊을 수 있으랴.

'뷔인 밭에 밤바람 소리.' 겨울 밤바람에 마른 낙엽이 뒹구는 곳이 내 고향이다.

문풍지가 요란스럽게 울어대면 방안에는 냉기가 돌았고 서로서로 이불을 끌어당겼다. 소나무를 타고 넘는 윙윙거리는 바람소리는 웅장한 교향곡 한 자락이다. 대밭을 지나는 바람소리가 제일 무서워했다. 어른들은 그것이 호랑이가 사람 물고 가는 소리라고 했다. 쏴—아하고 흉내 낼 때면 얼른 이불 속으로 숨었다. 어느 해인가 꽃이 만발하더니 넓은 대밭은 사라졌다. 지금 그 자리에는 잡초만 무성하지만 그 때를 어찌 잊을 수 있으랴.

'흙에서 자란 내 마음'은 언제나 고향 땅에 가있다.

집의 벽도 황토로 되어있었다. 방바닥도 갈라진 틈으로 연기가 새어 나오는 황토바닥이었다. 길에도 자동차가 지나가면 꽁무니가 보이지 않을 정도로 흙먼지를 일으켰다. 먹는 물인 지하수도 햇볕에 비추어보면 반짝이는 흙가루들이 섞여있었다. 흙에서 자란 곡식을 먹고 흙이 섞인 물을 마시고 흙먼지를 뒤집어쓰며 자란 곳이 고향이다. 요즈음 어린이들이 흙을 본다 해도 그 흙냄새를 어찌 잊을 수 잊으랴.

'풀섶 이슬에 함추름 휘적시던 곳'에서 가을이면 밤을 주었다.

주인이 밤을 털기 전에 밤을 주우러 다녔다. 밤송이를 따는 것은 허락되지 않았지만 떨어진 밤은 먼저 줍는 자가 임자였다. 용돈을 벌기 위해 새벽이슬을 맞으며 알이 굵은 밤나무 밑으로 남보다 일찍 갔다. 이쪽저쪽 주머니가 가득차면 가슴속에 넣었다. 내의內衣는 밤물이 들어 거뭇거뭇해져도 배가 불러 오르면 신이 났다. 장날에 어머니가 시장에 내다 팔아주셨다. 지금은 주인허락 없으면 떨어진 밤도 줍지 못한다. 나누어 먹는 정마저 사라져 삭막해진 세상이다. 동트기 전 찬 이슬 맞으며 밤 줍던 때를 어찌 잊을 수 있으랴.

'하늘에는 석근 별'이 반짝이고 풀잎에는 반딧불이 깜빡 꺼렸다.

멍석을 깔고 마당에서 저녁을 먹었다. 모기를 쫓아내려면 모닥불에 쑥을 태워야했다. 어두컴컴한 호롱불 아래에서 매캐한 쑥 연기를 마시면서 내 몫의 밥을 숟가락이 부러질 새라 퍼 넣었다. 저녁을 먹고 나면 드러누워서 쏟아지는 별을 세었다. 지금은 별이 총총한 밤하늘은 좀처럼 보기가 어렵다. 반딧불도 수년간 보지 못했었는데 지난여름 길 잃은 한 마리가 부엌으로 들어왔다. 환한 은빛 전깃불을 친구로 알았는가 보다. 미물인 반딧불도 모질게 대를 이어가며 찾아오는데 내 어찌 고향을 차마 잊을 수 있으랴.

식구食口와 가족家族

호적등본이 가족기록부로 바뀌었다. 어느 날 가족기록부를 떼러갔었다. 주민센터 직원이 건네주는 것을 받아보고 깜짝 놀랐다. 돌아가신 부모님과 우리부부 그리고 결혼한 아들만 적혀있었다.

"내 아들이 결혼했는데 우리며느리는 왜 없죠." 하고 물었다.

며느리는 가족기록부에 들어가지 않는다고 설명했다. 참으로 기가 막혔다. 무슨 괴변을 듣는 것 같았다. 성을 버럭 내면서 며느리는 가족이 아니고 무엇이냐고 따졌다. 가족기록부는 1촌 기준으로 작성하므로 며느리는 1촌이 아니라고 설명했다.

"그럼 가족기록부는 며느리가 가족이 아니라는 것을 증명하는 서류냐."

공익근무하는 청년에게 애꿎게 호통 치며 따졌다. 줄지어 앉은 상전 공무원들이 이상한 눈초리로 일제히 나를 바라보았다. 어쩌면 당연한 것을 가지고 시비를 거는 트집 잡는 노인이요 달나라에서 온 외계인으로 보는 눈빛이었다.

기록이라는 말에는 사건들을 발생순서에 따라 나열하는 역사적 의미가 있다. 호적등본은 호주중심으로 가족들의 출생과 결혼의 역사가 기록되어있다. 출가하거나 분가하거나 사망하면 붉은 줄로 X자로 표시한다. 모순적인 것은 '기록'이라는 가족기록부에는 기록이 없다. 단지 부부중심의 1촌내의 관계만 표시한다.

호주중심의 공동체를 분해해서 할아버지 아버지 아들 각자의 기록부를 가진다. 좋아진 것이라고는 손으로 쓴 두터운 복사본이 활자체로 인쇄된 한 장으로 바뀐 것이다. 간단하고 편한 것이 어쩌면 문제의 근원인지도 모를 일이다.

호적등본 시대에는 공동체를 가족이라는 말보다는 식구라 불렀다. 식구는 집안에서 같이 살며 끼니를 함께 하는 사람들을 말한다. 여기에는 원근의 혈연적 식구도 있지만 이웃이라는 지역적 식구도 들어갈 공간이 있었다. 도회지에 나가 출세한 식구가 있으면 시골의 친가 외가 처가의 자녀들이 그 집의 한 식구가 되었다. 사돈총각처녀가 한 식구가 되었든 것이다. 서울로 유학 와서 살았던 내 외삼촌댁 모습이 그랬었다.

식사시간에는 대부분의 식구들이 둥글고 낮은 두레상에 둘러앉아 밥을 먹었다. 때로는 욕심을 부리며 때로는 남을 배려하면서 부족한 음식을 나누었다. 방에는 상석이 있어도 밥상에 둘러앉는 곳에는 자리구분이 없었다. 앉는 순서대로 둘러앉으면 되었다. 숟가락 젓가락도 내 것 네 것의 구분도 없었다. 사는 공간도 열려 있었다. 건넌방에서 일어나는 일을 다 짐작은 하지만 간섭하지는 않았다.

가족기록부 시대에는 너무나 빈약한 관계의 가족공동체 속에 살고 있다. 가족이라는 말은 부부를 기초로 하여 한 가정을 이루는 사람들로 좁게 말한다. 부부와 자식 중심이다. 관계도 친가보다 처가가 더 가까워지고 자식들은 할아버지하면 외할아버지를 생각한다. 자기 할아버지 앞에 꼭 '친'자를 붙인다. 윗대와 아래대의 관계가 점점 얇아지는 세상이 되었다.

사는 공간도 콘크리트 벽으로 닫혀 있는 형태로 바뀌었다. 닫혀 있으나 간섭 받는 공간에 산다. 먹는 상도 둘러앉는 것이 아니다. 의자가 있고 경계가 명확한 사각식탁으로 바뀌었다. 상석과 다른 구성원의 자리가 정해진다. 각각 자기의 수저와 컵으로 다른 시간에 정해진 자기자리에서 식사를 한다.

이런 식탁에서는 공동체의식의 식구는 사라지고 가족이라는 희미한 형식적인 테두리만 남는다. 이 희미한 테두리마저 없어져 가족의 돌봄 없이 죽는다는 것이 고독사이다. 혼자 살다 죽은 사람의 유품을 정리해주는 '유품정리사'라는 새로운 직업이 태어났다. 그들의 사업이 그런대로 잘 된다고 하는 서글픈 세상에 살고 있다.

식구가 가족으로 바뀐 사회에서 남는 것은 무엇일까. 출가한 자식들이 새로운 가족을 만들어 떠난 곳에는 밥 짓기를 싫어하는 엄마와 집에만 있으려는 아빠 앞에 살아온 날에 버금가는 긴 세월이 남아있다.

식구 시대에 전혀 경험하지 못한 시간의 고통이 기다리고 있다. 이 긴 기다림 속에 둘이 살다가 혼자 살게 되니 고독의 고통이 더해진다. 고독은 시인에게는 노래의 고향이지만 범인에게는 죽음보다 더 무서운 고통이다. 고독한 시간의 고통을 극복할 수 있는 길은 식구를 회복하는 곳에서 희망의 실마리를 찾아낼 수 있지 않을까.

가족기록부가 며느리를 가족의 굴레에서 해방시켜주었다. 시부모를 부양해야겠다는 며느리의 선한 양심을 빛나게 하는 것은 법률과 제도에 있지 않고 언어와 같은 아름다운 풍습의 윤리에 있는 것이다.

며느리도 가족이 아니냐고 따지고 주민센터를 나오려니 마음이 무척 무거웠다. 젊은 직원들의 눈초리가 내 뒤통수를 잡아당기는 것 같았다. 말해본들 무슨 득이 있었으랴. 잡을 것도 없는 허공을 향해 헛손질했구나 생각되었다.

제02부
경쟁의 달인 뻐꾸기

할멈의 상술

오이도 항구는 내가 사진을 찍으려 즐겨가는 곳이다. 해안 둑에는 알록달록한 파라솔이 길게 늘어서 있다. 대부분은 신기 오른 여자점쟁이들이다. 신통력을 알리려고 각자 나름대로 특이하게 차려입었다. 작은 탁자 위에는 역술에 관련된 서너 권의 너덜거리는 책이 놓여있다.

사주팔자 삼천 원 신수점 만원이라고 쓴 복채 가격표가 바람에 펄럭인다. 책을 뒤적이며 점을 봐주는 사람이나 그 앞에 심각한 얼굴로 귀를 쫑긋하고 듣는 사람이나 모두 걱정을 마주한 사람이다. 인생에게 끊임없이 찾아오는 것이 걱정이다. 단돈 만원에 답을 찾을 수 있는 걱정 불안이라면 스스로 해결할 수도 있으리라.

손님을 기다리며 잡담하고 있는 그들을 볼 때마다 사업이 잘 되는지가 궁금했었다. 어제도 해질녘 점쟁이 앞을 지나는데 나를 향해 손짓하며 신수점 보고가라고 권했다. 그녀의 얼굴을 보니 오래 전에 복점을 들먹이며 옥수수를 팔았던 할머니가 생각났다.

어느 해 여름 송림과 화원을 둘러보러 천리포수목원에 갔었다. 금강산도 식후경이라 인근 해수욕장 식당을 찾았다. 식당으로 개조한 낡은 어선에 올라섰다. 유쾌한 음악이 흘러나오는 전망 좋은 곳에 자리 잡고는 조개를 듬뿍 넣은 국수를 주문하였다.

나르고 앉기를 반복하며 우는 갈매기, 엄마와 모래성을 쌓는 귀여운

아이들, 멀리 삐져나간 바다가 잔잔한 물결을 일으키는 파도, 소나무가 우거진 작은 섬, 수영복을 입고 활보하는 늘씬한 아가씨들, 등 해안의 풍경에서 눈을 부지런히 굴리면서 국수를 맛있게 먹기 시작하였다. 그때에 할멈 한 분이 자루를 끌다시피 힘겹게 다가왔다.

연세가 70대 중반은 넘은 분을 '할멈'이라는 예의에 좀 어긋나게 부르고 싶은 것은 그 분의 몸에서 풍겨 나오는 강인한 삶의 야성野性을 강조하고 싶기 때문이다. 하루의 수고를 말없이 나타내는 때 묻은 수건으로 머리를 감쌌다. 틀어 올린 수건 사이로 젊음을 뒤로한 흰 머리카락이 듬성듬성 숨바꼭질 하듯이 고개를 내밀었다. 손등에는 굵은 주름이 패여 있었다.

밭고랑 호미질에 닳고 닳아 들쭉날쭉한 손톱 밑의 검은 때는 쉬는 것에 대한 안타까움이 배여 있었다. 얼굴, 화장기라고는 찾을 수 없지만 검게 탄 얼굴에 크고 작은 주름은 햇빛을 받은 파도같이 빤작이었다. 이런 것 들은 모두 할멈이 살아온 인생여정의 이정표이지만 특히 눈빛과 목소리는 할멈이 평생 살아온 강인한 모습을 유감없이 나타냈다.

카랑카랑한 목소리로 "아이고 무거워 죽겠네." 하면서 내 눈에는 별로 무겁게 보이지도 않는 검은 자루를 내려놓았다. 과연 물건을 팔아줄 사람인가 아닌가를 탐색하기 위해 햇빛을 피하려 가늘게 뜬 새까만 눈동자로 나를 뚫어지게 처다 보았다. 그러면서 한 손으로 옥수수 한 봉지를 식탁에 팽개치듯 올려놓았다.

이미 내 얼굴을 보고 자신이 이겼음을 확신한 모습이었다. "얼마 조." 묻는 대답에 아마도 할멈은 '옳지, 내가 이겼지' 하고 쾌재를 불렀을 것이다. 한 뼘도 안 되는 옥수수 네 개인데 그 중에 하나는 결실이 잘되지 않았다. 그런 것을 "오천 원이요"라고 대답하였다.

나는 할멈과 시비를 좀 할 생각이 들었다. 옥수수하면 강원도 옥수수인데 내 고향이 강원도라고 하면서 물건에 비해 값이 비싸고 맛이 없을 것 같다고 했다. 내 얘기가 끝나기도 전에 때 묻은 손을 집어넣어 옥수수 한 알을 뜯어서 내 손바닥에 놓고는 맛보라 했다. 금방 집에서 삶아 온 것이라 했다. 확실히 이 할멈은 옥수수가 언제 맛이 최고인지를 알고 있었다. 옥수수는 딴 즉시 그 자리에서 삶아야 제 맛이다.

값에 대하여는 일언반구의 대꾸도 없이 내 아내를 보고는 "아주머니는 얼마나 좋겠소." 하고 엉뚱한 수작을 걸었다. "그게 다 앞에 앉는 냄편의 얼굴에 있는 복점 덕이요." 생전 처음 듣는 말이었다. "복점이라니요." 하자, 할멈은 터서 벌어진 손가락으로 내 코밑에 들이댔다.

아내에게는 고개도 돌리지 않은 채 "이게 복점이 아니고 뭐요. 다 이 복점 때문에 오늘 여기 사이좋게 앉아 식사를 하고 있으니 시집 잘 온 줄이나 아시오."라고 말했다. 묻지도 않았는데도 시아버지가 이장을 하면서 재산을 탕진한 얘기와 남편이 작은 텃밭을 남겨놓고 일직 죽은 얘기를 순식간에 늘어놓았다.

할멈의 넋두리에 측은한 생각이 들었다. 늘 농담 반 진담 반으로 '속아서 시집왔다.'고 불평하는 아내를 꼼짝도 못하게 한 할멈이 정말로 고맙기도 했다. "시집 잘 오고말고요." 맛 장구 치고는 얼른 주머니에서 돈을 빼주었다. 할멈은 돈을 받아 쥐자 말자 건너 편 손님에게 가서 또 '복점 팔이'를 시작했다. 일어서면서 할멈에게 "할머니, 복점 많이 파세요." 하고 웃어주었다. 할멈의 복점풀이는 듣는 사람의 가슴을 후련하게 해주었다.

오이도에 산책 나온 사람들이 냉소적으로 힐끗힐끗 점쟁이들을 쳐다보고 지나갔다. 호객하는 점쟁이의 얼굴을 보노라니 안 해도 될 걱정 하나가 나를 찾아왔다. 우두커니 손님을 마냥 기다리는 점쟁이의 신수는 형통한 것일까. 그들이 일러준 액땜에 효력이 있으려면 그들의 신수도 형통해야 하리라. 돈을 벌기에는 신수점보다 복점 파는 할멈의 상술이 더 낫지 않을까 생각되었다.

어느 도장포 사장님

외국에 계신 외삼촌 심부름으로 아침 일찍 종로구청에 갔다. 출발 전에 필요한 것을 챙겨보지만 가끔 잊고 가는 것이 있다. 신청서에 날인할 도장을 가지고 오지 않은 것을 도착해서야 알았다. 나이 탓이라고 넘기지만 걱정되었다.

이른 아침이라 도장포가 문을 열지 않았을 것 같았다. 반신반의하면서 청사를 나와 부근을 두리번두리번 살펴보았다. 도장이라는 간판이 여기저기에 보였지만 오직 한 가게만 문을 열어놓았다. 반가운 마음으로 들어갔다. 두세 사람이 들어서면 꽉 찰만한 공간이었다. 그런데 그 공간구성이 내가 생각한 도장포와는 전혀 달랐다.

우리 동네에 택호가 도장포 집이라고 불리는 집이 있었다. 시내에 있는 남의 인쇄소 한쪽 구석에 차지한 작은 책상 하나가 그분의 사업장이었다. 도장 새기는데 필요한 것들인 향나무 도장재료, 작업 판, 칼, 인주 등이 책상 위에 어지러이 놓여있었다.

손님이 이름을 써주면 외눈돋보기를 오른쪽 눈에 붙였다. 도장 면에 먹물을 묻히고는 나무로 된 고정 틀에 이리저리 쐐기를 박아 고정시켰다. 틀을 좌우로 돌리면서 능숙한 솜씨로 이름을 새겼다. 칼질이 남긴 찌꺼기를 후후 불어 날렸다.

칼질이 끝나면 틀을 해체해 도장을 끄집어내고는 사포(고운 Sand-Paper)

에 살짝 문질러 먹물을 닦아냈다. 외눈돋보기 너머로 입김을 다시 한 번 훅 불어서 남은 찌꺼기들을 날려 버렸다. 먼지 낀 인주에 푹 찍어 누런 모조지에 조심조심 새 도장을 눌러 찍어보이고는 손님 앞에 내 밀었다.

얼마 전 까지만 하여도 막도장 집은 그런 모습이었다. 그런 짐작으로 그 도장포에 들어섰다. 나는 눈이 휘둥그레졌다. 왼편에 책상이 하나 있고 그 위에 컴퓨터와 프린터가 있다. 프린터는 벌써 일을 시작하고 있었다. 축의금 봉투 뒷면에 손님의 이름을 인쇄하고 있었다. 60이 훨씬 넘은 사장님이 돋보기 너머로 반갑게 인사를 했다.

목도장 하나를 부탁하자 회전의자를 돌려 기계에 전원을 연결하였다. 도장 재질과 모니터에 보이는 자형을 선택하라고 하면서 하던 일을 계속하였다. 내 요청에 따라 조건을 확정하고는 기계를 작동시켰다. 순식간에 내가 주문한 목도장이 완성되었다. 감탄을 연발하자 한 손으로는 인쇄된 봉투를 챙기고 다른 손으로는 도장을 넘겨주었다. 외국산 기계냐고 물으니 도장기계는 국산이 최고라고 했다.

도장기계 위에 있는 선반에는 팩스기가 설치되어 있다. 문 오른편에는 최고급 칼라 복사기가 놓여있다. 복사기 위 선반에는 스캐너가 있다. 그 좁은 공간에 영업에 필요한 전자사무기기는 전부 아주 짜임새 있게 설치한 것을 보고는 옛날 도장포로 생각하고 들어섰던 마음이 쑥스러웠다.

나는 불쑥 "투자를 많이 하셨네요."하고 건성으로 인사를 했다. 주인은 "이렇게라도 하지 않으면 밥도 못 먹지요." 했다. 일찍 나오는 것이 건강에 좋아서 항상 제일먼저 가게를 연단다. 묻지도 않았는데도 이 자리에서 번 돈으로 자식들 공부시켰고 모두 시집장가를 보냈다며 한껏 자랑했다.

자신이 하는 일에 대한 자긍심이 아주 높았다. 한두 번 자랑했던 것이 아니리라. 경제적으로 어려운 세상에 자기는 정년퇴직이 없으니 얼마나 좋으냐며 맑게 웃었다. 내로라하는 직장에서 월급쟁이 하다가 은퇴한 친구들의 빈둥거리는 삶을 죽 늘어놓았다. 누가 인생의 승리자냐고 따지고 싶은 모양이었다.

사장님의 사업설명은 나를 더욱 깜짝 놀라게 했다. 보증금을 포함한 것인지는 몰라도 그 작은 공간에 시설투자가 약 5천만 원 정도 된다고 말했다. 손님을 빼앗기지 않기 위해서는 항상 최신의 시설로 교체해야 한다는 것이었다. 투자를 지속적으로 해야 손님이 요구하는 모든 업무를 대신해주고 또 다시 찾아오게 할 수 있는 것이 아니냐고 반문했다.

내가 옛날 시골의 도장포를 얘기하자 자기도 전에는 그런 가계였다고 했다. 도장 새기는 것만으로 생활비를 벌기 어려워서 손님의 입장에서 필요한 것을 생각하고 그 때마다 새로운 기기를 설치했다는 것이다. 사업도 성공하려면 변화에 적응을 잘 해야 한다고 삶으로 체득한 경영철학까지 알려주었다. 박사학위 논문의 주제나 될 명제의 결론을 아주 간단하게 그리고 당당하게 설명했다.

경영이란 환경의 변화에 대응하기 위한 물적 인적 투자가 아닐까. 경영학을 전공했다고 항상 짧은 지식을 내세웠던 나를 심히 부끄럽게 하였다. 집으로 돌아오는 버스 속에서 내내 자신만만한 도장포 주인의 얼굴이 어른거렸다. 내년이면 나도 은퇴를 해야 한다. 은퇴란 부대끼던 삶의 짐을 벗는 것이 아니라 무료함의 굴레를 뒤집어쓰는 것이 아닐까. 정년퇴직이 없다고 자랑하는 그분이 몹시도 부러웠다.

경쟁의 달인 뻐꾸기

잠결에 은은히 들려오는 처량한 뻐꾸기 긴 울음이 새벽을 깨웠다. 뻐꾸기는 남의 둥지에 알을 낳는다고 한다. 집주인의 알과 비슷한 색의 알을 낳아 주인을 속인다. 뻐꾸기 알은 둥지주인의 알보다 일찍 부화해서 가짜부모의 먹이공급을 제일먼저 받아먹는다. 욕심은 거기서 멈추지 않는다. 주인 알이나 새끼를 등에 얹어 밖으로 밀어내고 독차지 하고 나서야 안심한다. 이만하면 생존경쟁의 달인이라 불러야 할 것 같다.

창호에는 이제 겨우 밤샌 어둠이 사라지기 시작하는데 왜 저렇게도 일찍부터 울어 댈까. 가까이서 뻐꾸기를 본 적은 없다. 어렸을 때 울음 쫓아 가보면 까마득히 높은 나뭇가지 위에 앉아 두리번두리번 고개를 저으며 울었다. 혼자 있기에 쓸쓸해서 짝을 부르는 줄 알았다. 뻐꾸기가 우는 것은 자식 부르는 소리라는 것을 훨씬 나중에야 알았다. 높이 앉아 목청을 돋우는 것은 더 먼 곳까지도 자식들의 승리를 위한 모정의 몸부림침이리라.

밖은 아직도 어둑어둑한데 온기가 남은 방에 누워 멀리서 들리는 뻐어꾸욱 소리에 귀를 기울이니 갑자기 처량해진다. 칠십 평생을 돌아보니 험난한 경쟁의 외길 둑을 걸어온 것 같다. 내 자리를 찾으려는 다툼의 길이었다. 뻐꾸기처럼 언제나 승리의 노래를 부른 길은 아니었다.

　자본주의 사회에서는 자리다툼은 경쟁이라는 미화된 그럴듯한 이름 표를 달았다. 경쟁이란 달리 표현하면 '빨리 빨리'가 아닐까. 공산주의 사회가 무너지기 전에 모스코바를 다녀온 어느 기자에게서 들은 이야기다. 어떤 쏘련(러시아) 사람이 "한국사람 성씨는 모두 '김'이며 이름은 '빨리'냐."고 묻더라는 것이다. 받은 명함의 성씨는 대부분 '김'이고 서로 '빨리, 빨리' 부르는 것을 보고 한 말이다. 자리다툼에서 이긴다는 것은 남보다 먼저 빨리 그 자리에 앉는 것이다.

　사람만 자리다툼하는 것이 아니다. 어렸을 때 어미 개가 새끼를 대여섯 마리 낳았다. 어미가 들어 누우면 눈을 겨우 뜬 강아지들은 어미의 젖꼭지를 향해 달려든다. 서로 밀치며 자리싸움을 했다. 주렁주렁 달린 젖꼭지를 하나씩 차지하고도 남는데 왜 저렇게 난리를 피우냐고 어머니께 물었다. 젖꼭지마다 젖이 나오는 것이 다르니 좋은 자리 차지하려고 그런다고 알려주셨다. 사람은 동물들과는 달리 배만 아니라 마음도 채우기 위해 더 다툰다.

　초등학교에 들어가면서 남들과 자리다툼이 시작되었다. 둘이 짝지어 앉는 책상 가운데에는 경계선이 파여 있었다. 금을 넘어 내 자리를 침입한 책이나 학용품은 서로서로 밀어냈다. 처음에는 선생님이 보시지 못할 때 살짝살짝 밀었다. 결국 발각되어 두 손 들고 벌을 받았다.

　더 좋은 등수를 얻고 더 나은 상급학교에 합격하려고 다투었다. 등수 경쟁이 시작되자 가끔 커닝이라는 무기도 사용했다. 준비한 것이 출제되고 감독선생님의 눈을 피해 적어 넣었을 땐 짜릿했다. 등수는 친구와 성적의 높낮이를 정하는 경쟁이지만 입학시험은 친구를 둥지 밖으로 쫓아내는 경쟁이다.

　직장인이 되니 전혀 다른 자리다툼이 시작 되었다. 고과 보직 승진 정년이란 괴물이 몰인정하게 기다렸다. 직장생활을 하지 않은 사람들이 이 네 괴물의 무서움을 얼마나 알까.

고과는 비교적 남들보다 잘 받았던 것 같다. 초급책임자가 되었을 때였다. 혼잡한 버스를 피해 한 시간 전에 출근했다. 늘 자기보다 먼저 출근해 일하고 있는 나를 보셨던 부장님이 고과를 끝내고는 나를 불렀다. 자기보다 부지런한 직원은 처음 보았다며 고과에서 일등을 주셨다고 격려했다. 나의 부지런함은 새벽을 깨우는 뻐꾸기 울음소리를 듣고 자랐기 때문이다. 승진도 빠른 편이었다.

보직은 좋은 자리 차지했다는 기쁨보다 좌절감을 많이 주었다. 좋은 자리를 차지하는 사람들은 나를 밀어내는 뻐꾸기 같은 재주가 있었다. '당신이 적임자다.'라는 말을 들으며 남들이 앉기 싫어하는 의자에 앉아야 했다.

뻐꾸기 우는 철이 쌓이듯 세월은 흘러 정년 때가 가까이 왔다. 아직도 몇 년 더 남았었다. 금융위기의 태풍이 몰아치던 어느 날 명예퇴직이란 허울 좋은 이름이 나를 불렀다. 그날 사직서에 이름 석 자를 써야 했다. 평생 가장 힘든 내 이름쓰기였다. 작심한지도 며칠 되었건만 3초면 쓰고도 남을 시간인데 10여분은 더 걸렸다.

쉬어가며 한 획을 그을 때마다 비뚤비뚤 흔들렸고, '자리다툼'하며 살아온 세월이 주마등 같이 지나갔다. 편한 자리, 뽐내는 자리, 인심 쓰는 자리, 높은 자리, 호령하는 자리에는 앉아보지도 못했다. 일벌처럼 일만하다 이렇게 떠나야 하는구나 생각하니 눈물이 맺혔다.

굴러온 돌에 밀려나는 박힌 돌처럼 살았던 것이 아닌가 생각하니 경쟁의 달인 뻐꾸기가 부러워진다. 둥지에서 어서 날아오르라고 부르는 어미의 외침이 메아리 되어 온 산을 뒤덮는다. 아기 뻐꾸기가 둥지를 떠나는 것은 세상을 갖는 것이다. 저 멀리서 슬피 들려오던 먼 산의 뻐꾸기 울음소리가 점점 가까워지니 젊은 시절 그렇게도 불러보고 싶었던 승전가 같다.

감언이설甘言利說

　저만치에서 한 젊은이가 오도바이를 타고 오고 있었다. 왼손으로는 운전을 하고 오른손으로는 무언가를 종이비행기 날리듯 휙휙 뿌렸다. 햇볕을 받아 반짝거리며 10여 미터는 족히 날아갔다. 비행기 착륙하듯이 원하는 곳에 사뿐히 떨어졌다. 지나가는 뒷모습을 보니 오도바이 위에서 묘기를 부리는 것 같았다. 유연한 솜씨로 보아 많은 시간을 들여 연습했음에 틀림없어 보였다.

　한 상가에서 주인이 빗자루와 쓰레받기를 들고 나오더니 쓰러 담았다. 무엇이냐고 물었더니 일수日收 광고라고 했다. 인생 1모작 26년을 은행에서 일했다. 은행은 돈을 상품으로 장사하는 곳이다. 돈 장사 광고라는 말에 호기심이 생겼다.

　여주인은 떨어질 때마다 가게 앞을 청소하다보면 하루에 20여 장은 된다고 볼멘소리로 불평했다. 점심시간이 조금 지났는데 쓰레받기 안에는 10여 장이 들어있었다. 전단지의 내용이 궁금해서 모두 모아서 읽어보았다. 놀랍게도 광고 주인이 모두 달랐다. 주변을 돌아보니 집집마다 입구에 십여 장이 널려 있었다. 길거리에도 여기저기 떨어져 있었다. 일수가 성업 중인 모양이었다.

　백만 원을 빌리면 매일매일 오만 오천 원씩 이백 일 갚아야한다. 이백 일 후에 갚은 원리금은 백십만 원이다. 빌린 돈 쓰는 것은 순간인데 갚는 날수가 너무 길다. 금액이 늘면 갚는 날 수는 같고 갚아야할 하루의 금액이 원금에 비례해서 많아진다. 단리로 이자율을 계산하면 년 18.25%이다. 연체를 하더라도 법정최고이자율 27.9%만 갚으면 된다고 친절하게 알려준다.

안전한 등록업체임을 강조하는 것을 보면 안전하지 않은 악덕업체도 있다는 말이다. 고객이 힘드실 때 큰 힘이 되어 드리겠다는 말에는 가슴이 울컥해진다. 그들이 말하는 고객은 신용불량자, 업소종사자, 노점상, 여성, 퀵, 자영업자 등이다.

은행은 대출을 해줄 때 신용조사를 한다. 돈을 빌려간 사람이 기일에 약속대로 원금과 이자를 갚을 수 있는지를 사전에 조사하는 것이다. 신뢰할 수 있는 상태가 아니면 절대로 돈을 빌려주지 않는다. 일수업자들의 고객은 대부분 은행의 지원대상이 아닌 사람들이다. 은행의 문턱이 너무 높아 낙심한 그들에게 힘이 되어주겠다고 하니 일수업자야 말로 그들에게는 어쩌면 복면 쓴 구세주 같은 사람들이다.

'목돈을 쓰고 하루 푼돈으로' '고객의 입장에서 대출하겠습니다.' '타사보다 무조건 싼 이자로' '무조건 이백 일 드립니다.' '갚으실 의사만 있으면 백 퍼센트 대출' '담보도 필요 없습니다.' '보증도 필요 업습니다,' 이만 하면 돈을 빌리는데 지상낙원 같은 세상이다. 친절상담을 앞세워 당일즉시 누구에게나 빌려주겠다고 한다. 친절은 오직 빌려줄 때뿐이라는 것을 알 만한 사람은 다 알고 있는 말이다.

사채업을 하면서 자식들 공부를 시키던 친구 어머니가 생각났다. 그는 어머니가 돈을 갚지 못하는 사람에게 입에 담지 못할 욕을 하며 빚독촉 하는 것이 몹시 싫었다. 어느 날 어머니께 좀 부드러운 말을 사용하면 안 되겠냐고 말씀을 드렸다고 한다.

"야, 이 녀석아. 누구는 고운 말을 할 줄 몰라서 안하냐. 사채는 돈 없는 사람에게 돈을 빌려 주는 것이다. 지금 돈이 없는 사람도 언젠가는 돈이 있을 테지. 먼 훗날 아무리 돈이 많아도 나와는 무슨 상관이 있냐. 나와 약속한 날에 돈이 있어야 하는 것이 중요하다. 약속한 날에 돈이 없으면 그 돈 받을 수 없다. 갚을 수 없는 사람을 심하게 다그쳐 다른 사람한테서 빌려서라도 갚게 해야 한다. 이미 빌려줄 때 약속한 날에 못 갚을 것을 알고 빌려 주었다. 받을 수 없는 돈을 받아내려면 고은 말로 되겠냐."하시더라는 것이었다.

  은행에서 대출해줄 때마다 친구 어머니의 말을 떠올리고는 했다. 철저하게 신용조사를 해도 약정기일에 갚지 못하는 사람이 적지 않았다. 부실채권이 발생하면 별도 관리한다. 제일먼저 하는 일이 숨겨놓은 재산이 있는지 조사한다. 보증인이 있으면 보증인에게 대신 갚으라고 독촉한다. 그렇게 하고도 받지 못하는 대출금은 시효관리를 한다. 시효관리 하는 중에도 이자는 계속 불어난다. 빌린 사람의 자손들에게 상속채무를 청구할 기회를 엿보는 것이다. 말하자면 끝까지 받아내려고 애를 쓰는 것이다. 은행이 이러한데 하물며 사채업자는 어떠하랴.

  사채업자는 빌려준 돈의 원리금을 받아내기 위해 온갖 수단과 방법을 가리지 않는다. 빌려주는데 대한 온갖 감언이설甘言利說로 장식된 일수광고 뒤에는 무슨 수를 쓰더라도 눈덩이처럼 불어난 원금과 이자를 끝내 받아내고야 말겠다는 흑심이 숨어있다. 일복리로 운용되는 일수로 그들은 재산을 기하급수적으로 늘린다. 그들의 재산이 늘어나는 만큼 돈을 빌린 사람의 재산은 급속하게 줄어든다. 은행보다 열배 정도의 이자를 더 내야 되는 사채를 쓴다는 것은 결국 더욱 가난해지는 지름길이다. 그럼에도 왜 이렇게 많은 사채업자들이 성시를 이룰까 궁금했다. 은행이 그림의 떡인 사람들이 많다는 이야기가 아닐까. 길거리에 널려있는 일수광고를 보노라니 사회가 겉으로는 평온하지만 빈부격차의 골이 점점 더 깊어지고 있다는 생각이 들었다. 가난은 나라님도 어찌할 도리가 없다는 것이 진리라고 일수 쪽지가 백주에 골목마다 외치며 다닌다.

광고지로 세상을 읽다

어느 날 전단쪽지 '알바'라는 광고지를 읽어보았다. 일할 장소, 시간, 업무, 연령 등이 상세히 적혀 있었다. 사람이 많이 다니는 곳에 광고지를 쉽게 띠어갈 수 있도록 붙여놓거나 지나는 사람에게 나누어주는 일이다. 시간당으로 지급하는 수고비는 얼마 되지 않았다.

안다는 것은 관심의 출발점이다. 관심을 가져야 세상을 읽을 수 있는가 보다. 그 기사를 읽기 전까지는 길거리에 바람에 나부끼는 쪽지광고와 그것들이 붙었던 흔적들을 무심코 지나쳤다. 때로는 환경을 더럽힌다고 불평했다. 길거리에서 광고지를 주면 받지도 않았다. 어쩔 수 없이 받으면 읽지도 않고 쓰레기통에 내던졌다. 단지 받아만 주어도 그들을 돕는 건데 쌀쌀맞게 거절했다. 그것을 읽고 나니 그들의 마음에 상처를 준 것이 아닌가하고 후회가 되었다. 그 후부터는 아무 말 없이 받는다. 때로는 관심이 있는 척 고이접어 주머니에 넣기도 한다.

지하철 출입구 양편에 붙어있는 광고지에도 관심을 가지게 되었다. 지금까지 한 번도 읽어보지 않았다. 어느 날 고개를 돌려 살펴보니 출입구마다 서너 개의 쪽지들이 붙어있었다. 내용이 궁금해졌다. 관심을 갖고 띠어갈 사람이 있을까 하고 주변을 둘러보았다. 누군가 한 끼니에 필요한 돈을 벌려고 광고주를 대신해서 붙여놓은 것이다. 눈여겨보아도 그것을 읽거나 띠어가는 사람은 없다. 어느 날 용기를 내어 종류별로 모았다. 주변의 사람들이 이상한 눈초리로 나를 보았다. 처음에는 쑥스러워 얼른 주머니 속으로 꾸겨넣었다.

'개인회생과 파산' '착한 분양 월 수익보장' '노후가 보장되는 투자' '초역세권 상가 급매' '요양등급 조건 없는 요양원', '국제 국내결혼' 등 종류도 다양했다. 작은 쪽지에 호소력이 있는 문구를 색상과 모양으로 눈을 끌도록 나름대로 정성들인 것들이다. 광고문구속에서 사람 사이에 해결되지 못하는 문제가 무엇이며 서민들의 관심이 어디에 있는지를 읽어본다.

붙이는 사람에게도 관심을 가졌다. 붙이는 방법도 상당히 발전되었다. 스카치테이프가 붙여있는 광고지 뭉치를 들고 다니면서 한 장씩 뜯어서 던지듯 슬쩍슬쩍 붙였다. 능숙한 사람은 승객에게 전혀 불쾌감을 주지 않고 빠른 걸음으로 지나가면서 붙였다.

광고뭉치를 들고 다니는 사람 중에는 할머니가 많다. 먹고 살기에 넉넉히 벌려면 얼마나 많은 광고지를 붙여야 할까. 광고주로부터 제대로 일하는지를 의심받지나 않을까. 그런 일자리도 없는 날에는 또 어떻게 지내실까. 하루 품삯을 받을 때 그 손은 얼마나 떨릴까. 생필품 사기에도 부족하다면 살 의욕을 어디서 찾을까. 몇 시간을 걸어야하는 일이라 내게도 벅차다. 그 일을 나보다 연세가 높은 것 같은 할머니가 하고 있다. 그들을 볼 때마다 그들의 삶의 행간을 읽어보려는 질문들이 꼬리를 문다.

며칠 전 '일일 구매대행 알바'라는 광고지를 붙이는 할아버지는 나를 더욱 놀라게 했다. 지금까지 본 모습들과는 전혀 달랐다. 양복 넥타이 모자 구두를 말끔하게 차려 입은 노신사였다. 얼굴의 주름과 모자 밖으로 비쭉 나온 흰 머리카락으로 보아 칠순은 넘은 것 같았다. 두툼한 광고지가 고개를 내밀고 있는 낡은 가방이 어깨에 걸려있었다. 그는 오직 붙일 자리를 찾으며 부지런히 지나갔다. 얼른 한 장을 띠어서 읽었다.

'월수입 2백만 원 보장. 적법하고 정확한 일이며 시간제약이 없는 직업. 의심하면 주요일간지에 실린 광고를 보라.'고 하면서 광고를 실었던 신문이름 발행일자 면수까지 적혀있다.

요즈음 취업환경을 보면 조건이 나쁘지 않은 직업이다. 본인이 취업하지 않고 왜 그런 광고를 붙이고 있을까. 차림새가 광고지 붙이기에는 전혀 어울리지 않는 복장이다. 그 나이면 친구들 모임에도 정장을 안 하는 것이 보통이다. 엊그제까지 직장에 다니다가 막 실직한 사람 같다. 식구들에게 일터에서 쫓겨났다는 말을 못해 평소 모습으로 나온 지도 모른다. 노신사 차림새 속에서 그분의 삶의 행간을 읽으려니 더 선명하게 그 노인의 얼굴이 떠오른다.

지하철에는 광고지를 붙이는 사람이 있는가 하면 띠어가는 사람도 있다. 한 손에 빗자루, 쓰레받기, 비닐봉지를 든 환경미화원 아주머니들이다. 대부분 근무복을 입은 것으로 보아 월급 받는 회사직원들이다. 어제도 행간을 읽어내야 하는 장면을 목격했다. 지하철 객차 우편에서 빛바랜 근무복을 입은 키 큰 아주머니가 광고지를 모조리 뜯으면서 걸어오고 있다. 자주 한 일이라 뜯어내는 솜씨도 능숙했다. 반대편에서는 등에 작은 배낭을 멘 나이가 좀 들은 듯한 키 작은 할머니가 광고지를 부지런히 붙이며 오고 있다. 순간 나는 저들이 마주치면 어떤 모습을 할까 궁금했다.

가운데쯤에서 서로 마주쳐 얼굴을 보더니 깜짝 놀라는 시늉을 하면서 한 발씩 물러섰다. 이내 그들은 각자의 운명을 받아들이기로 한 듯 아무 말도 하지 않고 하던 일을 계속했다. 띠어가는 사람이 붙이지 말라고 하지 않는 것으로 보아 조금은 아는 사이 같았다. 고향사람, 이웃사촌, 일가친척, 아니면 자매일까. 관계를 바꿀 때마다 다른 이야기 한 토막이 떠올랐다. 서로 멀어지는 그들을 보면서 세상을 잘 읽을 줄 알아야 이웃에 대한 배려와 사랑이 싹트지 않을까 생각되었다.

거미 송頌

고향집은 동남향으로 앉아있다. 해가 기울면 앞마당에는 그림자가 길게 드리우고, 뒤뜰에는 넘어가는 햇볕이 방안까지 들어온다. 바람 한 점 없는 한여름 오후의 햇볕은 숨을 멎게 한다. 해가 고개를 들이민 뒷방에 앉아 목덜미에 흐르는 땀을 훔치며 바람이 지나가기를 기다린다.

뒷산 소나무도 목이 말라 한줄기 비를 바라듯 미동도 않고 하늘을 향해 고개를 치켜들고 있다. 어렸을 때에는 보이지 않던 나무들이다. 키 큰 왕대들이 가로막아 서있었기 때문이었다. 어느 해 대나무에 꽃이 피더니 모두 말라죽었다. 대밭이 사라진 곳에 잡초만 무성하다.

더위를 먹었는지 잡초들도 조용하다. 그때 풀포기 하나가 몹시 뒤흔들린다. 바람이 부는구나 생각하고 자세히 보니 거미 한 마리가 꽁무니에서 줄을 뽑아 작은 여치를 동이고 있다. 거미가 움직일 때마다 풀잎이 요동친다. 여치는 달아나려고 다리를 버둥거린다. 거미가 부지런히 오르내리더니 여치 다리마저 묶는다. 다시 풀밭은 조용해진다. 거미도 땀을 식히려는 듯 가만히 앉아있다.

얼마 전 서울에서 거미줄에 걸렸던 매미를 살려준 일이 생각난다. 외출했다가 나무 울타리를 끼고 집으로 들어가는 길이었다. 갑자기 매미가 퍼덕이면서 크게 울어댔다. 내 인기척에 놀라 도망가다가 거미줄에 걸린 모양이었다.

매미에 비하여 거미는 아주 작았다. 매미가 불쌍한 생각이 들었다. 얼른 매미에 감긴 거미줄을 띠어내고 날려 보냈다. 포식할 먹이 감을 잃자 성난 거미는 왔다갔다 안절부절 못했다. 거미의 탐욕을 나무라며 돌아섰다.

나도 모르게 매미를 편들었다. 어느 소설에서 본 옛시조다. '굼뱅이 매미가 되어 날개 돋쳐 날아올라/ 높으나 높은 나무, 소리는 좋거니와/ 그 위에 거미줄 있으니 그를 조심하여라.'라고 읊은 것을 보면 사람들은 예부터 모두 매미 편이다.

매미는 오덕五德이 있다고 칭송稱頌하면서도 '거미줄로 방귀 동이듯 한다.'는 속담처럼 거미는 비하한다. 거미에게는 아무런 덕도 없단 말인가. 숨죽이고 먹이를 바라보는 풀숲 작은 거미를 보니 나만이라도 거미를 편들고 싶다.

매미의 입에 두 줄로 뻗은 수염은 선비의 갓끈을 상징하니 학문文을 뜻한다고 칭송한다. 갓 쓰고 뒷짐 짓고 한가히 걸으면 굶어죽기 안성맞춤인 세상이다. 이런 사회에서는 돈을 벌어야 한다. 돈을 벌려면 목이 좋은 곳에 전을 펼쳐놓아야 한다. 거미를 보라. 먹이가 걸려들 만 한 곳에 망을 걸어놓는다. 잠시도 긴장을 놓치지 않는다. 그렇다고 서두르지도 않는다. 이 얼마나 지혜智慧로운 미물인가.

매미는 평생 깨끗한 수액만 먹고 살기에 맑음淸이 있다고 칭송한다. 수액은 나무의 피와 같은 것이다. 가느다란 침을 나무에 찔러 생채기를 내고 피를 빨아먹는 나무흡혈귀가 매미인 것이다. 아프다고 말도 못하는 나무에서 몰래 도적질하는 놈에게 어찌 청淸이 있다고 말할 수 있을까. 거미의 솜씨를 보라. 도적질하는 솜씨에 비하랴. 거미는 터를 물색하고 해질녘에 씨줄을 먼저 설치한다. 날줄을 역은 솜씨는 그물코를 깁는 늙은 어부의 손놀림과는 비교가 되지 않는다. 거미줄 치는 솜씨는 칭송 받기에 넉넉한 예술才임에 틀림이 없다.

　매미는 사람들이 먹는 곡식은 손대지 않으니 염치廉가 있다고 칭송한다. 그것이 어찌 매미뿐이랴. 거미도 사람들의 양식에는 손도 대지 않는다. 생긴 모습 외에는 사람들에게 미움을 받을 하등의 이유가 없다. 거미는 오히려 사람에게 해를 끼치는 모기 파리 등을 잡아먹는다. 이득을 받고도 미워하는 사람들에게 해코지를 하지 않는다. 거미의 너그러움寬이다.

　매미는 집을 짓지 않고 나무 그늘에서 사니 검소儉하다고 칭송한다. 집이 없다고 해서 검소하다고 칭송할 수는 없다. 메뚜기도, 여치도, 방아깨비도 집을 짓지 않는다. 파리와 모기의 집을 본 적이 있는가. 집이 없기는 거미도 마찬가지다. 우리가 '거미집'이라고 부르는 것은 거미가 먹이를 잡기 위한 도구일 뿐이다. 거미에게는 탐욕이 없다. 투망을 들고 먹이를 잡으러 가지 않는다. 자기들의 실수로 걸려드는 놈만 잡아먹는다. 오직 여유로운 기다림待만 있다.

　매미는 철에 맞추어 옴으로써 절도를 지키니 신의信가 있다고 칭송한다. 어처구니없는 칭송이다. 천하 만물이 제마다 오는 때가 있고 가는 때가 있다. 오고 가고를 기준으로 하면 신의가 없는 것이 하나도 없다. 신의로 말하면 거미만 하랴. 매일 땅거미가 내림을 알려주는 것은 거미가 아닌가. 거미는 조심하면 모두 피해 갈 수 있도록 보이는 곳에 그물을 친다. 매미처럼 짝을 꼬이려고 울지도 않는다. 남을 배려하는 거미야 말로 겸손謙하지 않는가.

　사람들은 유익에 따라 호불호를 구분하고 편들뿐이다. 매미의 오덕 문청염검신文淸廉儉信보다 거미의 오덕 지재관대겸智才寬待謙이 못할 리 없지 않는가. 우리에게 지혜를 깨우쳐주지 못하는 미물은 없다. 한여름 풀숲에서 여치를 잡고 잠시 휴식하는 작은 거미에게 그날 매미를 빼앗겨 황당해하던 거미에 대한 용서를 이제야 빈다.

제03부

꽃피우는 고목古木

오우가五友歌

공원 여기저기에 우두커니 할아버지들이 외롭게 앉아있다. 함께 있을 벗이 없는 모습이 처량하다. 눈을 마주칠 의욕마저 잃었는지 허공만 바라본다. 그 모습을 보면서 지나가노라니 고산孤山의 다섯 벗이 생각났다.

벗 따라 강남 간다는 말이 있다. 그런 벗이 다섯이나 된다고 자랑한 윤선도가 부럽다. 물을 벗 삼는 것은 그칠 때가 없는 것을 좋아하기 때문이요, 바위를 벗 삼는 것은 쉬 변치 않기 때문이요, 소나무를 벗 삼는 것은 깊은 땅 속까지 뿌리를 내리기 때문이요, 대나무를 벗 삼은 것은 곧고 사시에 푸르기 때문이요, 달을 벗 삼은 것은 보고도 말 아니 하기 때문이라고 노래한다.

겉보기에는 자연을 벗 삼는 것 같지만 벗 삼고 싶은 사람을 그리워하는 것이 아닐까. 물 같이 깨끗하고 지조가 있는 선비를 벗 삼고 싶고, 바위 같이 신의를 지키는 선비를 벗 삼고 싶고, 소나무 같이 뿌리 깊게 사귈 선비를 벗 삼고 싶고, 속 빈 대나무 같이 사리사욕을 버린 선비를 벗 삼고 싶고, 보름달 같이 보고도 못 본 체하는 과묵한 선비를 벗 삼고 싶은 것이다.

필부匹夫가 어찌 그런 고귀한 성품의 벗을 넘볼 수 있으랴. 내 미래의 모습을 보는 것 같은 저 외로움을 나는 어떻게 벗어날 수 있을까. 내 나름의 다섯 빛을 일도록 시각해야겠다. 시작에는 늦음이란 없는 법이다. 더더욱 시작했으면 이미 반은 이룬 것이라고 하지 않는가.

우선 언제든지 불러내어 이야기를 나눌 수 있는 '말벗'을 두어야겠다. 목소리의 높낮이는 항상 들릴락 말락 해야 한다. 간간히 웃음이 섞이는 이야기를 주고받으면 더욱 좋다. 불평하는 말투를 금방 가라앉힐 재치 있는 위로의 말도 할 줄 알아야 한다. 낙심할 때에는 아픔을 함께 나눌 뿐 아니라 칠전팔기라도 하게 할 격려의 말을 잊지 않는다. 이런 '말벗'을 갖는다면 한순간의 외로움도 없을 것이다.

어떤 이야기도 들어주는 '귀벗'도 사귀어야겠다. 가끔은 종로에서 뺨 맞고 한강에서 눈 흘긴다. 마주친 눈빛에 시비 거는 주먹들, 일만 만드는 정치꾼들, 불량품을 판 장사치들, 어른을 몰라보는 버릇없는 젊은이들, 이런 사람들에게는 무지막지한 욕설을 섞어가며 대들고 싶다. 하지만 용기 없어 뒷골목에서 무심한 빈 깡통만 걷어찬다. 멀리 달아나며 지르는 깡통 비명에 시원함을 조금 느낀다. 이럴 때 넋두리 한마당을 동정의 눈빛으로 들어줄 '귀벗'에게 가슴속 깊이 맺힌 것들을 풀어낸다면 얼마나 후련할까.

그저 바라보고만 있어도 훈훈한 온기를 느끼게 하는 '눈벗'이 있어야겠다. 우리는 너무 많은 말을 하느라 목이 쉬고 안 들어도 될 말들을 듣느라 귀가 아프다. 소통의 수단인 말이 비수가 되어 불화살같이 상처 주는 말로 어지럽게 날아다닌다. 가는 말이 고와야 오는 말도 곱다고 하는데 세상에는 막말만 오간다. 때로는 말 많은 세상을 벗어나고 싶다. 하얀 눈이 온 세상을 덮듯이 인간들의 말소리를 덮는 구름이라도 내려앉았으면 좋겠다. 이럴 때 눈빛만 보아도 무엇을 원하는지 무슨 생각을 하는지 이심전심 알아주는 '눈벗'을 서로 바라보며 앉아 있으면 이 또한 낙이리라.

그것들에 더하여 넉넉히 손을 펼 줄 아는 '손벗'이 있어야겠다. 어린 시절에 모두 가난하게 살았다. 그럼에도 음식을 나누어 먹었다. 설날이면 집집마다 떡을 했다. 쑥떡의 색깔로 그 집의 쌀 사정을 짐작할 수 있었다. 떡을 돌리려 이웃집에 갈 때에는 신이 나서 뛰어다녔다. 올 때에는 그 집의 떡을 담아왔다. 동네 아주머니들이 모이면 쑥떡 맛을 품평했지 흰 쌀 떡 품평은 하지 않았다. 살기가 좋아 질수록 주기보다 받기를 좋아한다. 뇌물 받은 죄인도 더 큰 뇌물 받은 사람을 가리키며 억울하다고 하는 세상이다. 이런 세상에 주는 것이 받는 것보다 더 복되다고 손을 펴는 '손벗'이 곁에 있다면 사람 사는 맛이 있지 않을까.

하나를 더 욕심낸다면 날마다 짧은 길이라도 같이 걸어갈 '길벗'이 있어야겠다. 젊어서는 떼 지어 이산저산으로 몰려 다녔다. 나이가 들면서 악岳자 들은 산에서 봉峰자들은 민둥산으로 산의 높이가 점점 낮아졌다. 지금은 고개峴도 넘기 힘들어 언덕을 겨우 오르내린다. 이럴 때면 오 리를 가자하면 십 리를 같이 가 줄 '길벗'이 있으면 얼마나 좋으랴. 달리지는 못하더라도 단장 집고 세발로 '길벗'과 천천히 걸어가며 지난 날들을 되새김질할 수 있다면 공원의자에 멍하니 앉아있지 않아도 되리라.

어떻게 하면 나의 '오우가'를 소리 높여 부르며 삶을 즐거워 할 수 있을까. 내게 벗이 필요하듯이 남도 벗이 필요하다. 다른 사람에게 '말벗' '귀벗' '눈벗' '손벗' '길벗'이 되어주면 내가 다섯 벗과 함께 아름답게 늙어가는 삶을 살 수 있지 않을까.

미수米壽*

오늘 아침 약국에 갔었다. 먼저 온 손님이 조제실에서 약이 나오기를 기다리고 있었다. 휠체어를 타고 계시기에 주변을 둘러보았으나 보호자는 보이지 않았다. 약사가 서너 달치의 약을 들고 나왔다. 약봉지를 받고는 "의사가 담배를 자주 피우고 커피를 많이 마셔서 신장腎臟이 좋지 않다고 했다."며 약사에게 그것이 정말인지 물었다. 말투로 보아 담배와 커피를 끊고 싶은 생각은 손톱만큼도 없어보였다. 늘 시원시원하게 설명해주던 젊은 약사는 가타부타 대답을 못하고 웃으며 머뭇머뭇거렸다.

담배를 많이 피우신다는 말에 팔십이 조금 넘은 이웃어른이 떠올랐다. 어느 날 담배를 피우고 계시기에 아직도 못 끊으셨냐고 인사를 건넸다. "이보게, 육십 년 이상 피운 담배를 죽을 때가 돼서 왜 끊어야 하는가." 하고 되물었다. 양쪽 볼이 쏙 들어가도록 맛있게 한 모금을 깊이 들어 빨고는 후우 하고 연기를 공중에 날려 보냈다. 주변의 친구들이 건강을 이유로 대부분 담배를 끊었다. 전혀 예상하지 못한 억지스러운 변명에 둘이서 한바탕 웃었다. 헤어지면서 생각하니 그분의 말이 전적으로 틀렸다고 할 것도 못 되었다.

약봉지를 무릎에 올려놓고 휠체어로 돌아서는 할아버지와 눈이 마주쳤다. 연세를 물었더니 카랑카랑한 목소리로 "팔팔이요" 라고 어린아이

나이 자랑하듯 힘주어 대답했다. 미수米壽라는 말에 불쑥 "그 연세에는 모든 장기의 기능이 조금씩 약해지시니 걱정 안 해도 되겠습니다."하고 아는 척했다. 좋아하시는 것 많이 드시라는 뜻으로 말했는데 할아버지는 섭섭한 표정을 지었다. 그 만큼 살았으니 신장이 나쁜 것은 당연하다는 뜻으로 내 참견을 해석한 눈치였다. 백 살이면 백한 살을 살고 싶은 것이 사람의 욕심이라는 것을 깜박했었다. 약사가 머뭇거린 이유를 알 것 같았다. 얼른 저보다 훨씬 건강해 보인다며 말을 바꾸고는 웃어 보였다. 건강하시고 오래 사시라는 나의 인사에는 대구도 없이 약국을 나갔다.

하고 싶은 것 다하며 오래오래 살고 싶은 마음에 상처를 준 것 같아 미안한 생각이 들었다. 약이 나오기를 기다리며 나는 얼마나 살 수 있을까 생각해 보았다. 어머니께서도 미수米壽에 돌아가셨다. 당시 우리나라 평균수명보다 약 10년은 더 사셨다. 고조부께서는 1919년에 75세로 돌아가셨다. 오늘 날 수명으로는 백수는 넉넉히 넘긴 셈이다. 조상님들 모두 그 시대의 평균수명보다 훨씬 오래 사셨다. 가끔 유전적 나이를 들먹이면서 나도 우리세대의 평균수명 이상은 살 것이라고 말하곤 했다. 하나님이 들이시고 넌지시 웃으셨을 것 같다.

늘 증손자를 무릎에 앉혀보고 죽겠다는 친구가 있었다. 망백望百을 훨씬 넘겨야 가능한 일이었다. 어느 날 요양병원에 입원했다는 소식에 문병을 갔다. 침대에 누웠는데 수족마저 부자연스러웠다. 2년을 버티지 못하고 칠십도 못되어 친구들과 영영 이별했다. 제일오래 살겠다는 사람이 제일먼저 갔다며 장례식장에서 친구들이 이구동성으로 애석해 했었다.

이렇게 죽는 날을 모르는 우리들은 억지를 부릴 때가 있다. 때로는 하나님께서 '너 얼마까지 살고와라'하고 남은 삶을 귀띔이라도 해주시면 좋겠다는 생각이 든다. 은근슬쩍 천기를 누설해 주시면 두 가지 길

중에 하나를 선택하지 않을까. 하나는 남은 재산을 어떻게 쓸까 궁리하고 다른 하나는 남은 시간을 어떻게 쪼갤까 생각할 것 같다. 재산에 마음을 두면 호의호식 배만 만족시키며 달나라까지 돌아다닐 것 같다. 쓰는 만큼 내 돈이라고 하지 않는가.

시간에 마음을 두면 좀 더 보람 있는 여생을 마치려고 할 것 같다. 선택의 기회를 주신다면 시간에 마음을 두고 싶다. 제일 먼저 하고싶은 일은 부질없는 말로 상처를 준 사람, 소소한 일로 다투고는 원수같이 지낸 사람, 주는 것도 없이 미워했던 사람, 악의는 없었지만 하얀 거짓말로 손해를 입힌 사람, 진심을 말한다며 서로서로 오해만 키웠던 사람, 도움을 받고도 은혜를 제대로 갚지 못한 사람들을 한 사람 한 사람 찾아가고 싶다. 나는 아무렇지 않다고 생각한 것이 그들에게는 큰 고통이었으리라. 차갑게 닫힌 마음을 따뜻한 차 한 잔으로 녹이며 먼저 용서를 구할 것이다. 시간이 조금 더 있다면 사랑하는 사람들을 찾아가 옛이야기를 나누며 오손도손 이별의 웃음꽃을 피우고 싶다. 그러고도 남는 시간이 있다면 내 삶의 흔적들을 정리하는데 사용해야겠다.

인생회로人生回路의 겨울에 접어들어 사고死苦를 기다리는 나이이다. 조금 전 만났던 할아버지가 당당하게 "팔팔이요"하던 말이 귓전을 쟁쟁 맴돈다. 누구나 오래 살고 싶어 한다. 하나님이 '너 얼마나 살고 싶으냐.'고 물으신다면 외람되기는 하지만 나도 '팔팔입니다.'라고 수줍게 말하고 싶다. 유전적 수명에도 섭섭하지 않는 나이이다. 증손자를 안아보지는 못해도 늠름한 청년이 되어 예쁜 애인을 데리고 올 장성한 손자들은 볼 수 있는 나이이다. 아무리 장수시대라고 해도 내 장례식에 온 문상객들이 애석해할 나이는 결코 아니다.

미수米壽는 나의 소망이라고 중얼거리며 약국을 나섰다. 일주일 동안 미세먼지로 뒤덮였던 하늘이 파랗다. 산수유 가지마다 노란 꽃봉오리들이 고개를 내밀고 소곤소곤 겨울이야기를 엮어내고 있다. 1년, 1년을 살면서 산수유는 88년의 나이테를 키워간다. 겨울나무들처럼 오는 봄을 즐겁게 맞이하다보면 나도 미수米壽를 넘기게 되지 않을까. 내년 봄 또 내후년 봄을 맞이하게 해달라고 맑게 갠 봄 하늘에 빌어본다.

* 미수米壽는 외래어다. 원어가 일본말(べいじゅ)이라고 싫어하는 사람도 있다.

꽃 피우는 고목古木

망팔望八이 되고나니 모임도 늙어간다. 육신이 늙어가니 마음도 편협해져 아량이 좁아지고 고집은 점점 세어진다. 한쪽에서는 육체의 노화를 막아야하느니 회춘해야하느니 떠든다. 다른 쪽에서는 음식은 어떤 것이 좋고 어떤 것은 나쁘니 나쁜 것은 피하라고 한다. 또 다른 사람은 운동은 무엇을 어떻게 해야 한다고 목소리를 돋운다. 모임마다 설왕설래 하다가 헤어지지만 다음에는 조금 더 늙은 모습으로 만난다.

어느 부부모임에서 있었던 일이다. 최근 자전거타기에 폭 빠진 친구가 자전거를 타기 시작했더니 다리와 가슴에 근육이 붙는다고 자랑했다. 그러자 그 부인이 "근육이 붙어야 할 데는 안 붙고, 입에만 붙어 말만 많아진다." 며 만인 앞에서 남편을 타박 했다. 한 바탕 배를 잡고 웃었다. 아마도 젊었을 때에는 감히 입 밖에 내지 못했을 말을 눈도 깜짝하지 않고 내뱉는 것을 보니 그 부인도 늙었다는 징조다. 새색시의 부끄러움이 늙으니 농담도 짙어졌다.

객지의 고단함과 외로움을 달랠 요량으로 고향 산기슭 동네사람들이 오랫동안 모임을 가졌다. 삼사 년 연배 되는 형이 양 볼이 쏙 들어가고 입술은 뾰족한 모습으로 나타났다. 잇몸이 아파서 치료를 받고 오는데 당분간 틀니를 사용하지 말라고 해서 빼놓고 왔다는 것이다. 건강한 치아는 오복의 하나라는 것을 보여 주는 모습이었다. 어색해 하는 형에게 우리도 멀지 않아 같은 모습일 테니 마음 편히 가지라고 위로해주며 모두 합죽한 입 모양으로 크게 웃었다. 어쩔 건가 나이가 많아지니 육신이 늙는 것을.

또 다른 모임에서 일어난 일이다. 점심을 먹고 나자 한 친구가 주머니에서 약봉지를 꺼냈다. 그러더니 이리저리 눈치를 살피며 밥상 밑에서 손으로 더듬어 봉지를 찢어 약을 손바닥에 감추었다. 그리고는 물을 마시는 척하면서 약을 넘겼다. 건너편 친구가 그 모습을 보더니 밥상을 숟가락으로 탁탁 두드려 주의를 환기시켰다. 그리고는 "야, 야, 우리 다 같이 약 먹자." 하고는 약을 꺼냈다. 그러자 이곳저곳에서 "아 참, 약 먹어야지." 하며 약을 찾았다. 하마터면 약 먹는 것을 잊을 뻔 했다는 투로 어색함 없이 다 함께 약을 입에 털어 넣었다. 젊었을 때는 누가 어떤 약을 먹을라치면 '저 친구 무슨 병이 걸렸나.' 수군거렸다. 그러던 친구들이 누가 어떤 약을 왜 먹는지 궁금해 하지도 않는 것을 보니 이 모임도 늙은 것이다.

초등학교 모임에서 근교에 산행을 갔다. 산행이래야 해발 4백 미터도 안 되는 산이니 산책이나 다름없었다. 삼십 분도 못가서 일행 하나가 쉬어가자고 했다. 자리를 잡자 한 친구가 옛날 학창시절의 다른 친구와 겪었던 이야기를 꺼내면서 "야, 개 있지. 김 뭐더라. 너 생각이 않나니." 하면서 이름도 생각나지 않는 친구 이야기를 늘어놓았다. 중간중간 그 친구의 이름을 기억해 내려고 애를 썼다. 그렇지만 이야기가 끝 날 때까지 아무도 그 이름을 기억해 내지 못하고, "개, 개, 개" 하였다. 졸지에 그 친구의 이름이 '개'가 되었다. 이것도 우리 모임이 늙는다는 증거이다. 몸만 늙은 것이 아니라 기억력도 늙었다.

공원의자에 할아버지 한 분이 동공 풀린 눈으로 하늘을 물끄러미 쳐다 보며 권태로이 앉아있다. 그분 앞을 지나면서 늙어가는 내 모습들을 이것저것 상상해 보았다. '이 늙음에 아무런 대책도 세울 수 없다면, 더 늙으면 어떻게 될 긴기.' 내 자신에게 물어보며 느리게 산책했다. 주변을 두리번거리다가 꽃을 피우고 있는 고목 하나를 발견했다. 나무줄기의 속은 이미 검게 썩고 움푹 파였으나 살아 붙은 잔가지가 꽃봉오리를 내밀고 있었다. 연초록의 새잎들도 터져 하늘을 향해 기지개를 켜고 있었다. 비록 밑줄기는 썩어가지만 꽃을 피우는 한 그 고목은 마지막 때까지 계속 나이테를 키워 가리라.

　내 육신의 나이테는 성장을 멈춘 것 같았다. 가던 발걸음을 멈추고 그 고목에 나를 옷 입혀 보았다. 사람은 육과 혼으로 되어있다. 저 고목의 밑줄기와 가지는 내 육체요, 아직 살아서 잔가지에 새잎이 나게 하는 흙과 뿌리는 내 혼이다. 지금까지 육신의 겉치레에만 매달려 허우적거리며 살았다. 내 영혼의 자양분인 경험을 풍성하게 하고 그것을 끌어올리는 데는 무관심했다. 많은 세월 이곳저곳에서 겪었던 추억들이 먼지 낀 책장 속의 낙서같이 묻혀있다. 깊이 잠자고 있는 추억의 이미지들을 흔들어 깨워야겠다. 멋있게 늙으려면 그 추억들에 생명을 불어넣어야 한다. 뿌리가 흙에서 양분을 빨아올려 꽃을 피우듯 깨운 이미지에 형형색색의 꽃을 피우게 해야겠다. 꽃 피우는 고목 같이 사진 찍기와 글쓰기를 통하여 내 영혼의 나이테를 풍성히 키워야겠다.

연어들의 재회

지난 스승의 날 동창들이 고등학교 졸업50주년을 기념하기 위해 모였다.

행사 10분전에 도착한 내가 꼴찌였다. 고향을 떠났던 학우들도 돌아왔다. 오죽이나 보고 싶었으면 그렇게 미리 다 왔을까. 30주년 때는 가족사진을 넣고 앨범까지 만들었다. 참석하는 인원도 행사규모도 훨씬 컸었다. 강산이 두 번 더 변하는 동안에 많은 친구들이 곁을 떠났거나 소식이 없다. 행사안내서를 받아들고 빈자리에 앉았다.

표지에 실린 교정을 보니 이내 학창시절이 활동사진같이 지나간다. 태백준령이 뿌려대는 겨울 칼바람에 눌러썼던 교모가 헌팅캡으로 바뀌어 빠진 머리 주름진 얼굴을 가리고 있다.

안내서 첫 장을 여니 교가가 울려 퍼진다. '동해바다 우렁차게 해가 솟으면 대관령 빛을 모아 장엄할시고 혁혁한 전통에 우리학교는 이곳에 희망과 함께 있도다.' 가슴이 두근거리기 시작한다. 친구들의 얼굴을 서로 쳐다보며 웃는다. 얼굴엔 주름이 가득하지만 웃는 입술에는 젊음이 남아있다.

주먹을 불끈 쥐고 아래 위 휘두르며 불렀던 응원가가 우렁차게 들여온다. '씩씩하고 용감하다 강상건아들 무쇠 같은 팔다리 훌쩍 젖히고 범과 같이 용감히 뚫고 나간다.' 한국전쟁, 베트남참전, 산업화, 민주화 모진 세월을 용감히 뚫고 온 건아들이다.

　행사가 시작되자 '국적은 바뀌어도 학적은 바꿀 수 없다.'는 개회사를 읽어 나가는 회장의 목소리가 세월의 무게감을 느끼게 했다. '아내와 말싸움을 하게 되면 무조건 져라.' 이것이 건강하고 활기차고 보람찬 노후를 보장하여 백수白壽하는 방법이라고 서울동창대표가 기념사를 했다. 우리 모두 큰 박수로 화답했다.

　시인이 된 두 친구는 감동적인 음률로 축시를 읊었다. '이제 모천母川도 다시 맑아져 푸르르니/ 어린 연어들에게 길을 일러주자./ 최고의 선물인 경험과 지혜를,' '어화 두둥실 두둥실 어화/강릉 벌판에서 한바탕 추임새/너와 나는 한마음.'

　다음 날 아침 초당 순두부집에서 만나기를 기약하고 밤늦게 헤어졌다. 희미한 등잔불 아래에서 책과 씨름했던 삼척안두三尺案頭 앞에 앉아 주소록을 펼쳤다. 360여명이 졸업했는데 명단에는 202명이 올라있다. 명단에 없는 친구들은 이 세상 사람이 아니거나 인연을 끊은 사람일지도 모른다.

　나이가 들면 나타나지도 않던 모임에 얼굴을 내미는 것이 동창회다. 명단에 오른 친구들도 반은 참석하지 않았다. 얼굴을 못 본 친구의 이름을 불러보면서 추억을 들추어본다. 칠순을 맞이한 나이에도 바쁜 생활로 하루 이틀 짬도 낼 수 없다면 축하할 일이지만, 오고 싶어도 오지 못한 친구들이 있을 것 같아 풍악을 울리며 놀았던 것이 염치없는 호사 같았다.

　명단에 없는 한 친구가 궁금하다. 고향에서 은행지점장을 할 때 제과점 개업자금을 대출해 준 친구다. 전날에 올린 판매대금을 하루도 거르지 않고 내게 와서 입금하였다. 신용을 목숨보다 귀하게 지키던 친구다. 사망했다는 소식도 듣지 못했다. 소식을 알만한 다른 친구에게 물으니 고향을 떠났단다. 제과점에서 맥주홀로 사업을 확장하다가 어떤 사고로 사업이 기울게 되었다. 건강도 나빠지자 심신이 괴로워 친구들의 얼굴마저 피하더니 결국 멀리 어디로 숨어버렸다. 논산훈련소에서 내 몫 화랑담배를 챙기면서 만면에 웃음 짓던 모습이 선하다. 그의 이름이 들어가야 할 자리에 친구의 얼굴을 밀어 넣었다.

십여 리 길을 함께 걸어 등교했던 친구이름이 눈에 들어왔다. 울산에 살고 있다. 집과 직장의 전화번호는 있으나 휴대폰 칸은 비어있다. 얼른 전화를 걸어 아직도 출근할 직장이 있는 것을 축하해 주고 싶었다. 밤늦어 전화를 걸지 못하니 더욱 소식이 궁금했다. 다음날 이른 아침 체면을 뒤로하고 집으로 전화를 걸었다. 노랫가락이 한참 울려도 받는 사람이 없다. 두세 차례 더 걸어도 대답이 없다. 출근시간을 짐작하고 직장으로 전화를 걸었다. 없는 번호라고 한다. 휴대폰번호가 빈칸인 것은 오랫동안 친구들과 연락이 없었다는 증거다. 혹시나 하는 불안감이 밀려왔다.

동해바다를 바라보면서 석별의 점심을 먹었다. 나이가 들긴 들었는가 보다. 지고는 못 가도 먹고는 간다던 술을 멀리한다. 담배를 피우는 사람도 없다. 봄볕에 반짝이는 모래언덕을 향해 밀려오는 흰 파도마저 늙은 몸을 밀어내는 것 같다. 건강하게 오래 살다가 70주년 80주년 100주년에도 만나자고 합창하면서 자리에서 일어섰다.

태어나는 데는 순서가 있어도 죽는 데는 순서가 없다고 한다. 다음 모임에는 더 많은 친구들의 이름이 명단에서 사라질 것이다. 누가 재회하게 될지 아무도 몰라 서로서로 잡은 손목과 바라보는 눈빛에 더욱 더 힘을 주었다. 그때에도 돌아온 연어들은 꼬리를 흔들며 수다를 떨리라.

실버 데이트

어느 봄날 공덕역에서 인사동으로 가려고 5호선을 탔다. 종로3가역에서 내려야 했다. 그곳에는 할아버지 할머니들이 여기저기 모여 있는 곳이다. 어떤 분은 신발을 벗어놓고 골판지 위에 앉아서 오가는 사람을 구경한다. 어떤 분은 구석에 쪼그리고 앉아 신문을 보거나 아니면 음식을 먹고 있다. 또 어떤 분은 자기 집 안방같이 누워서 잠자고 있다.

삼삼오오 모여서 주름살을 더 돋보이게 핏대를 세우며 심각하게 이야기를 주고받는 사람도 있다. 외로운 할아버지들 할머니들이 만나고 사귀고 하루를 즐기는 곳이라고 한다. 세 개의 지하철 노선이 지나가는 곳이니 차비 없이 멀리 외곽으로 조용히 데이트하러 가기에도 더없이 좋은 만남의 장소다.

고개를 두리번거리다가 건너편에 앉은 할아버지의 행동에 형사적 관심을 가지게 되었다. 머리카락은 염색한지 오래되어 흰 뿌리가 희끗희끗 보였다. 때 묻고 낡은 운동화를 신고 있었다. 잠바는 검은색 오리털 옷이었으나 유명브랜드의 이름은 보이지 않았다. 그는 잠바의 지퍼를 내리고는 두터운 조끼 오른쪽 주머니에서 오래된 휴대폰을 꺼내더니 누군가와 약속을 확인했다.

잠시 후 조끼 왼쪽 주머니에서 까만 반지갑을 꺼냈다. 조금 벌린 지갑 틈새로 남이 볼 새라 손가락 끝을 밀어 넣고 돈을 세어보고 있었다.

그리고는 만 원짜리 두 장, 오천 원짜리 한 장, 천 원짜리 한 장을 꺼냈다. 오천 원과 천 원은 귀를 가지런히 맞추고 반을 접더니 잠바 왼쪽주머니에 넣었다. 그리고 만원 두 장도 반을 접더니 오른쪽 주머니에 밀어 넣었다.

할아버지의 별난 행동을 보는 순간 그분은 종로3가역으로 데이트하려 가는 것이라는 예감이 들었다. 어느 여름날 인천으로 사진 찍으러 갔다가 목격한 일이 생각났다. 인천역에서 내려 화교마을을 지나서 자유공원 팔각정에 올라섰다. 전망이 좋은 곳에서 넓게 펼쳐진 항구사진을 찍을 요량이었다.

정자 2층에는 신발을 벗어놓고 신문지를 깔고 앉은 두 노인이 있었다. 할아버지는 가슴에 꼭 품고 할머니 가슴을 더듬다가 나를 보더니 슬그머니 감은 팔을 푸셨다. 이웃 처녀 총각이 몰래 만나 정을 나누는 물레방앗간에 불쑥 들어선 야릇한 느낌이 들었다. 이팔청춘의 열애는 늙어도 식을 줄 모르는 구나 생각되니 미안한 마음보다 그들의 관계에 대한 호기심이 더 컸다.

등을 돌리고 앉은 할머니는 겨우 고개만 비틀고 다급하게 전화를 받고 있었다. 아마도 가족과 통화중인 것 같았다. "아, 나 지금 친구랑 인천에 놀러 왔어."라고 말하며 전화를 끊었다. '친구'라는 말로 보아 종로3가역에서 만나 멀리 나들이 온 분들이 틀림없다는 생각이 들었다.

나는 카메라렌즈를 통해 바다를 둘러보는 척하면서 할아버지의 표정을 곁눈질로 살폈다. 밀회를 즐기는데 훼방꾼이 나타나 아주 못마땅해하는 얼굴이었다. '저 녀석 빨리 내려가지 않고 뭘 해. 너도 늙어봐라.' 하는 눈치로 내 쪽을 보고 있었다. 웃음을 억지로 참으며 아무것도 못본 척 관심도 없는 척 무표정하게 느릿느릿 걸음을 옮기며 훔쳐보는 재미에 빠졌던 적이 있다.

맞은편에 앉은 할아버지도 종로3가역에 내린다면 언젠가 만났던 할

너니와 새회하는 짓이 틀림없이보였디. 그런 생가이 들자 더 세신한 관찰을 하게 되었다. 할아버지는 나누어 둔 돈을 잃어버리지 않도록 주머니의 지퍼를 올렸다. 그리고는 잘 잠겼는지 손으로 재차 확인했다.

무엇이 그리도 불안한지 겉을 두드리며 그 돈이 주머니 속에 있는지를 또 확인했다. 조끼주머니 속에 지갑도 들어있음 확신하고는 미소를 지으며 아기를 잠재우듯이 가슴팍을 토닥토닥 두드렸다. 돈을 미리 지갑에서 꺼낸 것이며 또 나누어 보관하는 것이 나를 점점 궁금하게 했다.

종로3가역 5번 출구로 나오면 낙원동 실버극장이 있다. 극장건물을 끼고도는 낡은 식당가에는 소문난 소머리국밥집이 다닥다닥 붙어있다. 밥값은 2천 원에서 4천 원 한다. 무료급식소도 있다. 왼쪽 주머니 속의 6천원은 영화구경에 쓰일지도 모른다. 아마도 2만원은 할머니께 드릴 하루 데이트 값일 것이리라.

상상이 여기까지 펼쳐지자 그분이 과연 종로3가역에서 내릴지가 내 마음을 흥분시켰다. 역에 도착한다는 안내방송이 나와도 할아버지는 꼼짝도 하지 않았다. 나는 헛된 생각을 했구나 하면서 먼저 일어섰다.

지하철이 멈추고 문이 열렸다. 그러자 할아버지도 벌떡 일어났다. 앞아서 비축한 힘을 내뿜듯 쏜살같이 나를 앞질러 나갔다. 'O' 다리를 하고 빠르게 걷는 것을 보니 앉아있을 때보다 나이는 더 들어보였다.

약속시간에 늦기라고 한 듯 할아버지는 에스컬레이터에 서있지 않고 성큼성큼 계단 오르듯 급하게 걸어 올라갔다. 가슴 설렘은 육신의 늙음과는 무관하다고 거친 걸음걸이가 항변하는 듯했다. 나도 발걸음을 재촉하면서 놓칠 새라 뒤를 밟았다.

지하철출구 개찰구 앞에서 한 할머니가 기다리고 있었다. 할아버지는 환한 얼굴로 다가가면서 "전보다 얼굴이 살쪘네."라고 인사를 건넸다. 멋쩍은 인사에 쑥스러운지 고개 숙인 할머니는 부끄럼 타는 소녀모습이었다. 비가 오면 봄날 대지에 새싹아 돋듯이 실버데이트에도 애정의 싹이 솟은 것이다. 사랑함에는 늦음도 늙음도 없다. 다만 약간의 돈이 필요할 뿐이다.

산책 풍경

경의선철길 나란히 녹지공원과 산책로가 있다. 숲이 제법 우거지고 군데군데 심어놓은 꽃나무들이 철따라 풍광을 더욱 멋지게 가꾼다. 제일 반가운 것은 언 땅이 채 녹기도 전에 올라온 작은 들풀과 이름 모를 야생화들이다. 냉기가 온전히 가시지 않은 햇볕에 활짝 핀 들꽃군락이 '추위야 빨리 물러가라'고 합창하는 울림이 낙엽 진 겨울나무 숲속을 메아리로 채운다. 가을단풍은 평지로 내려온 설악산 단풍이다. 겨울엔 눈꽃을 보며 걷는 것도 별미다. 이사 온 후로 늘 거니는 길이다. 젊었을 때는 두 시간 걸었다. 지금은 한 시간 약 6.5km를 걷는다. 코로나 19로 거리두기가 시작된 후 매일 걷는다. 늘 만나는 얼굴들도 몇 분 있다.

하루는 휑하니 할아버지 할머니를 앞질러 가는데 뒤에서 큰 소리로 "몇 살이요" 하는 소리가 들렸다. 뒤돌아보니 할아버지가 "팔십은 됐소."하고 물었다. 옆에 있던 할머니가 "에이-" 내 눈은 못 속인다 하시던 어머니 같이 나지막한 소리로 아닐 거라고 한다. 걷는 모습이 너무 씩씩해서 물었다고 했다. 팔십이 되려면 한참 더 살아야 한다고 대답했다. 할머니가 "그 봐—" 하며 할아버지 옆구리를 꾹 찔렀다. 할아버지 연세를 물었더니 나보다 열 살은 많았다. 뚱뚱한 상체가 앞으로 약간 쏠리는 듯해서 넘어지지 않으려고 발놀림을 바삐 움직였다. 나보다 더 건강하시다며 마침 들고 있던 손바닥 지압용 가래 한 쌍을 주었다. 내가 직접 만든 것이라고 자랑했다. 죽을 때까지 가지고 놀아도 되겠다며 고맙게 받았다. 좋아하는 얼굴을 보니 주는 내가 더 고마웠다. 그날 후로는 멀리서도 나를 보기만 하면 친구 대하듯 손을 휘휘 젓는다.

지난여름 말같이 장성한 딸과 조깅하는 부인을 만났다. 두 사람은 몸에 찰싹 붙은 조깅복을 입었다. 딸은 아래위 짙은 검은 색 옷을 입었다. 엄마는 아래 위 더블톤의 연한 붉은 색 계통의 옷을 입었다. 보통 사람이면 딸이 앞서가고 엄마가 뒤 따라 간다. 이 두 사람은 엄마가 몇 발자국 앞서가다가는 뒤 돌아보고 속도를 조절하곤 했다. 발걸음 멈추고 두 사람이 지나가기를 기다렸다. 엄마는 뒤 돌아보며 연실 웃지만 딸은 오만 고통의 인상을 찌푸렸다. 땀이 소나비 맞은 듯 뽀얀 얼굴과 긴 목덜미를 타고 흘러내렸다. 허파가 밖으로 튀어나올 것 같이 숨을 헉헉 몰아쉬었다. 눈여겨보니 장애인인 것 같았다. 얼굴과 몸매는 너무 미인이었다. 마귀할멈의 심술이 아닐까. 아름다움의 표상인 모성애母性愛의 모습이 엄마의 미소와 몸짓에 배어있었다. 장애자녀는 부모들에게는 말로 표현하기 힘든 고통을 준다. 하지만 그것들이 아무리 힘들어도 모성애를 이기지 못한다. 잠시 서서 눈감고 기도하지 않을 수 없었다.

추운 겨울인데도 늘 만나는 노인 부부가 있다. 그분들은 '누우면 죽고 걸으면 산다.'는 신념으로 걷고 있다. 아주 궂은 날씨가 아니면 사시사절四時四節 만나는 분들이다. 가끔 의자에 앉아 쉬기도 하지만 세월아 네월아 느릿느릿 움직인다. 온 식구가 나왔으니 빨리 집에 들어갈 필요가 없으신 것 같다. 할머니는 세 발로 걷는다. 할아버지는 두 팔꿈치 위에 걸쳐놓은 지팡이로 허리를 받치고 걷는다. 산책로보다 숲속을 헤매고 다닌다. 가끔은 할머니가 소변을 참지 못해 으슥한 곳에서 하얀 궁둥이를 내 보이기도 한다. 두 분의 나이는 회혼回婚이 다가온 것 같다. 부부가 항상 나란히 산책을 하는 것을 보면 경이롭다. 끊임없이 대화를 주고받는 것이 장수비결인 것 같다. 만인의 꿈이 백년해로百年偕老

가 아닌가. 간혹 할아버지 혼자서 걷는 날에는 할머니가 못나온 이유가 궁금해진다. 그런 날이면 내일이 더 기다려지는 것이다.

겨울은 피하고 날씨가 따뜻해지면 나오시는 할아버지가 있다. 눈에 보이는 나이는 80대 후반으로 보인다. 그 분의 여름복장이 내 눈길을 사로잡는다. 아래 위 풀 메긴 하얀 모시 주적삼(강릉 사투리-바지저고리) 입고 가벼운 발걸음으로 꼿꼿하게 걷는다. 지팡이도 들고 있지 않다. 그 분을 볼 때면 여름마다 할아버지 모시 주적삼을 손질하시던 어머니 모습이 떠오른다. 풀 메겨 말리고, 물 한 모금 입에 물고 물안개를 뿌려 마른 북어 같은 옷을 적시고, 방망이로 장단 맞추어 다듬이질하고, 나무자루가 달린 무쇠 다리미에 벌건 숯불을 올려놓고 다림질해야 하는 옷이 모시옷이다. 노인이 내 눈앞으로 다가오면 모시 주적삼 손질하시던 어머니 얼굴이 불쑥 따라오신다. 스치며 지나가시는 어머님께 미소 지으면 할아버지가 덩달아 웃는다. 삭풍설한朔風雪寒의 긴 겨울을 어떻게 지내시는지 궁금하다. 하루 빨리 따뜻한 봄이 와서 피차 조금 더 늙은 모습을 확인해 보아야겠다.

제04부

상상想像은 날개를 달고

「휴지」들의 성토聲討

그들의 이름은 「크리넥스」다. 인간들이 홀대하여 「휴지」라고 부른 다. 휴지통이라고 불리는 집에서 잠시 모여 살다가 화장터로 가는 것 이 그들의 운명이다. 내가 휴지통을 내려다보자 그들이 갑자기 웅성거 렸다.

대장 「휴지」가 더 이상 참을 수 없다며 일어서더니 일장연설을 했다.

"우리의 전생은 심산계곡에서 수십 년 동안 극심한 추위를 이기고 자 란 가문비나무다. 사람들이 우리 전생에 고통을 무지막지하게 준다. 평 화롭게 살고 있는 우리 전생을 무참하게 자른다. 이리저리 옮긴다. 톱 니로 썰고 분쇄기로 갈아 가루로 만든다. 뜨거운 가마솥에 삶는다. 불 같은 황산으로 녹인다. 그리고 가느다란 섬유성분을 뽑아낸 다음에는 표백제로 희게 한다. 그것으로 우리와 우리의 사촌인 종이와 옷감을 만 든다. 우리는 자신을 더럽혀 남을 깨끗하게 하는데 사용된다. 오늘 우 리가 이렇게 함께 휴지통에 모인 것은 우리 몸이 더러워졌기 때문이다. 각자 우리를 더럽힌 주인에 대해 이야기해 보도록 하자."

붉은 립스틱이 덕지덕지 묻은 「휴지」가 말했다.

"내 주인은 이 집의 막내딸이야. 친구가 좋다고 몰려 다녔는데도 짝 이 없어 안달이지. 오늘은 오랫동안 고대하고 고대하던 소개받는 날이 라나. 들뜬 마음으로 거울 앞을 들락거리며 이 옷 저 옷 입어보고 열심 히 화장도 했어. 립스틱을 주욱 밀어 바르더니만 맘에 들지 않는다고 나를 휙 뽑아 들이더니. 그리고는 자기 입술은 쓱 문지르더니 꾹꾹 꾸겨서 이곳에 내 던지더라. 가끔 남을 탓하기도 하지."

냄새도 나지 않아 언뜻 깨끗해 보이는 구겨진 「휴지」가 투덜댔다.

"내 주인은 이 집의 아빠다. 자기 작품의 예술성을 몰라준다고 투덜대는 가난한 사진작가이지. 제목 없는 작품의 피사체被寫體로 쓴다고 나를 뽑았어. 그리고는 주먹 속에 넣어 꾸긴 후에 새까만 종이 위에 나를 던졌지. 흑과 백을 대비하여 자기도 모르는 것을 표현한다나. 내가 있는 힘을 다하여 펴지기를 기다리다가 지친 모습에 카메라를 들이댔어. 이쪽저쪽에서 사진을 찍더니만 맘에 들지 않는다고 이곳에 던지더라. 고맙기는 하지만 더럽혀 지지 않아 조금 섭섭하기도 하다. 우리는 버린 몸이라야 제격이지 않니."

찢겨진 「휴지」가 자기는 제법 대우를 받는다고 은근히 자랑했다.

"내 주인은 이 집의 제일 어른이신 할아버지다. 보릿고개를 체험한 할아버지는 근검절약이 몸에 배었어. 이를 닦을 때에도 치약을 다른 식구의 반의반만큼 쓰시지. 비누도 한 번 문질러 세수해. 물기는 자연스럽게 말리는 것이 건강에 좋다며 수건도 사용하지 않아서. 내가 필요할 때면 한 장을 조용히 뽑아서는 반으로 잘라서 쓰시고는 남은 것은 가지런히 접어둬. 다음에 쓸려고. 찢어지는 아픔이 있기는 하지만 나를 아껴주는 할아버지가 무지무지 고맙다."

코 묻은 「휴지」들이 합창을 했다.

"우리 주인은 이 집 큰아들이야. 많은 자격증을 땄어도 취업을 못해 몇 년째 공무원 시험 준비하느라 몸이 허해졌어. 자주 걸리는 코감기에 또 걸려 콧물이 쉴 새 없이 흐르더라고. 한두 번 훌쩍 마셔봐야 소용없었어. 그래도 계속 흐르자 나를 뽑아들더니 신경질적으로 나를 향해 큰소리로 흥하고 코를 풀었어. 깜짝 놀라 온몸이 부르르 떨리더라고. 한 장씩 쓰면 자기 손에 코가 묻는다나. 그게 뭐 그리 걱정이야 씻으면 될 것을. 코도 묻지 않은 손을 닦는다며 또 나를 휙 뽑더라고. 그리고 는 이곳에 내던지더라. 코를 푸는 것이 아니라 세상을 향해 분을 푸는 거야."

음식물이 묻어 냄새를 풍기는 「휴지」가 찡그리며 말했다.

"야, 내 주인은 이집 엄마야. 넉넉지 않은 살림에 식구들 뒤치다꺼리 하느라 지쳐있지. 행주로 식탁을 닦으면 더 깨끗할 것을 움직이는 것을 귀찮아해. 그래서 옆에 있는 나를 습관적으로 뽑아 식탁을 문지르며 낭 비하지. 젖으면 접고 젖으면 접어 앞뒤로 나를 더럽힌 다음에는 이곳으 로 던진다. 가슴에 맺힌 응어리를 문지르고 있는지도 모를 일이야."

할퀴고 찢긴 「휴지」가 짜증스럽게 불평했다.

"내 주인은 이집에서 제 멋대로 행동하는 강아지다. 강아지의 주인은 이집 딸이야. 나를 자기 노리개로 알고 있어. 가끔 입으로 물어 뽑는 재미로 나를 놀려. 뽑아서는 발로 차고 찢고 해. 갈기갈기 찢어지면 내 동생들을 또 뽑거든. 내가 쓰여야 할 곳은 아랑곳 하지 않지. 할머니가 야단을 치고 나를 높은 곳에 올려놓기까지 못된 짓을 계속해. 할머니는 식구들이 우리를 낭비한다고 잔소리를 하지만 헛수고야. 어른의 충고 를 고맙게 들어주던 그 옛날을 넋두리하시며 그리워하시지."

숨죽이고 조용히 듣던 대장 「휴지」가 촛불을 높이 치켜들고 일어 섰다.

"우리가 남을 깨끗하게 하기 위하여 우리 자신을 더럽히는 것은 자신 을 낮추는 희생이다. 인간들은 자신을 낮추어 남을 세워주는 것을 싫어 한다. 오직 남을 더럽혀 자기의 이기심과 탐욕만 채우려 한다. 홈리스, 장애인, 결식어린이, 독거노인, 어린이 가장, 재소자, 등등 도움을 기다 리는 그들의 이웃이 너무 많다. 이웃들을 돕는다는 것은 그들의 육체와 정신을 깨끗하게 하고 치유하는데 자신을 드리는 것이다. 우리와 같은 삶을 사는 것이다. 희생의 의미도 모르고 값이 싸다는 이유로 우리를 낭비하는 이 인간들을 향해 우리 다 같이 성토해야만 해."

"야, 인간들아! 너희들은 우리가 이곳에 오기까지 겪은 모질고 오랜 삶, 길고 긴 여행, 그 많은 고통을 모르지. 그것에 비해 우리들의 값이 너무너무 싸다고 우리를 낭비하지. 너희들은 우리만 낭비하는 것이 아니야. 시간을 낭비하고 자원을 낭비하지. 어디 그뿐인가. 우리 전신이 살던 곳을 파괴하듯 환경도 파괴하지. 그들이 마시던 공기와 빨아올리던 물까지 더럽혀. 몸에 좋다는 것으로 보신하지만 남을 위한 것이 아니라 너희들의 정욕을 채울 뿐이지. 어서, 허황된 꿈에서 깨어나게나. 네 자신을 낮추고 이웃을 사랑해야 하네. 우리한테서 본 좀 받으라고!"

나와 눈이 마주치자 그들이 나를 향해 일제히 손가락질 하며 "자연은 인간만을 위해 창조된 것이 아니다."라고 성토하고 있었다.

수영장의 이방인異邦人

늘는다는 것은 어쩔 수 없는 노릇이다. 나이가 들면 노안老眼이 되고, 가는귀가 먹고, 오물오물 씹고, 지팡이를 짚기 마련이다. 칠십이 넘어서니 불편해 지는 신체부위가 한두 군데가 아니다. 무릎도 좋지 않아 오래 걷지 못한다. 의사가 무릎에 무리를 주지 않는 운동이 수영이라며 권했다.

처음으로 동네 체육관에 수영하러갔다. 수영장을 내려다보고 깜짝 놀랐다. 유럽에서 보았던 수영장은 아니었다. 건강을 위해 수영을 즐기는 곳이 아니라 선수들이 연습하는 곳이다. '활력이 넘치는 스포츠레저 도시로 비상한다.'라는 구호가 맞은 편 벽 꼭대기에 덩그러니 걸려있다.

각각의 레인Lane에는 '기초 초급 중급 고급'의 등급표지판이 세워져 있다. 레인마다 굵은 줄로 경계를 명확히 해 놓았다. 가시 없는 철조망 같았다.

내 수영실력을 감안하여 중급레인에서 수영을 시작했다. 젊은 여자 네 명과 같은 속도로 돌았다. 몇 바퀴를 돈 다음 쉬고 있는데 안전요원이 다가왔다. "할아버지, 기초 쪽으로 가야겠어요."라고 말했다. "내 수영실력이 어디가 모자라서 기초부터 배워야 하느냐."고 되물었다. 누군가 나를 보고 불평했던 것이 틀림없어 보였다.

수영장 턱에 걸터앉아 수영하는 사람들을 보니 모두 나와 다르게 수영을 하고 있었다. 머리를 물속에 처박고 좌우로 고개를 돌리고 양손을 번갈아 뻗으며 헤엄을 쳤다. 모두 한 사람에게서 배운 복제인간같이 수영을 했다. 머리를 들고 헤엄치는 사람은 나뿐이었다. 그들의 눈에는 불쑥 찾아온 이방인異邦人으로 보인 모양이었다.

초등학교에 들어가기 전부터 개울 웅덩이에서 헤엄쳤다. 처음에는 개헤엄을 쳤다. 양손은 뻗지 못하고 물에 빠진 개처럼 허비적거렸다. 개헤엄은 물에 가라앉지 않게 하는 기술을 습득하는 단계이다. 깊은 곳에서 개헤엄을 칠 줄 알자 개구리헤엄을 치기 시작했다. 머리는 쳐들고 두 발은 오므렸다가 뒤로 차고 양손은 앞으로 내민 다음 옆으로 벌려 물을 뒤로 밀어낸다.

개구리헤엄에 익숙해지자 누워서 헤엄치는 송장헤엄을 배웠다. 송장 같이 받듯이 누워서 하늘을 보면서 노 젓듯 헤엄치는 것이다. 속도를 내기 위해서 칼잽이 수영을 배웠다. 손가락을 붙인 양손을 번갈아 칼로 찌르듯 쭉쭉 뻗고 고개를 좌우로 돌리면서 헤엄치는 것이다. 이때도 머리를 물속으로 처박지는 않는다.

중학생 때부터는 둘레가 4km를 넘는 저수지를 건너갔다 건너왔다. 개구리헤엄 송장헤엄 칼잽이헤엄을 번갈아 가면서 헤엄쳤다. 대학생시절에는 경포대 앞바다에 있는 5리 바위 그 너머에 있는 10 리 바위까지 헤엄쳐 다녀왔다.

이렇게 60년 넘게 헤엄친 나를 보고 기초반에 가서 새로 배우라고 하니 정말로 황당한 수모였다. 그들은 수영하고 나는 헤엄친다고 이방인 취급하는 것이다. 수영(水泳すいえい)이란 말은 일본말이다. 우리말 헤엄을 무시하는 그들이야 말로 이 땅에 온 이방인이 아닌가.

유럽의 동네 수영장은 아주 조용하다. 연세가 많으신 분이 많다. 그들은 수영실력을 뽐내며 이리 왔다 저리 갔다 하지 않는다. 송장헤엄 치듯 반듯하게 누워서 낙엽같이 온몸을 물위에 띄워놓고 얼마나 오래 버티는지를 즐긴다. 이런 분들이 있으면 가까이 가지 않는 것이 수영장의 예의다. 레인으로 수영장을 구분 짓지도 않는다.

그곳에서는 머리를 처박고 물을 튀기며 다른 사람에게 피해를 주는 것은 상상도 할 수 없는 짓이다. 그런 수영은 선수들이나 한다. 나를 기초반으로 내 쫓으려는 사람들은 다른 나라 수영장에서는 이방인으로 취급받는다.

구호 '스포츠레저'는 이율배반적이지 않는가. 스포츠는 시합이고 레저는 여가운동이다. 레저같이 스포츠를 하면 메달을 딸 수 없다. 스포츠같이 남을 이기려는 레저를 하면 오히려 피곤하다. 무엇을 하든지 일등을 해야 하고 일등만 사람 대접받는다고 믿는 스노비즘을 대변하는 말이라고 생각되었다.

레저를 레저같이 즐기려는 나를 이방인 취급했다. 고개를 처박아야 하는 이유, 호흡하는 방법, 손발의 동작을 관찰하니 이삼 일 연습이면 족할 것 같았다. 하찮은 것으로 뽐내는 사람들이다. 인간들은 배운 것 가진 것 잘 하는 것으로 남을 낮추어보기를 즐기는가 보다. 때론 그런 모습이 내게도 있으니 그들을 나무랄 처지도 못 된다. 잔소리요 늙은이의 고집으로 보일 뿐이다.

무척 조심했는데도 목구멍에 불편함을 이내 느꼈다. 각종 소독약, 머리카락, 침, 콧물, 피부를 통해 배설되는 노폐물 등으로 가득 찬 곳이 수영장이다. 더구나 소변도 완전범죄가 이루어지는 곳이 수영장이라고도 하지 않는가. 그런 더러운 물에 머리를 처박고 눈 귀 코 입으로 오물을 들이키는 것은 싫다. 자유 수영시간에 내 자유를 빼앗기는 것은 더욱이나 싫다.

더더욱 싫을 것은 칸막이 안에서 앞선 사람 따라 복제인간같이 왔다 갔다 하는 짓이다. 물속에서 몸을 건져 올리니 몹시 무거웠다. 이방인異邦人으로 산다는 것은 몸과 마음의 무게를 느끼며 사는 것이 아닌가 생각되었다.

상상想像은 날개를 달고

어느 이른 봄날 오후였다. 가벼운 차림으로 인근 산으로 산행을 갔다. 철길을 넘어 벌판에 들어서니 영농채비를 하는 농부의 손놀림이 바삐 움직였다. 퇴비에서 나오는 고향냄새를 거부감 없이 들이키며 논둑을 걸었다. 길을 따라 주변을 이리저리 살피니 쑥과 버들강아지가 제법 고개를 내밀고 봄이 왔음을 알렸다. 내 몸에도 봄이 와 한겨울에 움츠렸던 팔다리가 생기를 얻어 걸음이 가뿐했다.

맞은편에서 대여섯 살 먹은 여자아이가 울면서 다가오고 있었다. 친구들과 다투고는 엄마에게 일러바치려고 자기 집으로 가는가 보다고 생각하며 무심코 지나쳤다. 울음을 그치지 않기에 뒤돌아보다가 그 아이와 눈이 마주쳤다. 나를 보자 더 큰 소리로 울면서 무엇을 찾는 듯한 태도로 두리번거리고 있었다.

이상한 생각이 나서 되돌아가 우는 이유를 물었다. 천만 뜻밖에도 집을 잃었다고 말했다. 순간 이 벌판에 집 잃은 아이가 있다는 것에 깜짝 놀랐다. 이름을 물으니 김수진이라고 흐느끼면서도 똑똑하게 말했다. 아이의 차림새를 보니 완전한 새 옷에 새 구두를 신고 있었다. 순간 아이를 버릴 때는 부모들이 그래도 양심이 있어 새 옷을 입히고 새 신을 신기어 사람들의 눈에 쉽게 띠는 곳에 버린다고 신문에서 읽은 것이 문득 생각났다.

'아이쿠, 부모가 버린 아이로구나' 혼자 입속으로 중얼거렸다. 전화번호를 물었더니 울먹이면서도 또박또박 말했다. '아마 통화가 안 되거나 주인이 바뀐 전화일 거야'라고 반신반의하면서 휴대폰을 꺼내 급하게 번호를 눌렀다.

초등학생 목소리가 들렸다. 번호를 확인하고 수진이와 어떤 관계냐고 물었다. 사촌 오빠라고 말했다. '아니 사촌이라니.' 어린아이가 사촌 오빠네 전화번호를 외우는 것이 더욱 이상하게 생각되어 또 다른 의심이 들었다. 수진이 어머니 계시냐고 물었더니 없다고 했다. 없다는 말에 수진이 엄마가 가출한 것이 분명하다는 생각이 들었다.

상상은 점점 나쁜 쪽으로 더 확대되었다.

'이 아이를 경찰서에 데리고 갈까, 아니면 우선 집으로 데려가서 경찰서에 신고하고 우리 집에 둘까, 잘못하면 유괴범으로 몰릴지도 모르는데, 집에 데려가면 또 몇 살까지 키워야 하나, 딸은 키우는데 비용도 많이 든다고 하던데, 과외비에 결혼비용까지도, 제대로 키우지 않으면 남의 자식이라 차별한다고 수군거릴 텐데……'

5남1녀의 장남으로 아들 하나만 키웠다. 딸을 키운다는 것이 아주 서툴 것이다. 총각시절에 아들만 셋을 키우는 상사와 딸만 셋을 키우는 상사를 모신 적이 있었다. 아들만 있는 분이 딸만 있는 분에게 아들이 없어 섭섭하겠다고 심기를 건드렸다. 딸만 가진 분은 딸 키우는 재미도 못 보는 것이 얼마나 삭막한 인생이냐고 대꾸했다. 퇴근하면 언니 둘은 양 어깨에 막내딸은 목에 매달리는 법석을 떨 때 맛보는 즐거움을 장황히 늘어놓았다. 늘그막에 나도 그런 재미를 느끼게 하는 축복을 받을 것이라고 생각하니 울고 있는 수진이의 얼굴이 더 예뻐 보였다. 집으로 데려가고 싶었다.

이렇게 엄청난 속도로 상상의 날개를 폈다. 수진이가 누구와 나갔냐고 물었더니 자기 아버지와 나갔다고 말했다. '아니 그러면 삼촌이거나

이모부 아닌가. 유치원 교육비가 대학교 등록금보다 많다고 한다. 제
자식도 키우기 힘든 세상이다. 남의 자식인 조카를 거두기가 힘들 것
같아 유치원 보낼 나이 전에 버린 것이 틀림없다.'는 생각이 들었다.

점점 수진이를 버려진 아이로 옭아맸다. 그 애 아버지의 휴대폰 번호
를 물으니 휴대폰도 없다고 했다. '그러면 그렇지. 휴대폰비용도 유지
하기 힘든데 조카를 어떻게 키울 수 있을까. 내 추측이 틀림이 없구나.'
생각하며 모든 것을 내 틀에 집어넣었다. 계속 흐느끼며 울고 있는 수
진이가 더욱 측은해 보였다.

차를 가지고 있는 것으로서 그 집의 경제적 수준을 가늠할 요량으로
그 애에게 아빠가 자동차로 수진이를 데리고 나갔는지를 물었다. 또 그
애가 자동차 번호를 알고 있으면 자기 집 차일 것 같아 번호도 물었다.
2592번이라고 말했다.

전화를 끊고는 눈을 부릅뜨고 사방을 둘러보며 근처에 서있는 자동
차를 찾아보았다. '시동을 컨 채 차 속에서 나를 유심히 관찰하고 있을
거야. 지금 출발하는 차의 운전자가 수진이를 버렸을 거야. 아이코 차
종을 물어 볼걸……' 수진이는 이제 완전히 버려진 아이가 되었다.

약 백여 미터 떨어진 곳에 음료수류를 싸게 파는 무허가 창고가 있
다. 나도 가끔 거기서 탄산음료수를 산 적이 있었다. 그 창고 앞에 자
동차 두 대가 서있었다. 나는 눈물 콧물이 묻은 수진이의 손을 잡고 자
동차의 번호를 읽으며 걸었다. 가까이 가자 앞쪽 차 번호 2592가 눈에
쑥 빨려 들어 왔다.

"수진아, 너 이 차에서 내렸니." 내가 문을 열자 "네" 하고는 얼른 차안
으로 들어갔다. 이내 울음을 딱 그쳤다. 한 젊은이가 음료수 상자를 들고
창고에서 나왔다. 차문을 닫는 나를 의심스러운 눈초리로 바라보았다. 아
이는 언제 울었냐는 듯 방긋 웃고 있었다. 웃는 수진이의 모습을 보면서
세상의 악과 내 이기심을 순식간에 얼마나 많이 그렸는지 부끄러웠다.

한낮의 개꿈

어느 여름 날 해질녘에 사진을 찍으려고 길거리로 나갔다. 마침 길갓
집 지붕위로 넘어가는 해가 하늘을 붉게 물들였다. 추녀 끝에 터 잡은
자리공의 이파리가 역광을 받아 더 푸르러 보였다. 옆으로 드리운 꽃대
에는 팥알만 한 열매가 조롱조롱 달려 흑진주 같이 반짝거렸다. 낡은
지붕과 대조를 이루고 있는 모습이 한 장의 사진으로 내 눈길을 사로잡
았다. 방향을 틀어 내딛는 순간 오른발이 어딘가에 걸려 몸의 균형을
잃었다.

카메라를 먼저 보호해야 한다는 본능적인 행동이 나타났다. 사람마
다 몸보다 소중히 여기는 물건이 있다. 사진 찍는 사람에게는 카메라가
그런 것이다. 카메라를 땅바닥에 내동댕이칠 때 돌에 부딪치면 박살난
다. 급히 왼손에 든 카메라를 가슴에 안고 왼쪽으로 몸을 틀었다. 오른
손바닥으로 땅을 짚었다. 카메라는 다행스럽게 흙바닥에 살짝 부딪혔
다. 일어나자마자 카메라가 고장 났는지 살펴보았다. 제대로 작동되는
것을 확인하고서야 가슴을 쓸어내렸다.

긴장이 풀리자 여기저기가 아팠다. 손등과 손바닥과 무릎 여러 군데
서 이내 피가 흘렀다. 무엇에 걸려 넘어졌나 하고 살펴보니 땅 위로 주
먹만 한 돌덩이가 보였다. 화가 났다. '돌부리를 차면 발부리만 아프다.'
는 속담도 잊고 힘껏 돌을 걷어찼다. 무릎은 저리고 발가락은 부러진

제4부 상상想像은 날개를 달고

듯 아팠다. 바닥에 주저앉아 아픈 발가락을 주무르며 돌을 노려보았다.

"야, 가만히 있는 나를 왜 또 걷어차고 있어. 조금 전 달콤한 꿈속에서 노닐고 있는 나를 깨워서 기분이 아주 상했었는데 또 시비를 걸어."라고 돌이 말을 걸어왔다. 말하는 것도 기가 찰 노릇인데 칠십 노객에게 반말지거리다. 어른도 몰라본다고 야단을 쳤다. 돌이 눈을 치켜들고는 누가 어른인지 따져보자고 했다.

"인간이 이 세상에 태어난 것은 수십만 년에 불과하다. 나는 수십억 년 전 지구가 태어날 때 함께 태어났다. 지구의 나이가 더 많으냐 인류의 나이가 더 많으냐. 너희들 세상에서는 나이가 많은 사람이 아랫사람에게 반말하지. 내 나이와 네 나이 중에 누가 많으냐. 나는 네 조상 유인원이 태어나기 훨씬 전에 이 땅에 있었다. 그런 내가 고작 백 년도 살지 못한 너에게 하대하는 것은 지당한 일이다."라고 일장연설을 했다.

그냥 물러서면 나뿐만 아니라 만물의 영장인 모든 사람의 체면도 구기는 일이다. 혼잣말로 '돌뿌리 주제에 말을 하네'라고 중얼거리며 발바닥으로 또 한 번 짓눌렀다. 상처 난 곳이 더 아팠다. "나는 '돌뿌리'가 아니고 '돌부리'거든. 서당에 사는 개도 3년이면 풍월을 읊는다는 것쯤은 너도 잘 알고 있겠지. 나는 사람과 수십만 년 같이 살았는데 그들이 나불대는 말을 배우는 것이야 식은 죽 먹기지. 하물며 '부리'도 가지고 있는 내가 말할 수 있는 것이야 너무나 당연한 일이 아닐까. 사람의 말을 겨우 흉내만 내는 앵무새 부리와는 비교도 할 수 없다." 라고 말하면서 이젠 돌이 나를 가르치려 들었다.

제 이름을 잘못 불렀다고 나를 나무라는 돌의 마음은 알만 했다. 어렸을 때 집안 사람들은 내 이름을 '할람'이라고 불렀다. 초등학교 입학식 날이었다. 선생님이 학생들의 이름을 불렀다. 나를 '한남'이라고 불렀다. 내 이름은 '할람'이라고 고쳐주었다. 선생님이 "너는 네 이름도 제대로 알지 못하느냐."고 말할 때 친구들이 크게 웃었다. 그 후부터

86   時間의 징.검.다.리

집안과 동네 사람이 내 이름을 틀리게 부르는 것을 몹시 싫어했다. 죽은 돌이 산 사람에게 시시비비를 걸고 있다고 생각하니 돌에 걸려 넘어진 것이 점점 더 분하게 느껴졌다.

"죽은 돌이라니. 바위가 돌이 되고 돌이 흙이 된다. 나도 흙이 되기를 기다리고 있다. 흙과 물은 생명의 근원이다. 너희들이 우리에게 씨 뿌리면 우리가 그것을 받아 자라게 하고 열매 맺게 하지. 너는 우리가 만든 열매를 먹고 네 생명을 이어가는 것이다. 생명의 근원인 나를 죽은 돌이라고 비웃는 것은 어리석은 짓이다."라고 목소리를 내리깔고 점잖게 타일렀다.

말 상대도 되지 않는다고 나를 왕따 시킬 모양이다. 무슨 생각을 하면 말도 하기 전에 알아차린다. 저승에 가서 조물주 앞에 서서 심판 받는 모습이 이런 것이 아닐까 생각되었다. 돌의 시비를 벗어나려면 생각하기 전에 행동해야 했다. 주변을 살폈다. 끝이 뾰족한 막대기가 있었다. 얼른 막대기로 돌을 파내야겠다고 마음먹었다. 주먹만 한 것이니 몇 군데 찌르면 이내 튀어나올 것 같았다. 찌르는 곳마다 단단한 것이 막아섰다. 돌도 알아차리고 완강히 저항했다. 주변을 헤집기 시작했다. 조그마한 테두리가 점점 커졌다.

어느덧 내가 그 테두리 속으로 들어갔다. 주변을 파면 팔수록 돌의 둘레는 점점 커졌다. 허리 깊이까지 파 들어가도 돌은 꿈쩍도 하지 않았다. 땀은 비 오듯 흐르는데 삽질은 점점 둔해졌다. 기진맥진하여 혁혁 숨을 몰아쉬고는 구덩이에 벌렁 누웠다. 잠시 후 눈을 떴다. 목덜미에는 식은땀이 흥건했다. 씨름하던 돌부리는 간 곳 없고 몸은 침대 위에 누워있다. "내 카메라 어디 있지."하면서 벌떡 일어났다.

가는 봄

봄은 걸어서 온다. 사람이 봄의 계절로 들어가는 것이 아니라, 자연이 펼치는 봄이 사람 앞에 그 자태를 보여주며 걸어오는 것이다. 오늘은 봄이 한겨울 얼었던 땅속에서 잠을 깨고 기지개를 편다는 입춘이다. 입춘의 입자는 '설 입立'자다. 어린이가 일어서기 시작하면 이내 걸음마를 배운다. 인생의 첫 발을 내 딛는 것이다. 그 걸음에는 출발이 있고 방향이 있고 목표가 있다. 봄도 그렇다. 어떤 이는 "봄은 1월부터 시작한다."고 했다.

봄은 회전목마를 타고 온다. 봄은 추위를 뚫고 일어서 우리 앞을 지나가며 다시 올 봄을 약속한다. 안개 속에서 희미하게 나타낼 때에야 우리가 봄이 오는 것을 알아보지만 사실 봄은 회전목마를 타고 한시도 멈추지 않고 돌아서 지나갔다가 다시 나타나는 것이다. '세월의 무게'라는 말이 있다. 봄은 사라지는 것이 아니라 기억 속에 쌓여있다. 누군가 지나간 봄을 그리워만 하지 말고 앞으로 쌓아갈 봄을 기다리자고 했다.

봄은 볕으로 온다. 봄볕은 겨울 냉기속에서도 따스하다. 그 따스함을 더 일찍이 맛 볼 수 있었다. 한겨울 남향 마루에 볕이 들면 우리는 부신 눈을 비비며 나란히 쪼그리고 앉아 겨울방학 숙제를 했다. 거지가 빨래한다는 눈 온 다음날은 더 따사로웠다. 눈이 겨울을 보내며 봄을 부르는 것이다. 추녀의 그림자가 마루를 덮으면 겨울을 느끼고 방으로 들어갔지만 내려앉은 볕이 마루에 머무는 시간이 길어지기 시작하면 봄은 와있었던 것이다.

봄은 색으로 온다. 얼었던 대지가 촉촉해지면 늘어진 버드나무 가지에서 검은 색이 사리지는 것을 보고 봄이 왔음을 안다. 지난여름 무성했던 풀잎들이 황금색 지푸라기로 변하여 이불같이 뿌리를 덮고 있다. 그 밑동에서 파란 움이 돋고 이부자리 색이 검게 변하기 시작하면 봄이 익어가는 것이다. 다시 대지는 푸르러진다. 여기저기서 크고 작은 형형색색의 꽃들이 봄을 알려주지만 봄의 색은 풍요의 색 초록이다. 5월의 산야를 뒤덮은 잡목들의 새 이파리의 밝은 초록은 봄의 마지막 색이다. 그런 산하를 보며 봄과 아쉬운 작별인사를 한다.

봄은 맛으로 온다. 얼었던 땅이 녹으면 빈 밭에서 어머니는 냉이를 캐기 시작했다. 김치가 시어져서 입맛을 잃을 쯤에 먹는 냉이국의 상큼한 맛은 봄의 전령傳令이다. 얼마 지나면 양지바른 밭둑에 쑥이 고개를 내민다. 겨울 낮 짧다며 점심을 거르셨던 어머님께서는 허기를 쑥 비듬으로 채우셨다. 맛없어서 안 먹는다고 철없는 투정을 받아주시면서 더 맛있게 잡수셨다. 봄은 그렇게 왔던 것이다.

봄은 겨울비로 온다. 어느 해 어린이날에 가벼운 옷차림으로 오대산 등산을 갔었다. 정상에 오르자 눈이 제법 내렸다. 봄눈 녹듯이 이내 녹아서 산길이 질퍽거렸다. 봄에 눈이 오듯이 겨울에도 비가 온다. 비가 오면 언 대지를 녹인다. 풀, 나무들의 뿌리가 새로운 한 해를 다시 시작하려고 꿈틀거린다. 새해가 들어 처음 오는 겨울비를 맞으면 봄이 왔음을 안다.

봄은 처녀로 온다. "봄 처녀 제— 오시네/ 새 풀옷을 입으셨네/ 진주 이슬 신으셨네/ 꽃다발 가슴에 안고/뉘를 찾아오시는고." 이처럼 봄은 처녀의 계절이다. 어렸을 때 동네처녀들이 무거운 겨울옷을 벗어던지고 봄옷으로 갈아입고 몰려다니면 어른들은 '봄바람' 났다고 혀를 찼다.

누비옷으로 감추었던 몸매를 드러내고 웃음이 더 요염해져서일까. 한 겨울에 옷깃을 여미게 했던 눈보라가 살랑거리려는 봄바람으로 바뀌면 처녀의 가슴이 열리고 사랑의 싹을 꿈틀거리게 한 것이다. 이렇게 봄은 처녀들의 발걸음 따라 온다.

봄이 오는 것을 소리로도 느껴보고 싶다. 우리의 능력은 유한하다. 들을 수 있는 소리도 20에서 2만dB 주파수 내의 소리다. 지구가 자전과 공전하는 굉음轟音을 듣지 못하듯이 나무뿌리가 일하는 소리도 듣지 못한다. 봄이 왔음을 제일 먼저 알리는 것은 나뭇가지 끝에 싹을 내미는 이파리가 아니다. 겨울잠을 깨고 영양분을 빨아들여 모세관을 통해 겨우내 잠들었던 가지를 깨우는 뿌리의 힘찬 소리가 먼저 봄이 왔음을 알려준다. 그것을 들을 수 있는 청진기라도 발명해 주었으면 좋겠다. 아무리 추운 겨울이라도 따사한 볕을 받으면 그것을 귀에 걸치고 매일매일 영차영차 봄이 오는 소리를 찾아 헤매리라.

봄은 오는 것일까. 봄은 머무르지 않는다. 금년 봄이 작년 봄과 다르듯 어제 봄이 오늘 봄과 다르다. 생각해 보면 봄은 오는 것이 아니라 가고 있다. 사계절이 순환하는 것 같지만 매년 같은 시간에 같은 모양으로 봄이 오는 것도 아니다. 활동사진 펼치듯 시간이라는 기차를 타고 손 흔들며 지나갈 뿐이다. 그저 봄의 뒷모습을 보고서야 봄이 왔다고 말한다. 오늘도 봄을 마중하려 나가보지만, 봄은 이미 저만치 가고 있다.

그림틀에 기대어

서재 창문은 그림의 틀이다. 창밖 오른편에는 목련이, 가운데는 키 큰 도토리나무가, 왼편에는 다섯 손가락 단풍나무가 서있다. 세 그루의 나무들이 계절마다 다른 모양의 풍경을 창문을 통해 내게 들이민다. 문은 한 폭을 잘라내어 계절의 액자를 건다.

겨울이면 앙상한 가지에 서설을 얹은 설경 수묵화의 매력에 빠진다. 만물을 소생시키는 봄비가 내리면 물오른 가지사이로 연초록으로 수놓은 싱그러운 하늘을 건다. 검은 나뭇가지가 풍요의 색 초록 옷으로 갈아입은 5월이면 하늘은 더 푸르러지고 풍요의 희망을 단다. 짙푸른 잎사귀 사이로 매미가 합창하는 삼복에는 바람을 기다리는 이파리들을 틀 속에 가득 채운다.

하루하루 다르게 자연이 걸어주는 그림이 걸작이 아닌 것이 어디 있으랴. 바람 부는 날에도, 비오는 날에도, 먹구름 사이로 번개치는 날에도, 조물주가 걸어준 그림은 화랑에 걸린 그림에 비할 바가 아니다. 매일매일 탄복을 하면서도 가을풍경화를 제일 좋아한다. 가을이 칠한 찬란한 색감에는 단지 입을 크게 벌릴 따름이다.

가을이 익어 가면 다섯 손가락 단풍잎의 푸른색은 조금씩 사라지고 붉은색이 점점 더 핏빛의 향연을 향해 나아간다. 도토리 나뭇잎도 가을 절정의 색인 황금색이 되기까지 매일매일 가을 색으로 갈아입는다. 어

튼 손바닥만 한 목련의 잎도 푸른색에서 단바에 누렇게 되지 않는다

세 그루의 나무가 각자의 생태의 시계추에 따라 색깔을 바꾸다 보면 어느 날에는 열정적인 삼원색 그림을 그린다. 바탕색인 하늘의 파랑과 단풍의 빨강과 도토리와 목련의 노랑이 아침 햇살에 반짝거리는 원색 풍경화가 일 년 중 으뜸이다. 이 절정의 풍경화를 보기 위해 가을이면 습관적으로 아침마다 창밖을 내다본다.

20여 년 동안 보아온 풍경화인데도 해마다 기다려지는 것은 나무들이 자라남에 따라 접하는 구도가 매년 바뀌기 때문이다. 금년 가을에도 삼원색의 유희는 어김없이 그림틀 안으로 찾아왔다. 단풍잎이 반갑다고 다섯 손가락을 펴 보이며 정열적으로 문안인사를 했다.

풍악에 간들, 설악에 간들, 단풍의 나라 캐나다에 간들 그 감흥이 이보다 더 좋을까. 여비도 들지 않고 오가는 수고도 안 하니 곱이나 되는 즐거움을 혼자 즐기기에는 너무도 아까웠다. 열흘 넘게 넉넉히 눈요기를 할 수가 있었다.

엊그제부터 가을비가 질척거리더니 간밤에는 기온도 크게 내려가고 바람이 세차게 휘몰아쳤다. 아침에 창문을 여니 나무들 마다 삼단 같았던 많은 잎들이 대부분 사라졌다. 모진 바람을 이겨내고 앙상한 가지 끝에 듬성듬성 매달려 있는 남은 잎들이 처량해 보였다. 어떤 이파리들은 황홀했던 색깔은 온데간데없고 돌아갈 흙의 색으로 변해 있었다. 색만 잃어버린 것이 아니라 모습도 화상 잎은 피부같이 오그라든 채 쓸쓸히 매달려있었다.

매년 보던 풍경인데 땅으로 내려오기를 거부하고 바람을 맞서는 잎들에게 시선이 멈추었다. 윤회의 한 꼭지에 불과하다고 지금까지 무심히 넘겼던 황량한 풍경이 아주 낯설게 다가왔다. 돌이켜보니 도토리나무 가지에 붙은 색 바랜 잎들은 겨울을 이기고 봄비가 와야 흙으로 돌아갔었다.

젊어서는 그림틀의 풍경이 변하는 것을 계절의 순환으로 보았다. 그래서 겨울이면 봄을, 봄이면 여름을, 여름이면 가을을 기다렸다. 가을에는 계절이 멈춰서기를 원했다. 망팔望八의 나이도 지나서 그런가. 그림틀의 풍경이 영원의 시간 속으로 사라지는 것이라고 생각되었다. 그때 한 무리의 마른 잎이 바람에 팔랑거리며 말을 걸어왔다. 내년을 약속하는 희망의 말이 아니었다. 인생의 계절은 절대로 돌아오지 않는다는 경고의 말이었다. 봄 같은 어린 시절, 여름 같은 청년 시절, 가을 같은 장년 시절, 겨울 같은 노년 시절은 시간의 기차를 타고 단지 흘러갈 뿐이라고 말했다. 돌아올 나를 기다리지 말고 네가 탄 시간의 기차가 어느 역에 있는지 숙고해 보라고 훈계했다. 나의 겉모습을 보지 말고 네 속에 있는 말라비틀어진 너를 찾으라고 엄숙한 유언을 전하고 있었다. 나의 계절은 어디쯤에 있을까. 단풍잎이 떨어지는 가을의 끝자락 같기도 하고 찬바람에도 갈잎이 가지를 부둥켜 잡고 있는 겨울의 초입 같기도 하다.

푸른 잎이 붉게 되는 것은 월동 준비를 위해 가지와 잎 사이에 떨켜가 생기기 때문이다. 떨켜가 있어야 내년 가을풍경의 희망이 있다. 인생 나무에는 그 떨켜가 없다. 인생의 봄은 결코 되돌아오지 않는 것이다. 인생에는 의문부호가 가득한 마지막만 있구나 생각하니 바람에 뒹구는 낙엽이 오히려 부러워졌다. 목련 가지에 직박구리 한 마리와 눈이 마주쳤다. 고개를 꾸벅거리며 내 방안 풍경을 들려다 보고 "삐요, 삐이요, 삐삐" 짖어댔다. "나도 네가 타고 있는 기차의 동승객이야. 차 안에서 즐기면 되지. 기차가 달리는 것을 왜 걱정하니." 하며 위로했다.

제05부

손자의 이야기 한마당

돌들의 사연

　여섯 살 된 큰손자가 봄기운이 가득한 어느 날 할머니 집에 왔다. 이건 할아버지 집이라고 말해도 꼭 우리 집을 할머니 집이라 우긴다.

　"할아버지, 이게 무엇이에요."

　거실 구석에 있는 돌무더기를 물끄러미 바라보더니 물었다. 돌인지는 알지만 마당에 있어야 돌들이 왜 거실에 쌓여 있는지가 궁금했던 것이다.

　"이 무당벌레로 색칠한 돌은 아빠가 중학생 시절 외국인 비엔나에 살았을 때 산 것이다. 큰 돌은 아빠 돌이고 작은 것 두 개는 할아버지 할머니 돌이야. 이 돌이 우리 집에 있은 지 이십 년이 넘는다."

　어느 날 어딘가 여행하다가 붉게 색칠한 크고 작은 돌들이 길가에 펼쳐진 곳을 지났다. 무엇인지 궁금한 생각이 들어 차를 돌려서 가보았다. 모두 무당벌레 모양의 색을 칠한 납작한 돌이었다. 판매하는 분에게 이 돌들이 무엇이냐고 물으니 부적이라 했다. 오스트리아 사람들은 무당벌레, 버섯, 네 잎 클로버 등을 지갑에 지니고 다니거나 집안에 두면 행운이 온다고 믿는다. 그래서 지갑에 넣고 다닐 수 있도록 황금색 플라스틱이나 금속으로 납작한 모양으로 만들어 기념품 가게에서 판다. 나는 손자에게 어느 날 공원에서 잎이 네 개인 토끼풀을 함께 찾았던 것으로 부적에 관해 설명해 주었다.

　"이 작은 돌 두 개는 프랑스 남쪽 영화제로 유명한 니스 해변에서 가져 온 것이다." '소년들이여 야망을 가지라'고 말한 프랑스의 나폴레옹에 관한 이야기들을 들려주었다. 여름휴가 때 바닷가에서 모래성을 쌓던 것도 기억시켰다. 그리고는 모래가 없는 바닷가도 있다는 것을 말해주었다. 그 니스 해변에는 모래가 없고 이 돌과 같은 자갈들로 덮인 넓은 바닷가가 너무 아름다워서 기념으로 가지고 온 것이라고 일어주었다.

사실 손자에게 사실대로 설명할 수 없는 이유가 있었다. 남쪽 프랑스 사람들은 체구가 좀 작은 편이다. 그날 해변에는 비키니를 입은 금발의 많은 젊은 여인들이 마치 펭귄이 볕에 몸을 말리려 몰려 있듯이 조약돌 위에 누워 햇볕에 몸을 굽고 있었다. 그날 벌거벗은 그녀들이 보였던 구릿빛 미끈한 피부, 가슴과 다리의 곡선에서 느꼈던 에로티시즘을 간직하기 위해 그 돌들을 가져왔다.

"이 돌 좀 봐. 이 돌에는 두 사람이 있지. 이것은 너도 한번 가본 증조할머니 댁에서 가져왔다. 증조할머니께서 냇가에서 주워 오신 것이다. 이 두 사람은 누구 같을까." "증조할머니와 나 같은 데요."

어머님께서 바라보기도 좋고 바람에 날아가는 것도 막을 겸 장독대 항아리 뚜껑 위에 올려놓고 아끼셨던 돌이다. 화강암에 사람 모양 같은 차돌 둘이 박혀있다. 나는 그 두 사람을 토끼전에 나오는 용왕과 토끼가 대화하는 모습이라고 한다. 그러나 아내는 예수님이 병든 자의 아픈 곳을 돌봐 주는 모습이라고 한다. 돌을 두고 마음의 시선에 따라 다른 이미지로 본다. 이제 보니 손자의 대답이 더 어울리는 것 같았다.

나는 돌들마다 그들의 고향을 더듬으면서 가지고 오게 된 이유를 설명했다. 거실 구석에 모아 놓은 것은 그것들을 보며 가지고 온 사연들을 돌이켜 보는 재미가 있어 쌓아놓은 것이라고 알려주었다. 질문하고는 금방 다른 일을 하는 것이 어린애들이다. 그러나 이것저것의 설명을 차분히 듣고 있는 것이 귀여워 일일이 설명해주었다.

그런 일이 있은 후 이삼 주가 지났다. 아들 식구들이 문산 헤이리마을로 나들이 갔다가 우리 집에 들렀다. 큰손자가 안으로 들어오면서 바지 주머니에서 무엇을 꺼내더니 고사리 같은 손에 감추고 주먹을 내 밀었다.

"할아버지, 자." 했다. 그리고는 씩 웃었다

"할아버지한테 선물 사왔는가 봐."하고 얼른 손을 내밀었다. 손자는 조그맣고 하얀 조약돌 하나를 내 손바닥에 올려놓았다.

"아니, 겨우 돌."

말하는 순간 나는 불현듯 돌들의 사연을 이야기했던 그날이 생각났다. 환하게 웃으며 손자를 얼른 들어 안아주었다. 그도 내가 왜 웃는지 알았다는 듯이 뿌듯해하며 같이 환하게 미소를 지었다.

그 돌은 검은 컴퓨터 본체 위에 놓여있다. 책상에 앉으면 눈에 확 들어온다. 그 조약돌을 종종 만져보거나 바라본다. 그런데 그 돌이 예사로운 돌이 아니다. 비록 작은 조약돌이지만 이목구비가 잘 그려진 사람 얼굴 같다. 흰 줄들이 균형 있게 머리카락 같이 그어져 있다. 매끄러움이 꼭 손자 볼을 쓰다듬을 때 느끼는 촉감 같다.

만지고 볼 때마다 손자가 우연히 주은 것 같지 않다는 느낌이 든다. 속으로 '참, 그 녀석이 어떻게 이 돌을 주워올 생각을 했을까.' 생각하면서 저절로 입가에 미소를 짓는다.

내게서 들은 돌들의 사연을 떠올리고는 할아버지가 모은 돌 더미에 어울리는 돌 하나를 더 얹으려고 가져온 것이 틀림없었다. 돌을 주우며 느꼈을 그 영상들이 자라서 그의 삶속에 더욱 풍성해지기를 소원하고는 한다. 그때마다 한 번 더 손자 볼의 촉감을 느껴보려고 그 조약돌을 만진다.

숨길 수 없는 얼굴 나이

마음은 청춘이라 가끔 내 얼굴에 대한 착각 속에 산다. 사람의 얼굴에는 표정과 나이가 들어있다. 신묘한 것은 사람이 그런 자신의 얼굴을 기억하지 못한다. 얼굴에 대한 궁금증으로 거울을 발명하지 않았을까. 하루에도 몇 번씩 거울 앞에 서서 내 얼굴을 보지만 돌아서면 용을 써도 기억해 낼 수 없다. 내 것임에도 남들이 더 잘 아는 것이 내 얼굴이다.

어느 날 조카가 어린이 집에 다니는 딸을 데리고 찾아왔다. 아내가 복숭아를 깎아왔다. 어린아이는 탁자에 다가앉더니 한 쪽을 집어 들고는 "할아버지" 하면서 내밀었다. 자주 본 일이 없으니 촌수로 할아버지라는 말이 아니었다. 내 얼굴을 빤히 쳐다보고 한 말이다. '할아버지'란 말에 어깃장을 부리고 싶었다.

과일을 받으려고 손을 내밀면서 "나, 할아버지 아닌데. 아저씨야" 했더니 내밀던 손을 도로 당기면서 눈을 동그랗게 떴다. 그리고는 고사리 같은 손가락으로 자기 얼굴에 팔八자 주름을 그려 보였다. 어찌 그것을 알았을까. 그림선생이 할아버지를 그릴 때 가르쳐 준 것이리라.

지하철공사에서 65세가 넘은 노인들에게 신분증을 확인하고 무임승차권을 주던 시절에 들은 이야기다. 간혹 신분증을 휴대하지 않았다고 나이를 속이면서 무임승차권을 달라고 하는 사람이 있었다. 그때 신분증을 보지 않고 표를 내주는 기준이 얼굴과 목덜미에 있는 주름살이었다고 한다.

사람은 나이가 들면 얼굴에 주름살이 생긴다. 가장먼저 나타나는 얼굴 주름살이 입술 양쪽에 깊게 생기는 팔八자 주름이다. 주변의 주름이 더 생기면 더 늙었다는 증거다. 먼저 얼굴에 나타난 팔八자 주름살을 보고 그 다음 목의 주름살을 살핀다. 얼굴 주름살이 뚜렷하고 목이 쪼글쪼글하면 시비 없이 표를 주었다. 만일 그렇지 않을 경우에는 끝까지 신분증을 요구했다고 한다. 그런 사람은 자기얼굴을 기억하지 못해서 저지른 헛수고였다.

머리카락도 없으니 내가 할아버지가 맞는다고 아이는 언성을 높였다. 머리카락이 없어서 그렇게 보이지만 나이로는 할아버지가 아니라고 옥신각신했다. 앞이마가 조금 벗겨진 아이아버지를 가리키며 "그럼, 네 아빠도 곧 할아버지가 되겠네." 해도 질 기색이 전혀 없이 꼬박꼬박 대꾸했다. 대답이 오갈 때마다 방안이 온통 웃음바다가 되었다. 자신의 얼굴도 기억하지 못하는 어린이가 내 늙음을 어떻게 안단 말인가.

칠순이 되니 해가 거듭될수록 얼굴에 나타난 나이를 점점 속일 수 없게 되어간다. 어느 날 고향에 갔을 때 일이다. 차를 몰고 휙 지나가는데 마당에서 서성거리고 있는 고향친구의 얼굴이 보였다. 순간 나는 깜짝 놀라서 불쑥 "아니, 저 친구 왜 저렇게 늙었지."라고 한 마디 했다.

옆자리에 앉은 아내는 "당신 친구도 당신 얼굴을 보면 같은 소리할걸."하면서 웃었다. 그는 작년보다 훨씬 더 늙어 보였다. 갑자기 폭삭 늙게 되었을 이유를 대며 나는 저렇게까지 늙어 보이지 않는다고 우겼다. 작년 9월경 그는 자식을 먼저 보내는 원통하고 원통한 일을 당했다. 폭음이 아니면 잠을 못 잔다는 이야기를 다른 친구로부터 전해 들었던 것이 생각났다. 아내는 그런 일을 당하지 않은 내 얼굴도 오십보백보라고 약을 올렸다. 내 얼굴을 기억하지 못해서 생떼를 썼

딘 깃이다.

조카아이는 내 얼굴표정을 살피면서 나와 말다툼하는 것을 아주 재미있어 했다. 내가 할아버지가 맞는다는 근거로 내 얼굴에 있는 점까지 들이대며 주장의 강도를 높였다. 복숭아 한쪽 고맙게 받아먹고 말일이지 '아저씨'라고 억지 부리다가 점점 말문이 막혔다. 그럴수록 아이의 눈동자는 더욱 날카롭고 맑아졌으며 승리의 기쁨을 느끼는 듯 했다.

"할아버지 나랑 장난치시려고 거짓말하는 거죠. 얼굴 보면 다 알아요." 참으로 맹랑한 추궁이다. 거짓말하는 도둑에게 증거를 들이대는 여형사女刑事 같다. 이제는 내 표정까지 읽었다며 빨리 항복문서에 도장을 찍으란다.

여자란 노소를 불문하고 남자들의 표정을 읽는데 천부적인 재능이라도 갖고 있는가 보다. 초등학생 때 일이다. 내가 저지른 짓을 아니라고 잡아뗄 때마다 어머니께서 "귀신은 속여도 나는 못 속인다."고 하시면서 내 얼굴에 거짓말하는 것이 쓰여 있다고 했다. 어머니같이 어린 조카조차 내 얼굴표정을 쉽게 읽어냈다.

산전수전 다 겪으며 수양도 쌓았으니 얼굴표정도 속일 수 있는 줄 알았다. 나이를 헛먹은 것인가. 예나 지금이나 거짓말하는 것도 속이지 못한다. 하물며 불쾌한 표정이랴. 조금이라도 못 마땅한 것을 보면 수양은 온데간데없고 울그락불그락이 젊어서나 늙어서나 얼굴에 선명하게 곧 드러난다. 점점 뚜렷해지는 얼굴의 나이야 어찌 피할 수 있으랴.

손자의 이야기 한마당

지난 토요일 손자들이 왔다. 현관을 들어서는 손자들을 안아주며 "아이고, 백 년이 벌써 지났나." 했더니 둘이 같이 웃었다. 지난번에 다녀갔을 때 일이다. 현관을 나서는 손자들에게 언제 또 오려느냐고 물었더니, "백 년 후에 올게요."라고 큰손자가 대답했다. 그러자 유치원에 다니는 작은 손자가 크게 소리쳤다. "형아, 백 년 후에는 할아버지는 돌아가시고 안 계셔. 그리고 우리도 그 땐 할아버지야." 주고받는 대화 속에서 아이들이 자라는 것이 보였다.

저녁을 먹고 돌아가려고 하니 작은 손자는 제 아비를 따라 얼른 나서는 데 큰손자는 자고 싶다고 하면서 울먹였다. 할머니가 해주는 잔치국수를 아주 좋아한다. 잠들 때에는 꼭 할머니에게 성경이야기를 해달라고 한다.

일요일 저녁에 약속이 있었기에 점심을 먹고 데려다주려고 길을 나섰다. 톨게이트를 빠져나가니 고속도로는 주차장이었다. 약속시간에 늦을까 걱정을 하니 손자는 오히려 천천히 가면 더 좋다고 하면서 이야기보따리를 풀어헤쳤다.

"할아버지, 외삼촌이 빨리 장가를 갔으면 좋겠어요. 저는 고모도 삼촌도 없으니 사촌 동생이 없어요. 외할아버지께서 오시면 외삼촌이 장가를 안 가서 걱정이라고 하셔요. 외삼촌이 빨리 장가를 가야 데리고 놀 사촌이 있는데, 외삼촌이 늦게 장가를 가면 저는 중학생이 되니, 사촌을 데리고 놀기는 나이차이가 너무 나고, 또 시간도 없어요. 그러니 빨리 장가갔으면 좋겠어요."

이유가 제법 그럴 듯했다. 우리는 아들 하나만 길렀다. 그간에 혼자 키운 것에 별다른 걱정을 하지 않았었는데, 그것이 사촌이 없는 손자에게는 아주 섭섭한 일이 되었다. 어린이보다 못한 이기심에 부끄러웠다.

"할아버지, 하나님께서 흙으로 사람을 만드신 것을 믿으세요."

"하나님이 천지를 창조하신 것을 믿는데, 그것을 안 믿겠냐." 순간 왜 묻는지 또 어떻게 답을 해야 할까 망설이다가 성경적 대답을 하고야 말았다.

"나는 흙으로 사람을 만들 수 없다고 생각해. 그렇지만, 성경에 나와 있으니 그 대로 믿어요. 사람들이 성경에 나온 것을 그대로 믿으면 되는데, 안 믿어서 하나님이 바벨탑을 무너트렸어요, 그래서 나라마다 말이 달라요. 사람들이 그냥 하나님을 믿었더라면 같은 말을 했을 텐데. 그러면 내가 영어를 배우지 않아도 되잖아요."

참으로 예상하지 못한 엉뚱한 주장이었다. 영어학원에 다니기가 싫은 것도 아니라 했다. 초등학교에서도 영어를 배우는 모양이다. 영어 선생님이 아주 무섭다고 하였다. 영어학원에 다니지 않아서 자기보다 영어를 못해 자주 야단을 맞은 친구 때문에 바벨탑 사건을 생각해 보았다고 했다.

"할아버지, 저는요 소설가도 되고 화가도 되고 과학자도 될 거예요."

장래희망을 늘어놓았다. 전에는 늘 과학자가 되겠다고 했었는데 두 가지가 더 늘어났다. 셋 중에 선택이 아니라 동시에 다 하겠다고 했다. 최근에 책을 많이 읽는다고 제 아비가 자랑을 하더니 정서적으로 성장한 것 같았다.

"네가 연구한 과학에 관한 소설을 쓰고, 그 속에 네가 그린 그림을 넣으면, 해리포터를 쓴 사람같이 세계적으로 유명한 소설가가 될 수 있지. 할아버지도 네가 쓴 소설을 읽을 수 있을 때까지 살아야겠다." 운전석 실내거울로 뒷자리에 앉은 손자를 보았다. 기분이 좋은지 웃고 있었다.

학교에서 친구들이 학칙을 위반하여 벌점을 받은 이야기, 이전에 살았던 곳에서 놀러온 친구가 어느 아이를 때린 이야기, 중학생인 그의 형이 친구를 울린 이야기, 그래서 친구엄마가 그 중학생 집에 찾아갔던 이야기 등으로 시간가는 줄 몰랐다.

도착해보니 지상에 주차할 공간도 없고 돌아올 때 시간이 많이 걸릴 것도 같았다. 아내에게 차에서 기다릴 테니 얼른 데려다주고 오라고 말했다.

"할아버지, 제 피아노 치는 것을 안 볼래요." 자기 집에 같이 올라가자는 말보다 더 힘 있는 강요였다. 간신히 주차하고 따라갔더니 우물정자를 써가면서 피아노연습 숙제를 하고 있었다.

내가 손자 나이 때에는 학교에서 돌아오면 책보자기를 방에 던져놓고 놀았다. 다음날 아침에는 괴나리봇짐 메듯 풀지도 않은 그것을 등에 비스듬히 둘러메고 학교에 갔었다. 숙제할 마음이 있어야 겨우 앉은뱅이책상 앞에 앉아 호롱불을 켜고 후다닥 해치웠다. 답이 맞고 틀리고는 상관하지 않았다. 놀기에 시간이 부족해서 공부할 짬이 아깝다고 산으로 들로 냇가로 쏘다녔다. 선 자리가 화장실이었던 시절이다.

그때 내가 알고 있었던 지식은 지금의 손자에 비하면 유치원생 수준도 못 되었다. 그럼에도 오직 경쟁에 내몰리는 요즈음의 어린이들을 보면 무슨 연유인지 가슴이 꽉 막혀온다. 세상물정에 둘러싸인 좁은 공간에서 뛰쳐나와, 드넓은 자연 속에서 새소리 물소리 바람소리를 듣고 배우며, 비바람도 맞고 눈보라도 헤쳐 나가, 장부의 기상을 드높였으면 좋겠다.

아들집을 나서며 꿈을 이루려는 열정을 가슴속에 가득히 채우고 화가이며 소설가인 과학자가 되기 위해 몰입하는 손자의 얼굴을 파란하늘에 그려보았다.

궁상窮狀 떨기

책 읽는 습관을 바꾸고 싶었다. 지금까지 머리에 지식을 쌓으려고 콩나물시루에 물 붓듯이 이런저런 책을 대충대충 주간지 읽듯 읽었다. 그렇게 읽어도 젊었을 때에는 머리에 남는 것이 조금씩 쌓였다. 이제 나이가 들고 보니 한두 달 지나면 내용은 말할 것도 없고 책의 저자조차 기억나지 않는다. 어느 날 내용을 기억하고 싶은 책은 밑줄을 그어가며 정독하기로 마음을 먹었다. 연필꽂이를 뒤져보니 손가락만한 갈색 색연필이 있었다. 서너 번 깎으니 연필은 점점 더 몽당이가 되었다.

곧추세워야 잡을 수 있을 정도로 작아졌다. 색연필을 또다시 깎다가 초등학교 시절에는 몽당연필이 글짓기의 우수작 제목이었던 것이 생각났다. 당시에는 손에 쥘 수 없을 정도로 작아지면 대나무에 끼워서 손톱 길이만 해질 때까지 깎아 썼다. 이 풍요의 시대에 한번 궁상을 떨어보는 것도 재미가 있을 것 같았다. 다 쓴 모나미 볼펜에 꽂으니 거뜬하게 한 자루의 색연필이 되었다. 새것을 사기라고 한 것 같아 살짝 미소를 지으며 혼자 흐뭇해했다.

얼마나 아름다운 추억의 부활인가. 자랑하고 싶어졌다. 아내에게 보여주었다. 늙을수록 궁상떨지 말라고 나무랐다. 어느 날 양말뒤꿈치에 구멍이 났기에 어머니가 생각났다. 아내에게 기워달라고 했더니 궁상떨지 말고 품위 있게 살라며 버럭 화를 냈다. 이젠 같은 말에 품위라는 말이 더 붙었다. 그날 호롱불 밑에서 온 식구들의 떨어진 양말을 깁던 어머니의 얼굴과 궁상떨지 말라고 나무라는 아내의 얼굴을 겹쳐보았다. 누가 더 궁상떠는 얼굴인가. 어머니 얼굴이 더 온화해 보였던 것이 생각나 웃으면서 몽당연필을 바라보았다.

얼마 후에 초등학교에 다니는 손자가 왔다. 더 몽당이가 된 색연필을 보여주면서 이것을 뭐라 부르는지 아느냐고 물었다. "색연필요." 무슨 색연필이냐고 다시 물었다. 귀찮다는 듯이 "그냥 색연필이죠"하는 것이었다. 몽당연필이라고 알려 주었다. "그런 말도 있어요."하고는 휙 방을 나갔다. 궁상떨지 말라고 나무라는 아내보다 무관심한 손주가 더 섭섭했다.

궁상떨기도 병인가 보다. 하루는 버려진 책상의 상판을 끙끙거리며 들고 현관을 들어섰다. 아내는 기겁했다. 친정집이 고물상 같아서 가기 싫다고 가끔 말했다. 장인은 동네에서 쓸모도 없는 고물들을 가지고와서는 여기저기 쌓아놓았다. 이용가치보다 이젠 버리는 비용이 더 들 지경이 되었다. 그런 사람이 주변에 두 사람이나 있게 되었다며 잔소리를 한 바가지 퍼부었다. 그 상판이 지금 고향집 부엌입구 발판으로 아주 잘 사용되고 있다. 두말 할 것도 없이 아내도 편하게 사용하고 있다.

어린 시절 고물장사 엿장수가 동네를 돌아다녔다. 엿을 주는 고물은 빈병과 고철과 헌 고무신이었다. 길가다 그것들을 보면 많고 적고 무겁고 가볍고를 가릴 것 없이 가져와 마루 밑에 모아놓았다. 엿장수 앞에 수북이 쌓아놓으면 엿장수가 어림잡고는 엿을 잘라 주었다. 많으면 더 좋았지만 한입의 엿도 잠시 기분을 채우기에는 무척이나 넉넉했다.

사진작품을 감상할 때 관객이 작가의 의도와는 상관없이 자신의 경험에 비추어 작품을 받아들이는 것을 풍크툼이라고 한다. 사진을 보는 순간 사진 속에 있는 작은 물건이 가슴을 뭉클하게 하는 것이다. 한동안 잊고 살았던 은밀한 추억의 방에 불이 켜졌기 때문이다. 도시거리에는 헌 고무신은 없다. 하지만 빈병과 고철은 도처에 있다. 그것을 볼 때마다 호박엿이 입안에 군침을 돌게 한다. 빈병과 고철은 언제나 내 마음의 사진 속에서 풍크툼이 되는 것이다. 뾰족한 도구가 내 가슴을 찌르듯이 추억을 불러일으킨다. 책상의 상판도 보자마자 어린 시절의 추억이 살아 숨 쉬는 고향집이 생각나서 가지고온 것이었다.

지금 몽당연필을 또 깎고 있다. 이번 깎기가 마지막일 것 같다. 남은 길이가 어렸을 때의 그 몽당이처럼 손톱 만해졌다. 어른이 되어 물건을 이렇게 아껴 써 본 적이 없다. 연필길이가 줄어드는 것에 반하여 추억 의 풍쿠툼은 점점 더 깊이 내 가슴을 찌른다.

몽당연필도 버리지 못하고 모아두었다. 몽당연필은 가난의 상징도 아니었다. 공부를 열심히 했다는 증거물도 아니었다. 그것은 근검절약 하는 삶의 모습이었다. 물건이 넘쳐나 공급과잉인 시대에는 소비가 미 덕이라고 한다. 근검절약이라는 말은 이제 궁상의 사촌쯤 되는 것 같 다. 고귀한 삶의 가치였었는데 지금은 헌 고무신짝처럼 고물 언어가 되 어가고 있다.

늘어나는 가보家寶

어느 날 큰손자의 전화를 받은 아내의 목소기가 반가움에 높아졌다. 우리 집 가보가 무엇이냐고 묻는 모양이었다. 아내는 "야, 너희 둘이 우리 집 가보야. 그것보다 더 귀한 것이 어디 있겠냐."하고 말했다. "에이, 할머니 그런 것 말고요. 진짜 가보 말이에요."라고 말한다며 아내는 얼른 나를 바꾸어 주었다.

한집안에서 대물려 전해오고 전해줄 보배로운 물건을 가보家寶라 한다. 물건보다 더 귀한 것이 사람이니 아내의 말도 틀린 말이 아니다. 내게도 우리 집 가보가 무엇인가를 물었다. 뜻하지 않은 질문에 망치로 맞기라도 한 듯 머리가 멍해졌다.

마땅한 대답이 없어 "너무 많아서 한 가지를 꼽기 어렵다. 조금 있다가 전화할게." 하고는 급히 전화를 끊었다. 벼슬한 조상 없이 백면서생으로 대대로 농사짓고 살아온 가문에 보배로운 물건이 전해 올 리 없다.

증조부님이 보물같이 여기던 상자가 있기는 했다. 거기에는 고조부가 남긴 문집, 누가 그린 줄 몰랐던 사군자 네 폭, 과거시험장에 가지고 갈 과장지科場紙* 등이 들어있었다. 문집은 과거시험을 치르러 한양을 두 번 다녀오신 고조부께서 쓰신 '감우론鑑憂論'이다. 좀이 먹지 않는다는 오동나무 상자에 넣어두셨다. 증조부께서 머리맡 장롱에 보관해두

시고는 가끔 꺼내보셨다. 내게도 여러 번 보여주셨던 것이다.

증조부께서 돌아가시자 오동나무 상자도 점점 귀히 여겨지지 않았다. 어느 날 상자를 도둑맞았다는 소식을 듣고 얼마나 안타까워했는지 모른다. 고조부 산소에 갈 때마다 문집을 간수하지 못한 죄책감에 고개를 숙이곤 한다.

몇 년 전 형제들의 휴가지로 사용하려고 비워둔 고향집을 수리했다. 청소를 하면서 쓰레기 속에서 진주라도 찾을까 하고 꼬깃꼬깃 접힌 한지 조각들을 모두 펼쳐보았다. 그날 가슴이 터질 것 같은 것은 고조부께서 남기신 문집 '감우론'의 초고를 찾은 것이다.

두루마리를 펼치자 한문에 까막눈인 후손을 만난 글자들이 얼굴을 찡그렸다. 군데군데 사육신 이름이 나왔다. 도난당한 문집文集에는 고조부의 다른 시문詩文도 실려 있었을 것이라고 생각하니 찾은 기쁨보다 잃어버린 것이 더욱 안타까웠다. 분가하여 우리 가문의 제일 윗대 어른이 되신 분께서 남기신 것이니 가보로 물려주려고 증조부께서 그렇게 애쓰셨던 것이다. 행초서로 쓰여 있는 초고 문장을 어느 후손이 읽고 해석할 수 있을까. 한낱 낡은 종이로 천대받다가 사라질 것 같아 걱정이 앞섰다.

어머님이 천을 사다가 설빔을 만들어 주실 때 박음질하던 앉은뱅이 재봉틀을 가보같이 보관하고 있다. 내가 아주 어렸을 때 마을에서는 유일한 것이었다. 동네에 초상이 나면 사람들은 급히 삼베와 광목을 사다가 상주에게 입힐 옷을 만들었다. 우리 집 재봉틀이 큰일을 했고 박음질은 어머니 몫이었다. 먼지를 털고 기름칠하여 내 방에 놓고는 수시로 바라본다. 어머님이 한손으로는 옷감을 밀어 넣고 한손으로는 손잡이를 돌리던 모습이 떠오른다. 내게는 귀한 것이나 병석에 누웠던 증조할머니 모습만 본 손자들에게는 고철덩어리에 불과할 것이니 가보라고 전해줄 수도 없다.

어떤 것이 보배로운 물건일까. 세계1차 대전은 오스트리아-헝가리 제국의 황태자 페르디난트 대공이 사라예보에서 저격됨으로 발발하였다. 대공의 생가는 지금 박물관이다. 그곳에는 대공이 어렸을 때 학교에서 받은 시험답안지와 공부한 흔적이 담긴 노트 등이 진열되어있다. 값비싼 보물과 자리를 나란히 하고 있다. 보석이 가득 찬 반지와 같은 대우를 받고 있어 깜짝 놀랐다.

박물관을 볼 당시 아들이 초등학교 6학년이었다. 그 후부터 아들의 학교생활 흔적들을 모았다. 이런저런 상장과 성적표는 물론 고등학교 3학년 때 수능모의고사 문제지, 성적표, 지원 가능학교 분포도도 버리지 않았다. 의과대학 시절 의약분업에 앞장서서 데모하는 얼굴이 대문짝만하게 실린 신문을 구하려고 신문사까지 찾아갔다. 아들이 자라온 흔적들이 점점 두툼하게 모였다. 대대로 전해지기를 바라는 마음에서 며느리에게 보여주었더니 얼른 가지고 갔다.

손자에게 다시 전화를 걸어 문집초고, 사군자(골동품 감정을 받아 보려고 가져왔기에 오동나무 상자에서 유일하게 살아남았다), 재봉틀, 제 아비의 기록 등, 내가 보관하는 것들에 관해 이야기해 주었다. 가보라는 것은 꼭 값이 많이 나가는 것만 아니라 아무리 보잘것없어도 한 가문이 귀히 여기면 그것이 가보가 된다고 설명했다.

얼마 후 손자가 왔을 때 이미 이야기해 준 것뿐 아니라 선조들의 손때가 묻은 다른 것들도 하나하나 보여주며 물건의 내력을 이야기해주었다. 달력 뒷면에 그린 그림 한 장도 보여주었다. 화면가득 집 한 채를 그리고 작은 창문을 달았다. 굴뚝을 세우고 연기가 피어오르게 했다. 그 속에 할머니 할아버지를 큼지막하게 그렸다. 할아버지 배에는 '할아버지'란 글씨를 써넣었다. 연기가 솟아오르는 집 밖 공간에는 '할머니'란 글씨를 쓰고 테두리를 쳤다. 그것을 볼 때마다 공간배치가 아주 훌륭함을 느낀다. 우리 내외가 살고 있는 모습을 이야기하듯 잘 표현했다.

가보가 있느냐고 묻던 큰손자가 다섯 살 되던 해 어린이날에 그려놓고 간 것이다. "할아버지는 이 그림을 무척 좋아한다. 네가 대학생이 되면 주려고 보관하고 있다."고 말하자 빙그레 웃지만 적이 놀라는 눈치였다. "이 그림도 네가 훌륭한 사람이 되면 네 후손에게 가보가 되는 것이지." 하면서 머리를 쓰다듬어 주었다. 그 후 우리 집에 오면 늘 그림을 그리고는 갈 때면 "할아버지 이것도요." 하며 내민다. 손자의 그림이 쌓일 때마다 우리 집 가보가 늘어간다.

* 과장지科壯紙 : 한지 전지를 여러 겹 배접하여 과거시험 답을 쓰던 두터운 종이.

복음福音

어제 지하철에서 본 아주머니들의 이야기는 참으로 귀한 복음福音같 았다.

내 옆자리에는 한복이 더 어울릴 것 같은 삼십 대 후반의 아주머니 가 앉아있었다. 바로 앞에 선 아주머니와 이야기를 나누었다. 신부에 관한 이야기로 보아 나처럼 결혼식에 가는 중이었다. 다른 사람이 들을 새라 소곤소곤 거렸다. 이내 자녀들 이야기로 넘어갔다. 두 사람의 대 화내용으로 보아 막 초등학교에 입학한 자녀를 둔 엄마들이었다. 내 손 자도 1학년이라 더욱 솔깃했다. 눈을 감고 자는 척하면서 귀를 곤두세 웠다.

앉은 사람은 태욱이 엄마고 선 사람은 정희 엄마다. 두 엄마가 숙제 나 준비물에 대해 자녀들을 어떻게 지도하는지를 이야기했다.

선생님이 그날의 숙제와 다음날 준비물을 부모님들이 알도록 알림장 을 받아쓰게 했다. 두 엄마는 아이들이 알림장을 잘 써오지 않아 속상 해 했다. 태욱이 엄마는 어린 아이가 학교에서 혼날 테니 어쩔 수가 없 이 다른 엄마에게 물어서 챙겨주었다. 정희 엄마는 속상하기는 하지만 매일 챙겨주지 않았다. 정희가 그 결과를 스스로 깨닫게 해야 된다는 주장이었다. 목소리의 리듬으로 보아 준비물을 챙겨주는 엄마는 행복 한 것 같았다.

스스로 해야 할 일을 하지 못하는 자녀를 둔 엄마들 중에는 누구의 교육방법이 옳은지, 자녀교육에는 과연 왕도王道란 것이 있는지, 태호와 정희 중에 누가 더 빨리 학업에 관심을 가지게 될지 등을 생각해 보았다. 학부형이 돼보기도 하고 교사가 돼보기도 하면서 혼자 심각했다.

어느 신문에서 자녀를 키우는 덕목으로 '엄마의 정보력, 아빠의 무관심, 할아버지의 재력'을 꼽으며 산으로 가고 있는 우리의 교육 세태를 꼬집었다. 두 엄마는 대화를 들으니 엄마의 정보력이야말로 정말로 중요한 모양이다

자녀에 대한 두 엄마의 이야기는 끝날 줄 몰랐다. 다른 학부형에 대한 이야기, 선생님들에 관해 이야기, 학원에 관한 이야기, 등등 모두 자녀교육에 관한 이야기뿐이었다. 자녀를 위해 온몸으로 드리는 희생과 마음을 다하는 정성이 대화 속에 녹아 있었다. 많고 많은 세상사의 다른 어떤 이야기도 도무지 학부모간에는 비집고 들어갈 틈이 없어보였다.

내가 내릴 쯤에는 자녀들의 용돈이야기로 넘어갔다.

"태욱이는 하루에 용돈을 얼마나 써요."

"어제 학교에서 받아쓰기를 80점을 받았다고 자랑하면서 용돈 500원을 달라고 해서 그래 줄게 하고는 아직 주지 않았어요. 태욱이 용돈은 하루에 500원인데 오늘에는 1,000원을 줘야 해요."

"아니, 500원으로 무얼 하죠."

"그래도 태욱이는 용돈 500원을 쓰지 않고 꼬박 저축해요. 제법 모았어요. 그래서 어느 날 용돈을 주며 '태욱아 너 돈 모아 뭘 살려고 하니.' 하고 무심코 물었어요. 대답대신에 '휴대폰 케이스 하나 살려면 돈이 얼마나 있어야 해요.' 하고 엉뚱하게 되물었어요. '휴대폰도 없는데 케이스만 먼저 사놓으려고' 놀리자, '할아버지께서 휴대폰 케이스가 없으신 것 같아, 내가 용돈모아 하나 사드리려고 값을 알아보는 거예요.' 라

고하기에 참 기특하다고 칭찬해줬어요."

정희 엄마는 감탄했다. 나도 더 눈을 감고 있을 수 없었다. 아니 초등학교 일학년 되는 녀석이 어찌 할아버지가 무엇이 필요한지를 관찰할 생각을 하였을까. 혹 생각은 할 수 있다 하더라도 그 것을 마련해드릴 결심을 할 수 있겠는가. 더구나 자기 용돈을 모아 그것을 살 계획을 할 수 있을까. 궁금증이 꼬리에 꼬리를 물었다.

어린이의 눈을 현혹하는 것이 지천에 깔려있다. 견물생심이라고 사고 싶고 먹고 싶은 것이 얼마나 많을 텐데. 절제와 근검절약과 어른에 대한 공경이 이토록 대견한 어린이가 어떻게 생겼는지를 그 엄마의 얼굴로 확인해 보고 싶었다.

태욱이 엄마의 얼굴을 곁눈질하여 보았다. 웃는 아주머니의 모습이 그 아이의 얼굴로 바뀌었다. 어둠이 깔린 우리사회를 비춰주는 한 줄기 빛을 보는 것 같았다. 엄마의 얼굴에서 해맑게 웃으며 다가오는 태욱이 모습을 찾아보며 자리에서 일어섰다. 태욱이 어머니가 들려주는 복된 소리가 하루 내내 내 발걸음을 가볍게 했다.

제06부

시간時間의 다리

칠성암의 불상佛像

태백준령 산속에는 칠성암이라는 절집이 있다. 초등학교에서 이삼십 리 떨어진 곳이다. 지금은 법왕사라 불린다. 오대산 월정사의 말사다. 가문家門에는 전설 같은 이야기가 있는 곳이다. 6대조까지는 자손이 귀하여 몇 대를 독자로 겨우 대를 이어왔었다. 어느 따뜻한 겨울날 칠성암 스님 한 분이 시주를 받으러 마당으로 들어섰다. 집을 휘둘러보고서는 '자손이 귀한 터에 집을 지었군.' 혼잣말로 중얼거렸다. 마루에 앉아 볕을 쬐시던 종갓집 할머니의 귀가 번쩍 커졌다.

시주를 넉넉히 받은 스님은 일어서면서 후손을 많게 해주는 묏자리 하나를 봐주기로 약속했다. 다음 해 봄에 그 약속대로 다시 찾아와서는 깊은 산속에 있는 묏자리를 알려주었다. 거기다 선조님 한 분의 묘를 이장하였다. 믿기 어렵게도 그 후부터 자손이 번성하기 시작했고 많은 후손들이 그 절의 불자가 되었다고 한다.

80여 명의 남녀학생들이 걸어서 칠성암으로 1박 2일 졸업수학여행을 갔었다. 단풍이 짙게 물든 절 주변 산속과 개울에서 신명 나게 놀았다. 늦가을 산속은 해가 일찍 졌다. 이곳저곳에서 놀던 학생들이 절 마당으로 모여들었다. 여기저기서 수군거리기 시작했다. 주지住持는 학생이 너무 많아 재워줄 방이 없으니 어둡기 전에 빨리 내려가라고 했다. 선생님들은 소풍 온 것이 아니고 졸업수학여행 온 것이니 하룻밤을 재워달라며 몇 시간을 옥신각신했다.

어른들의 말다툼이 길어지자 불똥이 내게 떨어졌다. 수학여행을 오면서 부처님께 드릴 시주施主로 쌀을 모았다. 쌀 모으기를 담당하였던 내가 대표로 그 쌀을 대웅전 부처님 앞에 올려놓았다. 혼자 겨우 들어 올릴 수 있는 무게였다. 선생님과 주지 간에 실랑이가 길어졌다. 친구들은 잠도 못자고 내려가게 되면 시주할 필요도 없다며 내가 올려놓았으니 나보고 그 쌀을 도로 가져오라고 성화를 부렸다. 머뭇거리는 나를 친구들이 법당 앞까지 끌고 갔다. 쌀은 그 자리에 있었다. 부처님 얼굴 보기가 무서워 고개를 푹 숙이고 쌀자루를 얼른 움켜쥐고 도적질하듯 도로 끌고 나왔다. 가슴이 두근거렸다.

하룻밤 재워달라고 사정사정 하던 것이 성격이 불같은 교감선생님이 오시더니 아예 대판 싸움으로 변했다. 불교의 자비 운운하며 산이 떠나갈 듯 질러대는 목소리에 일방적으로 당하고 있으면서도 주지는 재워줄 수 없다고 버텼다. 마침 밤늦게 불공드리러 온 신도의 중재로 우리는 각자 잘 방으로 들어가게 되었다.

자고 가게 되자 이번에는 그 쌀을 도로 갖다 놓으라고 했다. 못 올려놓겠다고 버티자 가져온 사람이 해야지 누가 하냐며 모두 방으로 들어갔다. 쌀자루와 혼자 남았다. 싸움이 멎자 산사의 밤공기는 매우 차가워졌다. 가져올 때는 가벼웠는데 도로 가져다 놓으려니 더 무거웠다. 처음 올릴 때는 내 것을 내놓듯 떳떳했었는데 두 번째 올릴 때는 쥐구멍이라도 들어가고 싶었다. 부처님이 무어라 말할까봐 뒤도 돌아보지 않고 도망쳐 나왔다.

우리는 어른들의 싸움에 끼어들 수 없어 친구들과 어울려 활짝 핀 맨드라미와 국화에 분풀이나 하듯 밟고 다녔다. 다음날 아침에 일어나니 쑥대밭이 된 화단을 주지가 말없이 바라보고 있었다. 주지가 시내에 있는 포교당으로 가려면 우리학교 옆을 지나가야 했다. 그날 후로는 주지가 지나가는 것을 보면 자비도 없는 '칠성암 돌중'이라고 한 목소리로 놀려주었다.

고향에 갈 때 믿기지 않는 문중 이야기와 그 날의 추억들이 떠오르면 그 절집에 한번 가보고 싶었다. 하고 싶은 것이지만 급하지 않으면 차일피일 미룰 때가 있다. 지난여름 어느 날 벼르고 별러 마침내 찾아나섰다. 두 시간 이상은 족히 걸었던 길을 자동차로 달리니 10분이면 족했다. 꼬불꼬불한 산길언덕은 걸어서 올라야 제멋이다. 숨을 헐떡거리며 앞서거니 뒤서거니 장난치며 올라갔던 당시의 기분을 전혀 느낄 수 없었다. 절 밑에는 제법 넓은 주차장까지 마련해 놓았다.

그날의 일들을 회상하면서 차에서 내려 절을 쳐다보니 올라가고픈 생각이 싹 사라졌다. 당시에는 조그마한 대웅전과 삼신각과 스님들이 거처하는 건물과 신도들이 자고 가는 행랑이 있었다. 암자보다 조금 큰 절이었다. 어미닭이 병아리를 품듯 깊은 산세 속에 아늑하게 자리 잡고 앉아있었다. 지어진지 오래고 산수가 좋아 인근학교에서 봄가을 소풍 올 정도로 지방에서 이름난 곳이었다. 주차장에서 본 절집은 초등학교 시절 어린나이에 보았던 것과는 아주 낯설었다. 절벽 같은 콘크리트 축대 위에 덩그러니 올라앉아 주위를 압도하는 신축건물이었다. 순간 저승과 이승의 차이를 느끼는 것 같았다.

올라가면 고이 간직했던 추억이 도망갈 것 같아 발길을 돌렸다. 싸움 끝에 하룻밤 잔 절집이다. 많은 학생이 어떻게 잠을 잤으며 저녁과 다음날 아침에 무엇을 먹었는지 통 기억이 나지 않았다. 들락날락했던 쌀자루를 물끄러미 바라보던 부처님 눈빛만 선명하게 떠올랐다. 새로 지은 대웅전에 앉아있는 불상佛像만이라도 내가 본 그것이었으면 싶었다.

소낙비와 사춘기思春期

일산신도시 안에 있는 정발산공원은 내 나이에 가볍게 운동하기에는 안성맞춤이다. 갔다 오는데 속보로 한 시간 정도 걸린다. 집을 나서며 어둑한 하늘을 쳐다 보았다. 잔뜩 흐리기는 했으나 해질녘이라 구름이 더 검게 보였다. 금방 비가 올 것 같지는 않았다. 비오기 전에 얼른 다녀오리라 하고는 우산도 없이 부지런히 걸었다.

반환점을 막 돌아서려는데 음악회의 박수 같이 나뭇잎 위로 빗방울이 우르르 떨어졌다. 미동도 없는 구름사이로 번개가 조자룡 칼 휘두르듯 뻔쩍거렸다. 잠시 후 천둥소리가 산 골짜기를 메웠다. 이내 굵은 빗줄기가 마른 땅에 떨어져 튕겼다. 흙먼지를 또르르 말아 올리며 순식간에 빗물은 땅속으로 숨어버렸다. 목마른 사슴이 물을 켜듯이 바싹 마른 오솔길이 비를 순식간에 먹어치웠다.

빗줄기가 점점 커지자 땅이 머금은 물기를 내뱉기 시작하였다. 발길을 재촉하다가 문득 학창시절에 가끔 소낙비에 옷을 흠뻑 적셨던 기억이 났다. 이 얼마나 오랜만인가. 옷이 좀 젖으면 어떠랴하는 생각이 들어 걸음을 늦추었다. 이내 팔뚝을 따라 빗물이 흘렀다. 무게를 느낄 정도로 모자가 젖어오는 순간 어떤 희열을 느꼈다. 점차 무거워지는 모자는 타임머신처럼 나를 중학시절로 데려갔다. 이미 저세상 사람이 된 어느 비오는 날의 친구얼굴을 떠올리게 했다.

도회지에서 한 십여 리 밖에 있는 농촌에서 살았다. 산등성이 양지바른 언덕에 있는 집을 나서서, 2002년 루사 태풍으로 둑이 터져 열일곱 채의 마을을 휩쓸고 지나간 개울을 건너면, 내가 졸업한 초등학교가 있다. 초등학교를 옆에 두고 언덕이 시작된다. 좌우로 소나무가 울창한 언덕을 한 십분 정도 걸어야 한다. 긴 언덕을 넘어서 있는 마을이라고 우리 동네를 장현동長峴洞이라고 부른다.

언덕을 넘으면 꼬불꼬불한 논둑사이로 계단식 천수답이 펼쳐진 골자기가 시작된다. 또 한 십분 걸어가면 시내에 인접한 마을이 나오는데 길가에 집을 연달아 붙여지었다 하여 이곳을 늘렛집이라고 불렀다. 초등학교와 늘렛집 사이에는 길가에 집이라고는 오막살이 한 채밖에 없었다. 논두렁과 산비탈을 따라 걷는 길은 진흙길이었다.

비라도 오면 피할 곳이 없어 한 이십여 분은 꼼짝없이 비를 함빡 맞아야했다. 비가 오면 우리는 운동화를 벗어들었다. 발목까지 빠지는 진흙길에는 운동화가 오히려 거추장스러웠다. 맨발로 걷는 것도 재미있었다. 진흙이 발가락 사이로 삐죽 나올 때는 간지럼의 쾌감을 느꼈었다. 흙구덩이를 만나면 발가락으로 누가 더 크고 멋진 진흙을 틀어 올리는지 내기도 했다. 요즈음 엄마들이 보면 기절할 일이 우리의 놀이였다.

당시에는 염색기술이 부족했다. 군인담요를 검게 물들인 모직모자는 물이 먹으면 먹물을 조금씩 내뱉었다. 모자의 무게가 어느 정도 무거워지면 얼굴 위로 검은 물이 흘렀다. 그 흐르는 물방울을 손등으로 훔칠라치면 얼굴 전체에 먹물로 그림을 그렸다. 서로 남의 얼굴을 보고 낄낄 거렸다.

어느 날 친구와 둘이서 집으로 가는 중이었다. 갑자기 소나기가 쏟아졌다. 우리는 늘 그랬듯이 비를 흠뻑 맞으며 질퍽질퍽한 논둑길로 접어들었다. 중간쯤 산자락 끝에 큰 바위가 이마를 앞으로 쑥 내밀고 매달려있었다. 바위에는 마치 호랑이 발자국 같은 것이 선명하게 나있어 그 바위를 우리들은 '호랑이 발자국 바위'라 불렀다. 그 바위 밑에는 두세 사람이 겨우 머리에 떨어지는 비를 잠시 피할만한 공간이 있었다.

바위 밑에는 고등학교에 다니는 누나 둘이 먼저 비를 피하고 있었다. 친구가 내 소매를 잡고는 누나들이 있는 바위 밑으로 당겼다. 당시 여학생은 옥양목으로 된 윗도리와 검은 치마가 하복이었다. 이 옥양목 윗도리는 얇아서 살결이 보일락 말락 하였다. 비에 젖으면 살갗이 훤히 보였다.

우리 둘은 누나들 옆에 바싹 붙어 곁눈으로 눈높이로 다가온 누나들의 어깨와 가슴이 드러내는 살색과 아름다운 선을 열심히 훔쳐보았다. 눈치 챈 누나가 "야, 뭐 보는 거야." 하면서 한 누나는 발길로 친구를 걷어찼고 다른 누나는 주먹으로 내 머리통을 후려쳤다. 우리 둘은 대단한 성과나 올린 듯이 세차게 쏟아지는 빗속으로 보무도 당당히 뛰어나가면서 마주보고 싱끗 웃었다.

그날의 친구를 회상하면서 웃음을 가득 머금고 현관으로 들어섰다. 아내는 "물독에 빠진 생쥐 같이 비를 온통 맞고는 뭐가 좋아 싱글벙글이냐."고 나무랐다. "자연에 취해 시원한 비 좀 맞았지." 엉뚱하게 대답했다. 그날 소낙비는 우리들에게 사춘기의 호기심을 흠뻑 부어었다. 지금은 개발붐을 타고 그 바위도 그 진흙길도 사라졌다. 가끔 그 길을 혼자서 걷고 싶어진다. 같이 걸었던 친구는 없지만 추억을 회상하게 하는 비는 맞을 수 있지 않을까.

시간時間의 다리

　삼복더위가 시작되면 기다려지는 꽃이 있다. 고향집 마당가에 소복이 피는 육칠십 포기의 상사화다. 서양에서는 마술을 부리는 꽃, 부활한 꽃, 벌거벗은 숙녀, 깜짝 놀라게 하는 꽃 등으로 불린다. 꽃만 보고 부른 말이다. 동양에서는 때를 달리하여 잎이 돋고 꽃이 핀다고 하여 이별화라고도 부른다. 관계를 더 중시하는 꽃말이다.

　상사화는 봄에 무성하던 잎이 여름이 시작되기 전 시들고 말라버린다. 무더위가 시작되면 집 나간 자식이 돌아오듯 꽃대가 불쑥 솟는다. 실오리 하나 걸치지 않는다. 해맑은 봉우리가 터지면 여러 개의 꽃들이 나타나 고개 숙인다. 바람 따라 주위를 두리번거리는 모습은 잎을 찾는 것 같다. 이렇게 먼저 살다간 잎들을 생각한다 하여 지은 이름이다.

　초복 무렵에 상사화를 만나려 고향집에 갔다. 한 달 만에 와보니 잡초가 무성하다. 마당가에 원형탈모처럼 풀도 없는 맨 땅이 보였다. 상사화가 터 잡은 곳이다. 땅속뿌리와 마른 잎들이 잡초가 침범하지 못하도록 울타리라도 친 모양이다. 침묵의 긴장감이 가득 찬 극장에 앉은 것 같다. 배우가 나타나기를 기다리던 때와 같은 흥분을 느끼면서 땅을 살폈다. 막이 오르려면 더 기다려야 하는가 보다. 막 뒤에서 소곤거리는 배우들의 음성이 들려오는 듯하다. 상사화가 돋보이도록 주변의 풀들을 뽑아주었다.

다음 날 아침 일찍 마당으로 나갔다. 앞산 소나무 사이로 아침 해가 얼굴을 들어올렸다. 상사화가 피는 곳으로 가보았다. 밤새 네 포기의 봉오리가 문틈으로 세상구경하는 소녀같이 땅을 들추고 고개를 내밀었다. 엊저녁에는 기척도 없던 것이 아침 햇볕의 조명을 받고 깜짝 등장한 것이다. 서양 사람들이 부른다는 '깜짝 놀라게 하는 꽃'에 어울리게 나타났다. 머리에 맺힌 아침이슬이 밤하늘의 별같이 반짝거렸다. 새들이 요란하게 지저귀었다. 배우의 등장을 향한 힘찬 박수소리였다.

상사화는 같은 곳에서 매년 잎과 꽃이 피는 여러해살이풀이다. 같은 뿌리에서 태어나건만 만나지 못한다. 견우직녀는 은하수가 가로막은 이별이다. 그들은 공간의 거리를 연결해 주는 까막까치가 있으니 만날 날을 기다릴 수 있다. 이별화의 잎과 꽃은 시간적 거리로 인한 이별이다. 삶과 죽음에는 시간적 거리가 있어 영원히 만나지 못한다.

우리는 삶의 시간적 거리를 이어주는 다리를 가지고 있다. 기억이라는 다리이다. 밤공기를 머금은 초여름의 시원한 아침햇살이 드리운 툇마루에 앉아 기억의 다리를 걷는다. 꼭 백 년 전 고조부님 때 이곳으로 이사 왔다. 증조부님이 이 터에 집을 새로 지었다. 내가 앉은 마루도 그때 그 마루다. 3대에 걸쳐 많은 식구들이 오르내리던 곳에 앉아있다. 나보다 나이가 많은 사람은 이제 삼촌 한 분만 남았다.

세상살이가 힘들어 젊은 날에는 돌아가신 어른들에 대한 그리움은 잊고 살았다. 수구지심이란 이런 건가. 상사병에 걸린 것이 상사화가 아니라 나 같다. 삼대三代의 식구들이 넘나들었던 문 앞에 앉아 함께 살던 시절을 뒤돌아본다. 잎을 그리워하는 꽃의 마음으로 그들과 함께 했던 기억들을 들춘다.

져버린 상사화 잎의 일생은 우리어머니의 삶이라는 생각이 든다. 잎은 식물의 생장에 필요한 영양소를 만드는 살림꾼이다. 묵묵히 일해서 알뿌리가 튼실해지게 하고 번식하도록 한다. 할 일을 마치면 꽃을 기다

리지 않고 무대 뒤로 사라진다. 자신의 수고를 알아주기를 원하지 않는
다. 자랑하지도 않는다. 이 고귀한 성품이야말로 온갖 희생을 마다하며
육남매를 키워낸 어머니의 인품이 아닐까. 상사화를 심었을 어머님 생
각이 난다.

잎이 사라진 터에 지금 막 삐쭉 솟은 꽃대는 붓筆 같다. 금방 일필휘
지로 시 한 수를 쓰려고 먹을 듬뿍 찍은 한 자루의 붓이다. 시를 짓고
붓을 들던 증조할아버지의 모습이 떠오른다. 어릴 적 손톱 밑이 검게
물들도록 먹을 갈아드렸다. 시 한 수 지으시고 읊으며 운을 다듬던 모
습이 눈앞에 선하다. 증조할아버지께서 지금 마루에 앉아 상사화를 바
라본다면 멋진 시 하나 지었으리라.

우리를 한恨의 민족이라고 한다. '빼앗긴 들에도 봄은 오는가.'라는
시인의 노래처럼 우리 민족은 빼앗긴 것에 대한 한을 가지고 있다. 상
사화도 대지로부터 잎을 빼앗겼다. 잎을 만나지 못하는 한을 품은 꽃이
다. 우리의 서린 한을 함께해주려고 상사화가 해마다 이렇게 찾아오는
가 보다. 이 상사화에게도 기억의 다리를 놓아준다면 상사의 한을 풀어
주지 않을까.

이슬 먹은 꽃대들이 쑥쑥 올라오는 소리가 들린다. 저 상사화도 잎을
그리워하다가 삼복이 지나면 흙으로 돌아가리라. 흘러간 시간은 돌이
킬 수 없지만 오는 시간은 맞이할 수 있다. 옅은 분홍색 꽃봉오리를 대
신하여 내년 봄에 돋아날 파란 잎을 기다려야겠다.

북어머리 된장찌개

어느 날 아침 버스 속에서 들은 이야기다. 중년의 아주머니가 아마도 일터로 가면서 언니라는 분과 내가 탈 때부터 내릴 때까지 이런저런 주제로 통화를 하였다. 그 중에 내 마음을 촉촉이 젖게 하는 것은 코다리찜에 관한 이야기였다. 최근에 야간근무를 자주 하는 남편을 위해 '모처럼' 코다리찜을 해놓았다. 외출했다 돌아오니 아들 녀석이 머리만 남겨놓고 몽땅 먹고는 어디론가 나가고 없더라고 말했다. 코다리는 귀하거나 비싼 생선이 아니다. 그럼에도 '모처럼'이란 말을 길고 높은 어조로 말했다. 그 어감 속에 아주머니의 삶의 모습이 하얗게 고스란히 투영되어있었다.

머리만 덩그러니 남은 코다리찜을 바라보는 남편이 너무도 안쓰러웠다. 아들이 공부를 열심히 하지 않을 뿐 아니라 가려는 대학도 지방대학이다. 입학금도 대출 받아야하는데 하숙비까지 어떻게 장만하느냐. 초등학생인 둘째가 원하는 체육관에도 못 보내고 있다. 등등 삶의 고충을 한참 하소연하였다. 그래도 넋두리를 들어주는 사람이 있다는 것이 그 분에게는 얼마나 다행일까.

머리만 남은 것을 보고 남편이 무어라 말했을까가 궁금했다. 불평하는 아내에게 '고양이가 먹은 것도 아니고 아들이 먹은 건데 뭘 그렇게 야단이냐고 아내를 위로하지 않았을까. 아니면 '어두일미인데 아빠를 위해 머리만 남겼네' 하며 아들 편을 들며 웃지 않았을까. 가장의 푸근한 사랑이 없다면 어찌 야간근무를 마다하랴 생각하니 내 콧등이 시큰거렸다. 여인의 목소리에는 부모의 고생을 알아주지 않는 철부지에 대한 '그래도 그렇지' 하는 원망이 가득했다.

북어머리(코다리를 바싹 말린 것. 사람들은 북어대가리라 하지만...)는 학창시절 즐겨먹던 반찬이었다. 추운 겨울밤 열시가 넘어 학교에서 돌아오면 나를 기다는 것은 아랫목 이불 밑 밥그릇과 잿불화로에 묻힌 뚝배기였다. 가끔 뚝배기에는 북어머리가 있었다. 어머니는 북어머리만 생기면 된장이 북어의 천생배필이라도 되는 듯 언제나 두 가지를 뚝배기에 담아 화로에서 끓였다. 장맛으로 북어머리를 빨아먹었다.

북어머리 된장찌개는 한겨울에 먹어야 제 맛이었다. 찬바람을 맞으며 얼어붙은 십 여리 길을 걸을 땐 몰랐던 허기가 마당에 들어서기만 하면 봇물 터지듯 밀려왔다. 고픈 배가 밥상을 향해 발걸음을 앞질러 갔다. 가방을 팽개치고 안방에 들어가면 어머니는 아들의 발자국소리를 듣고 벌써 화로 옆에 상을 차려놓으셨다. 북어머리가 희미한 등잔불을 향해 눈을 감은 채 입을 벌리고 있는 것을 보는 날에는 숟가락질이 더 바빠졌다. 체한다며 천천히 먹으라는 사랑의 잔소리를 귓전으로 보내고 된장이 배어있는 북어머리를 빨아먹었다. 뼛속의 장 국물을 한 방울도 남기지 않으려고 모든 뼛조각들이 하얗게 될 때까지 빨다보면 고봉밥 밥그릇은 바닥을 드러냈다.

어머니 돌아가신 지도 오래다. 오늘 아침에 아내와 같이 재래시장에 갔더니 북어머리가 생선가게 기둥에 주렁주렁 매달려있었다. 그것을 보는 순간 벌써 어머니의 장맛이 입안을 헹구었다. 아내에게 저녁 반찬은 북어머리로 된장재개를 끓여 달라고 부탁했다. 밥상에 앉아보니 찌개가 아니라 국이었다. 하얀 그릇 속에는 연한 장 국물과 부서진 북어머리 몇 조각이 있었다. 아, 이것을 기대한 것은 아니었는데 하면서 국물을 맛보았다.

어머니는 간장 고추장 된장을 직접 담그셨다. 고추장은 방앗간에서 빻은 메줏가루, 쌀밥, 고춧가루, 소금으로 담갔다. 간장은 메주 덩어리, 물, 소금으로 담갔다. 된장은 간장을 우려낸 메주로 담갔다. 장의 품질은 잘 발효된 메주, 좋은 물, 좋은 소금에 달려있다. 담그는 날도 길일을 택했다. 그러나 이보다 더 중요한 것은 각각의 장에 들어가는 재료의 비율이다. 장마다 비율을 확인하는 기준도 도구도 없었다. 기준은 손대중과 눈대중이요 품질을 확인하는 것은 손가락과 혀끝이었다. 손가락으로 찍어 혀끝에 대보고 순간적으로 느끼는 감각이 장맛을 결정한다. 그 장맛이 집안 식구들의 입맛을 길들이는 것이다.

장의 으뜸은 된장이 아닐까. 할머니 어머니께서 쌈을 드실 때와 국과 찌개를 끓일 때는 된장이 있어야 했다. '뚝배기보다 장맛이다.'이란 속담도 된장에 근거한 말일 것이다. 우리생활에 깊숙이 배어있는 음식이다. 눈요기보다 입맛으로 먹는 시래깃국, 연하지만 씹는 맛을 간간히 느끼게 하는 근댓국, 한 겨울 봄맛을 먹게 하는 시금치국은 된장이 제맛을 내는 것이다. 나물무침도 된장 맛이 있어야 하는 것은 말할 필요도 없다. 그 모든 것에 어머님의 손맛이 배어있었다.

아이들이 북어머리도 된장도 쳐다보지 않는 세상이다. 끓이는 그릇도 뚝배기에서 명품 냄비로, 장맛도 손맛에서 실험실 맛으로, 화기도 화로에서 가스렌지로, 북어의 고향도 동해바다에서 알라스카로, 끓이는 사람도 어머니에서 아내로, 모든 것이 바뀌었는데 내 입맛만 옛 맛을 고집하고 있다. 입맛처럼 간사한 것이 없다고 한다. 달면 삼키고 쓰면 내뱉는다. 그럼에도 죽는 날까지 고향을 잊지 못하는 것처럼 어머니가 손수 담그셨던 장맛은 잊을 수가 없다. 그것이 어린 시절 어머니가 애틋한 사랑의 손길로 우리들에게 물려주신 입맛의 고향이기 때문이다. 지금도 입맛이 없을 때 어머니가 화로에 끓여 주시던 북어머리 된장찌개가 그리워진다.

한옥韓屋의 창窓

　낙향한 고향 친구 집을 방문한 적이 있었다. 어렸을 때에는 여섯 칸 초가집이었는데 지금은 까만 기와집으로 바뀌었다. 조상들이 사시던 흔적을 간직하고 싶어서 헐고 양옥으로 새로 짓는 대신에 살기에 편리하도록 개조했다. 옛날 방들은 사방 아홉 자 방으로 작았다. 그것을 몇 개씩 묶어서 큰 방으로 만들었고 아궁이가 있었던 부엌을 주방이 있는 거실로 꾸몄다.

　친구는 생활의 편의와 외풍을 막는다고 본채를 알루미늄샤시로 둘러 쌌다. 방안생활은 도회지에 맞게 꾸며서 편리하게 보였지만 겉모양은 한옥의 맛을 전혀 느낄 수 없고 답답해 보였다. 왜 그렇게 답답한 가를 집 안팎을 돌아보며 찾아 낸 것이 한옥의 창을 볼 수 없었기 때문이었다. 여기저기 칠로 번들번들 하게 한 것이 갓 쓰고 청바지 입은 꼴불견 이었다.

　어느 민속학자는 우리나라의 미를 금박金箔, 춤과 장구, 탈, 연鳶, 매듭, 등燈, 목공예, 집과 정원, 돌다리 등에서 찾았다. 한옥의 창窓도 한국의 아름다움에 하나라고 다음과 같이 소개하였다. "봄은 창에서 온다. 따사롭고 밝은 봄볕이 창살에 비치면 사람들은 새로 창문을 바르는 데서부터 봄맞이를 시작한다. 사람의 눈이 마음의 창이라 하면 집의 눈은 곧 창이라 하였다. 한옥은 잘 지은 집일수록 창이 많다. 그 창이야말로 우리들

의 활동의 문턱이요 생사의 증인이기도 하다. 우아하고 아담하며, 경쾌
하고 화려한 우리의 창은 곧 한국의 자랑이요, 한국의 멋인 것이다."

작년 가을에 몇 년간 비워두었던 한옥인 고향집을 수리하였다. 창살
은 군데군데 떨어져나갔고 여기저기 창호지는 찢겨져 있었다. 우리 집
창문에는 두 종류가 있다. 띠살무늬의 덧문이 열 한 개이고, 덧문 안쪽
에 있는 '아亞자 살' 무늬의 미닫이문이 아홉 개다. 더위가 물러간 뒤에
찬바람이 불 것을 대비하여 창호지를 다시 발라야 했다.

수돗가에 세워놓고 물을 뿌리니 마른 문틀과 낡은 종이가 오랜 갈증
에 목이라도 탄 듯 쏟아지는 물을 순식간에 마셨다. 한지가 물에 불으
면 자연스럽게 떨어지는 것을 기다리지 못하고 물을 뿌려가며 억센 솔
로 억지로 긁어내다가 나무가시에 찔려 피가 났다. 손가락을 감싸고 잠
시 생각하니 옛 어른들의 지혜가 떠올랐다.

해마다 추석 전에 창호지를 새로 발랐다. 먼저 묵은 것을 띠어내야 한
다. 그러기 위해서는 문틀을 물에 푹 담가서 누렇게 된 한지를 불려야
했다. 어른들이 지게로 개울에 가져오면 묵은 종이가 자연스럽게 떨어질
때까지 우리는 뱃놀이를 하였다. 문틀이 노란 나무 색을 띨 때까지 새끼
줄 수세미로 문질러 때를 벗겼다. 뒤틀리지 않게 그늘에 말린 후에 하얀
새 한지를 바르면 집 전체가 빛이 났다. 할아버지 때는 같은 일을 하
여도 여유롭게 하였었는데 우리들은 모든 것을 빨리빨리 재촉한다.

새로 바른 하얀 창호지에서 구수한 냄새가 났다. 방안이 새삼 아늑했
다. 군불을 때고 따뜻한 아랫목에 누웠다. 증조할머니 할머니 어머니가
차례로 대물림하여 누웠던 곳이다. 불을 끄니 그믐이라 방은 칠흑같이
어두웠다. 한옥의 창은 귀에 꽂은 이어폰 같았다. 건너 마을에서 개 짖
는 소리가 들판의 밤공기를 타고 가냘프게 들려왔다. 깊은 산속에서 어
린 늑대가 어미 찾아 울부짖는 소리의 메아리처럼 새로 바른 한지가 떨
림판 같이 울었다. 이중 삼중 아파트 유리창 밖에서 캥캥거리는 강아지

소리는 소음이었는데 한옥의 창을 통해 들려오는 늑대울음 같은 소리
는 오히려 자장가가 되어 긴 여운으로 남았다. 다듬이질 소리가 사라진
것에 아쉬움을 느끼며 잠이 들었다.

고향의 푸근함 때문인가. 막 눈을 감았다 뜬 것 같은데 벌써 새벽이
었다. 창에는 여명이 비추었다. 눈을 뜨면 누운 자리에서 손 체조하시
던 증조할아버지 흉내를 냈다. 힘껏 기지개를 켜니 온몸이 가뿐했다.
농촌에서 가장 부지런한 것은 농부가 아니라 새들이다. 작은 새는 마당
가 낮은 나뭇가지에서 큰 새들은 뒷산 높은 나무에 앉아 합창을 했다.
초저녁에 개 짖는 소리가 들려오던 건너 마을에서 뻐꾸기소리가 은은
히 들려왔다. 어머니께서는 여명의 밝기와 새 울음소리로 새벽시간을
가늠하셨다. 어머니의 창문시계는 자명종보다 더 정확하여 우리 육남
매는 한 번도 지각해 본 일이 없었다. 이 모든 것이 한옥의 창을 통해
들려오는 것이다.

한옥의 창은 이렇게 닫혀있으나 열려있다. 안팎을 막고 있으나 통한
다. 사람이 만든 것이지만 자연 속에서 더불어 존재한다. 한옥의 창이
고이 간직한 깊은 멋들이다. 이웃마을 고가에 도둑이 들어 띠살 덧문을
몽땅 띠어갔다. 도회지 졸부 아주머니들이 멋으로 거실을 장식할 탁자
와 가리개로 둔갑한다고 한다. 멋이란 제자리에 있어야 제멋이란 것도
모르는 장물아비들이다. 그들이 어찌 한옥의 멋을 알 수 있을까.

떠나기 전에 집 주위를 한 바퀴 둘러보며 문들을 단단히 밀어 넣었
다. 도둑 때문만 아니다. 낡고 창살마저 부서진 띠살문을 여닫으며 대
대로 살아오신 어른들의 삶이 지금도 문지방을 넘나들며 살아 숨쉬기
때문이었다.

보름달과 박꽃

　고향집 본채는 기와집이었고 행랑채는 초가집이었다. 행랑채가 동네 오막살이 보다는 더 번듯한 방 여섯 개 크기의 집인데도 초가집이었다. 삼등분하여 바깥 두 방 크기의 길쭉한 방은 겨울에 소여물로 먹일 콩깍지 쌀겨 등을 쌓아두었다. 가운데 길쭉한 방은 디딜방아가 있는 방앗간이었다. 뒤쪽은 화장실과 잿더미가 있었다. 이 행랑채에 초가지붕을 입힌 것은 오직 고지(강릉 사투리-고지박)를 키우기 위해서였다. 고지를 키우는 것은 필요한 가재도구인 바가지를 얻기 위함이었다. 바가지 용도가 다양했다. 쌀독에 있으면 쌀바가지, 물동이에 있으면 물바가지 등 크면 큰 대로 작으면 작은 대로 필요한 용도에 맞게 사용했다. 깨지기 쉽기 때문에 매년 고지를 키워야 했다.

　깍지 광 바깥 양쪽끝기둥 주춧돌부근 두 곳에 구덩이를 깊게 파고 일 년 자라는데 넉넉한 밑거름을 한 다음 씨를 심었다. 고지는 넝쿨식물이다. 싹트고 한 뼘 정도 자라면 나뭇가지를 잘라 기둥을 세우고 초가집추녀에 걸쳐놓았다. 동향집이라 해가 잘 드는 곳이다. 자라는 것이 눈에 보일정도로 쑥쑥 기둥을 타고 초가지붕 위로 올라간다. 양쪽 넝쿨이 지붕위로 올라서면 온 지붕을 운동장삼아 경쟁하듯 쭉쭉 뻗어갔었다. 노란 초가지붕이 여름이 되면 넓적넓적한 잎사귀(20~30Cm)가 뒤덮은 푸른 풀밭으로 변했다. 그리고 꽃이 피기 시작했다.

가늘고 긴 꽃자루는 잎사귀 위로 솟고 꽃자루 끝에 단생의 합판화관으로 꽃잎이 다섯 개로 갈라지는 흰 꽃(5~10Cm)이 피었다. 고지 꽃은 오후 해질녘에 활짝 피었다가 해 뜰 무렵에 오므라들었다. 밤에 고지 꽃이 활짝 피면 캄캄한 밤이라도 별빛을 받아 소복 입은 것같이 희미하게 지붕을 드러냈다. 보름달이 중천에 떠 있으면 그야말로 장관이었다. 바람이 살랑살랑 불면 활짝 핀 흰 꽃을 머리에 인 꽃자루가 푸른 이파리와 함께 이리저리 흔들렸다. 깜깜한 극장에 앉아 푸르스름한 소복 입은 무희舞姬들의 군무群舞를 보는 것 같았다. 달빛의 푸른 영기靈氣가 안개처럼 지붕위로 내려앉는 것 같았다. 마루에 서서 한참을 구경하곤 했다.

초가지붕의 고지는 첫서리가 내리기까지 자라게 한다. 서리를 맞으면 고지넝쿨은 시들게 된다. 넝쿨이 시들면 이파리에 가려있던 크고 작은 고지들이 모습을 활짝 웃으며 드러낸다. 큰 것은 농구공보다 훨씬 컸다. 작은 것은 송구공만 했다. 지붕이 다시 노랗게 초가 본색을 드러내면 고지와 넝쿨을 걷어냈다. 넝쿨은 거름더미에 쌓아 퇴비로 사용되었다. 고지 중에 여물은 것은 바가지로 만들었다. 영근 고지는 응달에 고지 속에 공 같은 씨방이 떨어질 때까지 말렸다. 말리기 전에 소여물 삶는 물에 몇 번 굴리면 바가지가 더 노랗게 된다. 바싹 마른 고지를 톱으로 반으로 자르면 노란 고지 바가지가 된다. 반쪽으로 갈리진 씨방을 새끼줄로 엮어 공차기를 했다.

늦게 열매를 맺어 덜 여물은 것은 연하여 바가지로 만들 수 없었다. 국을 끓이거나 나물로 무쳐먹었다. 떫은 감도 서리를 맞으면 달듯이 고지도 서리를 맞아야 단맛이 있다. 일 년 중 이때만 먹을 수 있는 별미였다. 많으면 얇게 썰어 말렸다가 특별한 손님이 오시면 고지 국을 끓이곤 했다. 이 고지 국이 어머니의 손맛을 자랑하는 특별 요리였다. 이때만 되면 일가친척의 할머니들이 모여들어 어머니가 끓으신 고지 국을 먹고 하루 종일 노셨다. 고지 국은 식은 국에 따뜻한 밥을 말아먹어야 세 낫이있다.

고지 바가지가 상상도 못하던 곳에 사용되는 것을 본 적이 있다. 회사에 다닐 때 일이다. 새 사옥을 신축하고 입주하던 날이었다. 테이프 커팅 후 내외귀빈이 돌아설 때였다. 갑자기 한 무리의 직원들이 양손에 누런 고지 바가지를 들고 와서는 입구에 쫙 깔았다. 어디서 저렇게 많은 고지 바가지를 구했을까 몹시 궁금했다. 참으로 낯설고 생경한 광경에 입주식에 참석한 사람들은 모두 멀뚱멀뚱 서있었다. 회장님은 자수성가하셨다. 고지 바가지를 깔아놓은 이유를 설명했다. "모든 집터에는 지신地神이 있습니다. 처음 들어갈 때 지신을 달래놓지 않으면 까탈을 부립니다." 회장님께서 지신밟기의 시범으로 제일 큰 바가지를 구두 발로 쾅 밟으셨다. 소리가 제법 컸다. 내외 귀빈들도 모두 어린이같이 희희낙락 날뛰며 더 이상 바가지 터지는 소리가 나지 않을 때까지 한 조각도 남기지 않고 밟았다. 신나는 한판의 광란이었다. 길 가던 사람들이 모두 발길을 멈추고 구경했다.

신들리듯 밟아대면서도 한편으로는 지신地神도 신神인데 고지 바가지 터지는 소리에 놀라 도망갈까 의심이 들었다. 그때 어렸을 때 초가집 위로 보름달이 지나가면 하얀 고지 꽃을 머리에 인 가냘픈 꽃자루가 춤추던 여름밤이 떠올랐다. 고지는 달빛을 받고 자랐다. 지신地神이 바가지 터지는 소리에 놀라 도망간 것이 아니라 고지 속에 영근 보름달의 은빛 영기靈氣의 분노에 놀라 달아나지 않았나 생각되었다. 마을에 초가집이 사라졌다. 마을 집집마다 초가 지붕위에서 보름달과 바람과 활짝 핀 고지 꽃이 밤마다 한데 어울려 잎사귀의 추임새에 따라 광란의 춤을 추던 아우라aura의 연출도 먼 이국땅으로 가버린 것 같았다.

제07부

나의 수감기收監記

객기客氣

　논산신병훈련소에서 군복무 하던 어느 초여름 날에 있었던 일이었다. 같은 부대에 근무하는 고향전우들과 외출을 나와 부여 낙화암으로 구경 갔었다. 고향이 같아 몇 다리 걸치면 친구의 친구이거나 학교 선후배가 되는 사이었다. 당시 부소산성 군량터에는 백제가 망할 때 타다 남은 쌀알을 캘 수도 있었다. 혹시나 하고 꼬챙이로 이곳저곳을 파보기도 했다. 성터를 한 바퀴 돌아보고 낙화암으로 향했다.

　삼천궁녀가 바람에 떨어지는 꽃같이 백마강에 빠져죽었다는 전설이 있는 곳이다. 바위 끝에 여섯 명의 군인이 올라섰다. 숲 사이로 비스듬한 바위절벽은 보여도 강물은 보이지 않았다. "이 좁은 길에 그 많은 궁녀가 어떻게 내리달릴 수 있나. 물도 보이지 않는데 어디에 빠져 죽었다는 거야."라고 한 전우가 시비를 걸었다. 떨어지는 흉내까지 해 보이면서 목숨은 고사하고 다리도 안 부러졌겠다고 우겼다.

　그 옛날에는 강물이 보였을 것이라는 등 설왕설래하며 바윗길 따라 내려가 고란사에 도착했다. 절집은 작았으나 주변풍광과 어울려 아늑했다. 절경은 강 맞은편에서야 제대로 볼 것 같았다. 절벽을 병풍삼아 고요히 흐르는 넓은 물위에 떠있는 암자를 바라보면 시 한 수가 떠오르지 않을까 싶었다.

　추녀의 풍경소리가 궁녀들의 혼령이 흐느끼는 가련한 울음같이 은은

하게 바람을 타고 퍼져나갔다. 절 모퉁이에 있는 바위샘에서 샘물 한 바가지로 더위를 식혔다. 샘을 지키고 선 절벽 틈에만 산다는 파릇파릇한 고란초도 찾아보았다.

상류 쪽 절마당가에는 소정방이 용을 낚았다는 조룡대로 가는 팻말이 보였다. 강기슭 오솔길을 따라 조금 가니 강 가운데에 힘찬 물살을 가르는 바위가 나타났다. 주변에는 사람이 없어 한적했다. 조금 전 '낙화'를 시비 걸던 전우는 "용 좋아하네. 미꾸라지가 당나라 장군에게는 용으로 보였던 모양이지." 하며 또 시비를 걸었다. 헤엄쳐 건너가서 용을 낚았는지 미꾸라지를 잡았는지 확인해봐야겠다며 옷을 벗기 시작했다.

60년대에는 군인은 관용의 대상이었다. 옷이 날개라 하지만 군복에는 객기客氣라는 말이 더 어울렸다. 사복을 입었을 때 하지 못하는 짓도 군복만 입으면 서슴없이 했다. 여럿이 모이면 더 큰 힘을 얻었다. 나라를 위해 고생한다고 어느 정도 눈살 찌푸릴 일을 해도 사람들은 눈감아주었다. 목숨 바쳐 풍전등화의 나라를 지키는 젊은이들에 대한 고마움이 남아있었기 때문이다.

발가벗고 물속으로 들어가던 전우는 "야, 같이 갈 놈 없어."하며 뒤를 돌아보았다. 이리저리 살펴보아도 관광객은 보이지 않는 것을 확인한 다른 전우가 "날씨도 후텁지근한데 소정방이나 만나보자."고 했다. 시비 걸던 전우의 객기에 한 사람도 이의를 달지 않고 동참했다. 나무그늘에 벗은 옷을 모아놓고 모두 강물로 들어갔다. 강가 나무들은 강을 향해 고개를 숙이고 있어 장정들의 나체를 가려주었다.

물살이 거친 강은 지름길로 가로질러 헤엄쳐가지 못한다. 상류로 어느 정도 올라가서 비스듬하게 헤엄을 쳐야 힘들이지 않고 건너갈 수 있다. 물길을 거슬러 조금 올라가 모두 물속으로 뛰어들었다. 실오라기도 걸치지 않은 장정들이 힘찬 물살의 도움으로 쉽게 조룡대에 물개 떼같이 올라섰다. 강 건너편 드넓은 백사장이 햇볕에 반짝거리고 있었다.

옷을 벗어놓은 곳으로 가려면 고란사 쪽으로 내려갔다가 강을 거슬러 올라와야 해야 했다. 고란사 가까이 가면 관광객이 볼지도 몰라 빠르게 헤엄쳤다. 갑자기 낙화암 전망대부근에서 소매치기 쫓는 호루라기소리가 요란했다. 강기슭에 도착하여 허리 아래는 물속에 감추고 걸어서 올라오는데 호루라기소리는 점점 가까워졌다. 물에서 올라와 옷을 벗어놓은 곳에 도착하자 한 아저씨가 호루라기를 불어대며 뛰어왔다.

옷을 입고 있는 장병들을 어이없다는 표정으로 바라보면서 "백주에 관광지에서 발가벗고 목욕을 하면 어떻게 해."라고 숨을 간신히 고르며 나직이 말했다. 하지 말라고 사정을 하는 건지 야단을 치는 건지 모를 말투였다. 풍기문란 죄부터 들먹이지 않는 것은 쌓아놓은 군복을 보았기 때문이다. 군에 간 아들이 생각난 지도 모른다.

군복은 벗어놓아도 위력을 발휘하니 군복 입은 군인이야 말해 무엇하랴. 용인지 미꾸라지인지 확인해야겠다던 전우가 옷을 주섬주섬 입으면서 "아저씨 우리가 발가벗고 수영하는 것을 어떻게 아셨습니까."하고 물었다.

어느 관광객이 헐레벌떡거리며 알려주더란 것이었다. 이십 년 가까이 이곳에서 근무했지만 처음 당하는 일이라 반신반의하면서 쫓아왔다며 숨을 몰아쉬었다. "아저씨, 여기 수영금지 팻말도 없는데 우리가 무엇을 잘못했나요."며 그는 또 시비를 걸었다. 조용히 숨어서 구경하면 될 일이지 신고까지 했냐며 투덜거렸다.

옷을 다 입고는 신고한 사람이 아주머니인지 아가씨인지 또 물었다. 거친 숨도 진정된 아저씨는 "이 사람아, 아주머니면 어떻고 아가씨면 어떻다는 거야."하며 목소리를 높이며 그제야 정색하고 나무랐다.

"이왕이면 다홍치마라고 아가씨면 더 좋잖아요. 적선도 아가씨들에게 하는 것이 낫지." 라며 그는 못내 아쉬운 표정을 지었다. 개기를 부리다 헌병대로 잡혀갈까 걱정되어 고개 숙였던 다른 장병들은 그만 폭소를 터트렸다. 아저씨도 웃음을 참느라 더 이상 말을 못했다. 강물에 땀을 씻어 가뿐한 몸이 강바람을 맞으니 무척이나 시원했다.

북한사람만 보면

이산가족 상봉중계를 보노라니 내가 만났던 북한 사람들이 생각났다.

처음 만난 것은 여섯 살 때였다. 어느 날 새벽 영문도 모르고 아궁이 속으로 들어가야 했다. 당시 아버지께서 연속극 '모래시계' 촬영지로 유명해진 정동진초등학교에 계셨다. 아버지 어머니 막 태어난 여동생 네 식구는 학교관사에서 살았다. 새벽에 이상한 복장에 이상한 총을 든 군인이 아버지를 깨워 운동장으로 데려갔다. 겁에 질린 나를 보시더니 어머니께서 가마솥이 걸린 큰 아궁이 속으로 들어가라고 하셨다.

얼마 후 아버지가 오셔서 안심하라고 하여 그곳을 나왔다. 그때의 이상한 군인이 6.25 남침과 같은 시간에 정동진에 상륙한 북한인민군이었다. 이들이 내 인생에서 처음 만난 북한사람이다. 38선과 정동진 사이에 살았던 고향 사람들은 독안에 든 쥐같이 한 사람도 피란 갈 겨를이 없었다. 1.4후퇴 때에는 너도나도 서둘러 피란을 갔다. 우리가족도 대게로 유명한 영덕까지 피란을 갔다. 눈길을 걸으면서 전쟁의 참상을 목격했다. 강구항 포구부근에서 걸식하며 살았다. 다리머리 바위에서 김 말리던 모습이 생생하여 수십 년이 지난 어느 날 찾아갔었지만 어딘지 알 길이 없었다.

두 번째로 만난 것은 마흔을 넘었을 때였다. 사무소장으로 발령을 받아 아내와 초등학교 5학년 아들을 데리고 오스트리아 비엔나에 부임하었다. 당시 해외로 나가려면 반공교육을 받았다. 북한사람을 식별하는 요령과 그들을 만났을 때 대처하는 방법 등을 알려주었다. 비엔나는 서방세계에 대한 정보를 알아내기 위한 북한의 거점지역이었다.

첫 일요일 나는 식구들을 데리고 도나우 강가에 우뚝 서있는 타워에 갔다. 높이가 150m인 타워꼭대기에 있는 회전전망대로 올라갔다. 전망대천정에는 관광지를 가리키는 화살표가 있는 식당이 있다. 식사를 하면서 화살표가 알려주는 관광지를 가족들에게 설명해줄 요량으로 첫 방문지를 그곳으로 정했었다.

승강기를 타고 전망대에 내려 식당 안으로 들어섰다. 반공교육 받은 식별요령에 정확하게 일치하는 사람들이 텅 빈 식당 한구석을 차지하고 있었다. 순간 풀숲에서 뱀이라도 만난 것처럼 소름이 돋았다. 다른 사람들은 하나도 없었다. 나는 그들과 멀리 떨어져 앉으려고 빈 좌석을 찾았으나 대부분 예약된 자리였다. 그들과 두 테이블 떨어진 곳에 자리를 잡고 음료수를 주문했다. 중국 사람이기를 바라면서 귀를 고추 세웠다.

'경제전쟁'이라는 북한말투가 들려오자 내 얼굴은 순간 사색이 되었다. 굳은 내 표정을 보고 식구들도 겁에 질려 말 한마디 못하였다. 음료수를 얼른 마시게 하고는 눈짓으로 일어나라고 했다. 첫 관광을 포기하고 승강기입구에 서서 문이 열리기를 기다리고 있었다. 그런데 이 어찌 난감한 일인가. 우리 뒤에 건장한 북한남자 여섯 명이 둘러싸는 것이 아닌가. 유학생 납치사건, 최은희 탈출사건이 있었던 곳이다. 30분이면 공산국가로 끌려 넘어갈 수도 있었다.

머리카락이 곤두섰다. 긴장의 순간이었다. 승강기의 문이 열렸다. 아내는 안으로 들어서려는 내 코트자락을 슬쩍 잡아당겼다. 순간 나는 더 용감해야 한다고 생각했다. 문제가 생기면 있는 힘을 다하여 도와달라고 소리치겠다고 다짐에 다짐을 하고는 안으로 들어섰다. 뒤돌아서면서 안경을 고쳐 쓰고는 들어오는 북한사람을 정면으로 한 사람씩 쳐다

보았다. 시선이 마주치자 그들은 전부 고개를 떨어뜨리고는 신발만 내려다보고 있었다. 순간 나 자신도 놀랐다. 전쟁의 승리를 확신하는 기분이었다.

기선을 제압해야겠다고 생각했다. 탑의 높이와 승강기의 속도를 아들에게 당당히 우리말로 설명해 주었다. 서울 남산에도 이와 같은 것이 있다고 덧붙였다. 병법의 허허실실처럼 긴장한 모습을 보이지 않으려고 더 큰 소리로 이야기했다. 곁눈으로 보니 그들은 입을 굳게 다물고 외면했다. 승강기 문이 열리자 먼저 내리는 그들의 뒷모습을 보면서 천천히 우리도 내렸다. 그들이 현장을 떠난 한참 후에야 떨리는 가슴을 진정시킬 수가 있었다.

그곳에 삼년간 살면서 여러 번 북한사람들을 볼 수 있었다. 북한 사람들과 대화를 처음 나눈 것은 비엔나 세계박람회에 참석한 북한관에 갔을 때 일이다. 살만한 상품은 없었지만 호기심에 이것저것 값을 물어보았다. 아내는 북한 여종업원에게 값을 깎아달라고 졸랐다. 그녀는 "남조선 동무들, 값 깎지 말라우요. 남조선 네 아줌마들 돈 많잖아요." 라고 퉁명스럽게 대꾸했다. 남조선 아줌마들이 돈 많은지 어떻게 아느냐고 웃으며 되물으며 끼어들었다. "다 알디요." 했다. 흥정 끝에 아내는 지어놓은 밥이 절대 쉬지 않는다고 자랑하는 옥돌밥솥을 샀다. 나는 장식용 청자도자기 하나를 샀다.

다시 삼십 년 가까운 세월이 흘러 일흔 살이 된 지금 이산가족 상봉장에 나타난 북한사람들을 보고 있다. 긴 시간 애타게 기다렸던 상봉장이 눈물바다다. 그들에게는 오직 기쁨의 눈물이지만 내 가슴엔 오히려 불안이 겹친 마른 눈물뿐이다. 감성에는 만남에 따른 기쁨의 눈물이 흐르지만 이성에는 전쟁의 불안이 똬리를 틀고 있는 것이다. 북한 사람만 보면 예나지금이나 도자기 깨어지듯 이 옅은 평화가 깨어지지 않을까 걱정스러워진다.

나의 수감기收監記

훈련마치고 나면 그 방향으로 소변도 보지 않는다는 논산신병훈련소에서 군대생활을 했다. 훈련병이 이용하는 50여 개의 PX에 물품을 납품하고 대금을 받아서 군납업자에게 정산해주는 경리병이었다.

제대말년 어느 날 트럭 꼭대기에서 전우들과 물품을 내리고 있었다. 방첩대(보안대) 지프차가 먼지를 뽀얗게 날리며 쏜살같이 들이닥쳤다. 경리병이 누구냐고 묻더니 일언반구의 설명도 없이 방첩대로 끌고 가려 했다. 옷을 갈아입어야 한다는 핑계를 대고 내무반에 들어가 얼른 상관에게 보고했다. 그는 남의일 같이 듣기만 했다. 내가 끌려가는 것에 대해서는 아무런 지시도 없었다. 취조실에 들어가니 물이 가득 찬 커다란 물통 두 개가 있고, 테이블 위에는 야전침대용 참나무막대기가 몽둥이 대신 얌전하게 놓여있었다. 거짓말을 하거나 원하는 대답을 얻지 못하면 가만히 두지 않겠다는 것을 암시하는 것이었다. 안면 있는 수사관은 얼굴도 내밀지 않았다.

'제대말년에 피 본다.'는 것이 군인들 간에 회자되는 말이다. 제대 말년에는 몸조심해야 한다는 경계의 말이다. 한편으로는 그런 일이 비일비재 발생하기도 한다는 뜻이 담긴 말이다. 도둑이 제발 저리 듯 언젠가는 그런 일이 닥칠지도 모른다는 막연한 불안감이 늘 마음 한 구석을 차지하고 있었다. PX에는 비정상적 거래가 있었기 때문이었다. 제대를

2개월 정도 남겼었는데 잡혀갔으니 그 말이 더 무섭게 다가왔다. 나를 잡아온 것은 내 상관의 비리를 캐려는 것임을 알았다. 그도 그것을 즉시 파악하고 잽싸게 서울로 도망갔다.

낯선 수사관은 한손으로는 몽둥이를 만지작거리며 많은 질문을 했다. 하나하나 내 대답을 기록하였다. 얼마 후에는 또 다른 수사관이 꼭 같은 순서로 꼭 같은 질문을 반복했다. 전번 대답과 다르면 수사관의 올가미에 걸려드는 것이었다. 나는 정신을 바짝 차리고 대답을 앵무새같이 되풀이했다. 중요한 질문은 상사가 알고 있지 나는 전혀 모른다고 오리발을 계속 내밀었다. 엄살도 피우고 측은한 표정을 지으면서 사정도 했다. 2개월이면 제대하는데 무엇 때문에 거짓말을 하겠냐고 둘러댔다. 감금된 상태로 심문을 받았던 3일간은 밥이 목으로 넘어가지 않아 거의 굶었다.

도망간 상관이 사태를 수습한 후에야 풀려났다. 몸무게가 53kg 정도였던 내가 막사로 돌아오자 놀란 사람은 피골이 상접한 내 얼굴을 본 전우들이었다. 그 상사의 이름은 평생 잊을 수 없다. 지금 같으면 날름 고자질하고 그 자리를 벗어났을 것 같다.

한번은 초겨울 어느 날 무단이탈로 헌병대 구치소에 수감되었다. 제대특명 받은 전우를 위한 송별회식이 있던 날이었다. 인근 술집에서 아가씨들을 사이사이 앉혀놓고 '사나이 우는 마음을 그 누가 아랴'를 젓가락 장단에 맞추어 목청을 돋우며 신명나게 술판을 벌렸다. 비상경계령이 발령 된지도 몰랐다. 갑자기 헌병이 문을 열어젖히더니 군복 입은 사람을 손가락으로 가리키며 나오라고 했다. 재미있게 논다고 제대특명 받은 전우는 여장女裝하고 있어 위기를 모면했다.

헌병 지프차에 실려 끌려간 곳이 군구치소였다. 군법을 위반한 현행범으로 잡혀갔으니 일고의 고려가 필요 없었다. 구치소는 계급은 없고 죄수만 있는 곳이다. 헌병이 관등 성명을 확인하고는 몽둥이와 구둣발로 여기저기 두들겨 패더니 감방 한 곳에 집어넣었다. 구석에는 나무로 된 뚜껑 없는 오줌통이 있었다. 겨울이라 마룻바닥에서 깔고 덮을 이불 몇 장 던져주었다. 때가 새까맣게 묻은 이불에서 나는 냄새와 오줌통에 나는 찌린 내로 맞았던 자리보다 머리가 더 아팠다.

날이 밝으면 군법회의에 불려갈 것이다. 그 전에 또 심하게 얻어맞아야 할 것을 생각하니 더욱 불안해 잠이 오지도 않았다. 잡혀오지 않은 전우가 급히 이리저리 손을 써서 다음날 새벽에 풀려났다. 권력으로 무죄가 선언 되었던 것이다. 숙소로 돌아오자 우리 모두 발가벗고 우물가에 빙 둘러서서 찬물을 퍼 올려 목욕했다. 평소 같으면 감기 걸릴까 엄두도 못 냈을 턴데 추위는 간데없고 기분이 날아갈 것 같았다. 서로 멍든 자국을 보면서 낄낄거렸다. 어느 전우는 구타한 헌병에게 복수해야겠다고 큰 소리쳤다.

불현듯 그 전우들이 보고 싶어 사진을 꺼내보니 감회가 새롭다. 1969년 겨울 논산 연무대 성도사장에서 촬영한 것이다. 사진 속의 얼굴이 너무 젊다. 내게도 그런 날이 있었나 싶다. 제대특명 받은 전우는 사복을 입고 있다. 잡혀가던 날 밤 치마저고리 입었던 모습이 선명하게 떠오르며 이름도 생각났다. 전우들이 지금 어디서 무엇을 하는지 궁금해진다. 송사는 피해가라는 말이 있다. 하물며 교도소는 말해 무엇 하랴. 구치소 하룻밤을 생각하니 감옥 속에 있는 재벌회장보다 가난하나 자유로운 나의 삶이 오히려 천국이다.

불쑥 찾아온 군번軍番

　찾을 의식조차 없던 것을 아주 우연히 다시 만나게 되는 경우가 종종 있다. 그것은 잠들었던 기억에 생기를 불어넣는다. 희로애락이 담긴 것이면 잊었던 정들이 파도가 밀려오듯이 가슴에 일제히 밀어닥친다.

　지난 봄 시골집에서 못 하나를 찾으려고 쇠붙이를 모아둔 상자를 마루 밑에서 끄집어냈다. 녹슨 낡은 깡통에 크고 작은 못들이 들어있었다. 쓸만한 것을 골라내려고 마당에 쏟아 부었다. 갑자기 내 눈이 커졌다. 이곳저곳에 녹이 쓸기 시작했지만 쏟아지는 햇볕을 받아 반짝이는 하얀 알루미늄 조각이 내 가슴을 쿡 찌르는 것같이 눈길을 확 잡아당겼다. 조금 우그러졌지만 줄 없는 군번이었다.

　5형제가 모두 무사히 국방의무를 다 했다. 누구 군번일까 궁금하여 얼른 집어 들었다. 'KA' 대한민국 군인임을 알려주는 기호다. 'XXXX 1957' 아, 내 군번이다. 이름보다 더 확실하게 나의 군인신분을 증명하는 것이다. 희미하게 각인된 알파벳같이 풀어쓴 내 이름이 선명하였다. 이것은 직장에서 사용한 내 한글 서명의 원형이 되었다. '70' 보병 행정병을 의미한다. 군에서 무슨 일을 할 수 있는지 말해주는 병과다. 'B' 전시 수혈에 필요한 나의 혈액형이다. 한 글자 한 글자를 확인하면서 읽었다. 1967년 11월 초 논산훈련소에서 받았고 3년간 목에서 떠나지 않았던 내 분신이었다. 사십 여년 잊었다가 만나니 입대하여 제대하는 날까지의 추억들이 바늘에 실 따라 오듯이 딸려 나왔다.

같이 입대한 고등학교 동창도 생각났다. 그는 담배를 피웠고 나는 담배를 피우지 않았다. 하루에 여섯 개비의 화랑담배를 보급했다. 담배가 나오는 날은 친구를 골려먹는 신나는 날이었다. 나에게 담배를 달라고 하면 한 발짝 앞에 서서 부동자세로 거수경례를 붙이고 충성한 후 담배를 달라고 해야 한다고 했다. 처음에는 농담 삼아 했다. 점점 놀리는 것이 재미가 나서 자세가 불량하다는 둥 말이 공손하지 않다는 둥 이유를 대면서 담배를 주지 않았다. 상관노릇을 하는 것이 너무나 신나는 일이었다. 때로는 삐어져 돌아서기도 했다. 훈련 중에 담배는 얼마나 귀한 것인가. 담배가 떨어지면 나를 찾아오지 않을 수 없었다. 그럴 때마다 나를 상관으로 대하지 않으면 "너는 군법회의에 끌려 나올 놈이야. 네 군번이 몇 번이야." 하고 놀렸다. 그 친구의 군번이 바로 내 밑이었다. 같이 입대하여 내가 한발 앞서 군번을 받았다. "군대는 군번 순이야. 졸병이 맞먹으면 하극상이라고. 감방에 가고 싶어." 이 말에는 친구는 담배를 얻기 위해 어쩔 수 없이 내 앞에 부동자세로 서야했다.

훈련소 막사에서 나란히 누워 단잠을 잤던 전우도 생각났다. 한글과 숫자를 읽지도 쓰지도 못했다. 침상에 누워 그 전우의 편지를 대신 써주었다. 고향 부모형제가 보낸 편지도 읽어주었다. 훈련을 마치고 그는 동부전선 최전방 부대에 배치되었다. 싸락눈이 뿌려대는 추운 겨울 훈련소 연병장에서 헤어질 때 내 손을 꼭 잡으면서 무척이나 고마워했었다. 먼저 떠나는 전우의 손을 잡고 3년 군 생활을 잘하고 꼭 한글을 깨우칠 것을 당부하자 눈시울을 붉히면서 고개를 끄덕였다. 군 생활 내내 그 전우 생각이 났으며 전역 날에 만나기를 기다렸다. 만나면 제일먼저 한글을 깨우쳤는지 물어보고 싶었다.

같은 날에 군번을 받은 고향 전우는 같은 날 제대하기 위해 원주 예비사단으로 모여들었다. 그곳에 도착한 다음 날 먼발치에서 그를 한눈에 알아보고 달려갔다. 나를 보자마자 내가 알고 싶은 것을 먼저 말했다. "김병장, 이젠 편지를 대신 읽어주거나 써주지 않아도 돼. 제대 후에는 농사짓지 않을 거야. 제천 누님 댁에 가서 장사를 배울 거야." 잡은 그의 손을 놓을 수가 없었다. 영하 수 십도의 전방에서 칼바람을 맞으면서 힘들게 생활한 이야기를 들었을 때는 눈물이 날 지경이었다. 이전우 덕분에 후방에서 편하게 지냈다고 생각하니 무척 고마웠다.

낡은 군번에 어울리는 줄을 사려고 액세서리 가게 여러 곳을 돌아다녔다. 웃통을 벗고 군번을 목에 걸고 거울을 보았다. 군번은 옛 군번인데 몸은 옛 몸이 아니었다. 듬성듬성 남아있는 흰 머리카락, 축 처진 어깨, 쭈글쭈글하고 가늘어진 목이 군번을 잊고 지냈던 사십 년을 훌쩍 넘긴 긴 세월을 대변했다.

줄의 구슬 수만큼 군생활의 추억들이 꼬리를 물었다. 하지만 곰곰이 생각하고 또 생각해도 제천 누님 댁에서 장사를 배우겠다고 하던 전우의 얼굴 모습과 이름은 떠오르지 않았다. 거울에 비친 군번이 내 나이를 향해 쓸쓸하게 웃고 있었다.

야간통행금지夜間通行禁止

　야간에는 통행을 금지하던 때가 있었다. 농촌에 살 때에는 불편을 느끼지 못하고 살았다. 처음으로 통금이 삶에 두려운 구속으로 느끼게 한 것은 직장을 갖고부터였다. 직장 초년 때에는 부서회식이 자주 있었다. 이삼차 술집을 몰려다니다가 통금이 가까워져야 헤어졌다. 다음날 출근하면 무사히 집에 도착한 무용담을 서로 자랑하고는 했다.

　마지막 버스를 타기라도 하면 그날은 운수가 좋은 날이었다. 버스정류장에서 이 노선 저 노선 막차가 떠나고 나면 택시를 잡아야 했다. 그때부터 택시잡기 전쟁이 시작 되었다. 인도에서 버스를 기다리던 사람들이 하나 둘 차도로 들어가 택시를 잡으려고 손을 흔든다. 택시기사는 창문을 열고 동명洞名을 소리치며 같은 방향의 손님을 찾는다. 타려는 사람도 가려는 방향을 소리친다. 밤이 점점 깊어지면 사람들은 더 크게 소리칠 뿐 아니라 수신호까지 보낸다. 손가락 두 개를 보이면 요금에 두 배를 주겠다는 신호요 세 개를 보이면 세 배를 주겠다는 신호다.

　택시기사는 합승으로 네 사람을 태워 한몫 챙기는 시간이 통금 직전 마지막 운행이었다. '귀가전쟁' '총알택시' 같은 말도 당시에 직장인들이 즐겨 쓰던 말들이었다. 택시 잡다가 통금시간이 되면 인근 여인숙으로 들어갔다. 불가피한 외박으로 눈감아 주었다. 이것을 이용하여 술집색시와 여관으로 직행하는 친구도 있었다. 통금이 막 지나면 혀 꼬부라진 소리로 집에 전화하는 최소한의 예의는 지켰다고 자랑했다.

　삼일이 멀다 하고 술집을 전전하다가 항상 통금을 넘어 귀가하는 상사가 있었다. 명동에서 자기 집까지 택시요금도 만만찮았다. 매번 두세 배의 요금을 주고 총알택시를 탈 수도 없었다. 그러다 어느 날 기막힌 묘수가 떠올랐다. 집으로 가는 길가에 있는 파출소 위치를 눈여겨 보았다. 어느 날 택시를 타고 가다가 기본요금이 넘자 토할 것 같다며 차를 세우고는 파출소 안으로 들어갔다. 소변이 급해 찾아왔다고 핑계를 댔다. 볼일을 다 본 후에는 이런저런 이야기로 당직순경의 환심을 샀다. 그리고는 흥정을 시작했다. 택시요금을 줄 테니 집에까지 데려다 달라고 졸랐다. 첫 거래가 어렵지 거래를 트면 나중은 쉬워지는 것이다. 그 후로는 통금걱정 없이 경찰백차로 안전하게 귀가한다고 자랑했다.

　야간통행이 자유로운 나라에 업무연수를 받으러 갔었을 때 일이다. 어느 날 연수 받는 은행에 출근하니 사람들이 축하한다고 야단들이었다. 어리둥절해 있는 나에게 한 직원이 우리나라의 야간통행금지가 곧 폐지된다는 뉴스를 들었다고 했다. 그날의 대화주제는 전쟁도하지 않는 나라에 어떻게 통행금지가 아직까지 있으며 그것이 생활에 얼마나 불편한가였다. 한국은 정전상태가 아닌 휴전 중이므로 전쟁상태와 같다는 설명에 야간통금이 있어야 됨을 쉽게 이해시켰다. 통금으로 인한 웃지 못 할 귀가전쟁, 목숨을 걸고 타는 총알택시, 합법적 외박을 이야기 할 때마다 배를 잡고 웃었다. 한 남자직원은 합법적 외박이 허용되는 야간통금이 자기나라에도 있었으면 좋겠다고 해서 또 한바탕 웃었다. 야간통금이 폐지되는 날 귀국했다.

　어느 날 개인택시를 탔다. 마침 대학입학시험 철이었다. 기사의 얼굴에 쓰여 있는 나이를 슬쩍 읽어보고는 대학 갈만한 자녀는 없을 것 같다고 말을 걸었다. 그러자 무엇을 기다리기라도 한 듯이 자기 아들에 대한 불평을 늘어놓았다. 애써 대학까지 졸업시켜 놓았는데 직장 바꾸기를 몇 차례 하더니 이젠 아예 구하시도 잃는딘다. 요즈음에는 낮에는 집에 틀어박혀 잠을 자고 정오를 넘어 집을 나가서는 아침 해가 뜬 후에야 돌아온다는 것이다. 자기와는 반대로 생활해서 얼굴도 볼 수 없으니 어디서 무얼 하고 다니는지 물어 볼 수도 없다고 언성을 높였다. 개인택시라도 해서 밥을 굶기지 않는 아비가 있으니 애써 직장을 구하려고 하지 않는 것이 아니냐고 목소리를 높였다. 그는 백미러를 통해 나를 바라보았다. 내가 동의해 주기를 은근히 바라는 눈치였다. 그러고는 불쑥 "야간통행금지가 다시 있었으면 좋겠어요."라고 말했다.

그 말이 있었는지 조차 까마득히 잊고 살았다. 그분의 넋두리를 듣는 순간 그 시절 겪었던 일상의 기억들이 굴비꾸러미 같이 선명하게 줄지어 나타났다. 자식의 생활태도가 얼마나 못 마땅했으면 세월을 역주행하고 싶었을까. 돌이켜보니 불편했던 야간통금에도 삶의 절제와 질서를 지켜주는 좋은 점이 있었다. 택시기사는 그 불편함 속의 조화에서 아들사랑의 희망을 찾으려고 했다.

호주댁 비행기

　폭격기의 굉음도 체험에 따라 달리 들리는가 보다. 내 고향에는 공군 비행장이 있다. 하루에도 몇 차례 비행훈련을 한다. 하늘을 나는 소리가 고막을 뚫을 듯하다. 집 위로 날아갈 때는 지붕이 곧 내려앉을 것 같다. 야간훈련 때에는 소낙비 쏟아지기 전에 내리치는 벼락소리보다 더 요란하다.

　아내는 6.25 전쟁 중에 태어났지만 당시의 참혹함을 기억하지 못한다. 폭격기의 혁혁한 공로도 모른다. 소음이 그저 소음으로만 들린다. 어쩌면 싫어하는 것이 당연할지도 모른다. 나는 휴전 전해에 초등학교에 입학했다. 전쟁 중에 피란도 다녀왔다. 당시에는 북진하는 전투기 소리가 기쁜 소식이었다. 그때를 생각하면 잠시 요란하다가 곧 조용해지는 소음에 불편함을 전혀 느끼지 않는다.

　어느 날 전투기가 지나가자 짜증내는 아내에게 장황하게 설명했다. "하루에 수차례 듣는 그 소리도 모두 합하면 1분도 안돼요. 그 1분 덕분에 나머지 하루의 1,439분을 평안하게 지낼 수 있어요. 한여름에 쉬지도 않고 울어대는 매미소리는 잘도 참는 사람이 생명을 지켜주는 소리에 어찌 불평할 수 있나요. 그 1,439분을 먼저 생각하니 나는 저 폭음도 반갑구먼."

　전쟁 때 북한과 중공군은 지상전에서 우세했다. 그러나 해상과 공중에서는 절대적으로 약세였다. 북한의 대포들이 제일 두려워했던 것이 바다에서 퍼붓는 함상포격과 하늘에서 번개같이 나타나는 폭격기의 공습이었다. 휴전이 되자 북한은 전투기의 공습을 피하려고 대포들을 땅굴을 파고 깊숙이 감추었다.

연평해전에 사용한 북한무기는 장사포다. 그 포대들도 지하에 숨어 있다. 훈련하거나 남한을 공격할 때에는 포문을 열고 지상으로 나와야 한다. 지상으로 나타나 준비하는 데에는 시간이 필요하다. 그 모습을 보고 우리공군도 대비한다. 그 덕분에 우리 모두 밤마다 세상모르고 깊은 잠을 잘 수 있다. 이렇게 나라를 지키기 위해 '빨간 마후라'는 목숨 걸고 훈련한다. 고맙게 생각해야 할 기억들은 점차 희미해지고 불평은 점점 크게 다가온다.

남으로 피란 가던 사람들이 고향을 찾게 해주는 전투기를 볼 때마다 모두 고마워했다. 전투기소리가 가까워지면 허공을 향해 손을 흔들어주었다. 고막을 찢는 소리가 오히려 가슴을 후련하게 했다. 순식간에 날아와 북한군에게 포탄을 퍼붓고 달아나는 그 폭격기를 "쌕쌔기"라 불렀다. 어린 시절 방안에 있다가도 하늘에서 쌕쌕거리는 소리가 들리면 밖으로 뛰어나왔다. "저기 저기" 하며 손가락으로 가리켰다. "떴다 떴다 비행기 날아라 날아라 하늘 높이 날아라" 노래를 불렀다. 눈에서 사라질 때까지 고개를 쳐들고 있었다.

비행기가 더 이상 보이지 않으면 다시 나타나기를 기다렸다. 가끔 높은 하늘에 전투기가 지나간 하얀 구름줄기도 보였다. 구름을 끌고 가는 비행기를 확인하려고 눈을 크게 떴다. 바늘같이 반짝거리는 것을 보고 비행기가 보인다고 소리쳤다. 지금도 그 같은 장면이 있으면 그 시절이 생각나 늘 사진을 찍는다.

어른들은 '쌕쌔기'를 '호주댁 비행기'라고 불렀다. 이승만 대통령 영부인의 친정 나라인 호주(오스트랄리아)에서 보내준 비행기라고 말했다. 영부인의 친정은 호주가 아니라 오지리(오스트리아)이다. 유럽의 작은 나라이다 보니 아는 사람이 많지 않았다. 영어발음이 비슷해서 일어난 착오였다. 경황없는 전쟁 중에 입소문으로 퍼진 웃음거리였다. 그것이 어찌단순한 웃음거리랴. 그 말에는 온 국민의 고마움을 표시하려는 애교가담겨있지 않았을까.

어느 날 마을이장을 만났다. 때마침 전투기가 머리위로 지나갔다. 나도 주민등록을 이 고향집으로 옮겨놓으면 보상받을 수 있다고 했다. 무슨 보상이냐고 물었다. 보상받게 된 자초지종을 이야기했다. 변호사 한 사람이 마을로 이장을 찾아왔다. 전투기 훈련코스 아래에 있는 마을사람들에게 소음피해를 보상받게 해주겠다고 꼬였다. 변호사비용은 받지 않고 성공하면 '성공보수'로 보상액의 30%를 내놓으라고했다.

생각지도 못한 돈이 생긴다는데 누가 반대하랴. 더구나 제돈 한 푼들이지 않고 보상을 받아 주겠다고 하지 않는가. 마을사람들이 쌍수를들어 찬성했다. 변호사는 온 갖 지식을 동원해서 보상을 받게 해주었다는 것이다.

그때나 지금이나 같은 '휴전' 중이다. 북한은 휴전임을 잊지 않고 전쟁준비를 게을리 하지 않는다. 피란시절은 생각만 해도 끔찍하다. 남한은 다리 쭉 뻗고 자는데 익숙해지자 전쟁이 끝난 줄 안다. 오늘도 전투기가 수차례 지붕위로 지나갔다. 어린 시절 그렇게도 기다렸던 비행기인데 어찌 반갑지 않으랴.

하루 1,439분의 평안함이 어디서 오는지 모르는 사람은 아내만 아니다. 이 같은 소음이 없었다면 북한주민이 되었을 우리 마을사람들도 전투기의 고마움을 알지 못한다. 돈만 받으면 흉악범도 변론해야 하는 변호사야 더 말해 무엇 하랴. '호주댁 비행기'라고 반가워했던 옛이야기를들려줘도 돈의 노예가 된 변호사들은 웃지도 않을 것이다.

제08부

캄캄한 방房에 불을 켜는 재미

교정校庭에 묻힌 얼굴들

어느 따사한 봄날 졸업한 초등학교를 찾아갔다. 교문도 교실도 나무도 울타리도 모두 낯설었다. 학생마저 줄어들어 폐교직전이라고 한다. 옛 모습을 간직한 것이라고는 운동장뿐이었다. 어렸을 때에는 넓어서 칠팔백 명의 학생들이 가득 차게 놀았다. 텅 빈 지금은 오히려 작아보였다.

운동장에 들어서니 친구들이 생각났다. 그곳에는 함께 뛰놀던 친구들의 얼굴이 묻혀있기라도 한가보다. 그네에 올라앉아 흔들거리며 운동장을 바라보니 여기저기서 밀고 당기던 얼굴들이 흙바람 속에서 나타났다.

함께 **빵소니** 쳤던 친구가 떠올랐다. 휴전 전 해에 초등학교에 입학했다. 전쟁 중에 학교 일부가 불타서 교실이 부족했다. 신입생은 벚나무 밑에서 수업을 받았다. 비라도 와야 고학년 교실복도에 앉을 수 있었다. 해가 쨍쨍한 날에는 나무아래에서 낮잠 자는 시간도 있었다. 초여름 어느 날이었다. 옆자리에서 잠든 친구를 꼬여 몰래 학교를 도망쳤다.

인근 저수지에서 민물조개 잡는 것이 공부보다 훨씬 재미있었다. 조개가 지나간 자국을 따라 발가벗고 물속으로 들어갔다. 몇 걸음 가면 이내 흙탕물이 된다. 그날 아주 큰 놈을 잡아 신이 났다. 더 잡으려는 욕심에 오른쪽 엄지발가락을 꼬부려 힘을 주고는 열심히 진흙바닥을 긁으며 나가는데 갑자기 촉감이 이상했다. 겨우 발을 들어 올려보니 엄지발가락에서 피가 솟았다. 유리조각에 베었던 것이다. 절뚝거리며 등교한 다음날 우리 둘은 뺑소니 친 벌을 받았다. 선생님이 누가 먼저 뺑소니치자고 했는지 다그칠 때는 서로 자기가 먼저 했다고 말했다. 아직도 남아 있는 그 상처를 보면 의리의 친구얼굴이 생각난다.

서울구경을 자랑하던 친구도 기억났다. 서울서 사왔다는 친구의 알록달록한 새 옷과 새 가방은 무척이나 부러웠다. 빙 둘러싼 급우들 사이에서 한없이 부러운 눈빛으로 그의 입과 얼굴을 빤히 쳐다 보았다. 화신백화점(그런 말도 처음 들었다)에 가면 없는 물건이 없으며, 건물꼭대기에는 아름드리소나무가 울창하다고 자랑했다. 당시 내가 본 제일 큰 건물은 학교였다. 학교지붕 같은 건물꼭대기에 큰 소나무가 있다는 것은 도무지 믿을 수가 없었다. 산에나 있어야 할 아름드리소나무가 어떻게 지붕 위에 있을 수 있을까. 훗날 서울 가면 내 눈으로 꼭 확인해야겠다고 다짐했다.

대학입학시험을 치르러 서울에 왔을 때 일이다. 눈에 보이는 것마다 신기했다. 밤이고 낮이고 전차를 타고 이곳저곳을 친구들과 몰려다니며 구경했다. 화신백화점도 찾아갔다. 6년 동안 잊지 않고 궁금하게 생각했던 그 '아름드리소나무'를 꼭 보고 싶었다. 백화점 앞에 서자 하늘을 쳐다보았다. '아름드리'는 온데간데없고 몇 그루의 작은 소나무만 보였다. 그가 봤을 때에는 더 작은 나무였을 것이다. 어쩌면 어린 눈에는 산에나 있어야 할 소나무가 건물 꼭대기에 있는 것 그 자체가 그에게는 충격이었으리라.

무당부부의 아들도 눈에 선명하게 나타났다. 초등학교 입학40주년을 맞이하여 졸업생 수첩을 새로 만들었다. 그해 여름에 많은 친구들이 학교에 다시 모였다. 할머니가 된 여자 친구도 있었다. 무당아들은 보이지 않았다. 집에 돌아와 제일먼저 그 친구에게 전화를 걸었다. 마지막 만난 것이 중학생시절이니 목소리라도 듣는 것이 얼마나 반가운 일인가. 단짝이었던 여자 친구의 목소리를 기다리듯 가슴이 두근거렸다. 어찌된 일인지 손가락이 아플 정도로 전화기를 돌렸건만 받는 사람이 없었다. 허탕 치면 칠수록 섭섭한 마음에 또 걸어보았다.

무당은 예나 지금이나 시루떡을 놓고 굿을 한다. 어느 날 그는 떡을 가지고 와서 수업시간에 몰래 나에게 한 덩어리를 주었다. 떡을 받자 침이 목구멍으로 계속 넘어갔다. 참으면 참을수록 더 먹고 싶었다. 몰래 조금씩 뜯어먹다가 선생님께 들켰다. 앞으로 나와 떡을 입에 문채 손들고 서 있으라는 벌을 받았다. 입에 문 마른 시루떡이 눅눅해지자 부서져 떨어졌다. 다시 집어서 물기를 반복했다. 이럴 때 마다 급우들은 웃어댔다. 몇 차례 눈물이 고인 후에야 내 자리에 들어갈 수 있었다. 자기 때문에 벌 받게 되었다고 어쩔 줄 몰라 하던 친구의 얼굴모습은 지금도 또렷하게 내 눈앞에 어른거린다.

운동장에 덩그러니 앉아있는 높다란 철제교단의 난간이 봄볕을 받아 차갑게 반짝거렸다. 그 자리에는 우리들이 오르고 뛰어내리던 나지막하고 낡았던 목제교단이 있었다. 그 위에 서서 호루라기를 불던 담임 선생님의 얼굴도 보였다. 가을 운동회 하던 장면들이 스쳐지나갔다. 낯익은 얼굴들이 기마전 함성과 함께 나타났다.

뺑소니 쳤던 이야기를 함께 나눌 죽마고우는 청년 때 목숨을 스스로 끊었다. 아름드리소나무가 없더라고 따져야 할 허풍쟁이는 젊었을 때 병으로 객지에서 쓸쓸하게 세상을 떠났다. 다시 만나면 시루떡 한 덩어리를 사주고 싶은 무당아들은 소식이 없다.

추억을 먹고 사는 것이 늙음이던가. 지나온 풍상風霜의 두꺼운 벽이 옛 친구들과 마주앉지 못하도록 가로막아 섰다. 그것이 어찌 만나고 싶은 애절한 마음까지야 막을 수 있으랴.

부지不知의 덕德

뒷산에 잎이 무성한 나무들이 빽빽하다. 어느 날 나무이름을 얼마나 알고 있는지가 궁금했다. 이름을 아는 나무들을 소리 내어 불러보았다. 부를 때마다 손가락으로 곱았다. 스무 개가 넘지 않았다. 나무 이름을 많이 알지 못함에 놀랐다.

나무 이름만 그런 것이 아니다. 꽃 이름도 아는 것이 많지 않다. 마아가렛 구절초 쑥부쟁이도 구별하지 못한다. 꽃 사진에 이름을 달면서 마아가렛을 구절초로 개명했고, 구절초를 쑥부쟁이라고 적었다.

부지不知하기는 새 이름도 마찬가지다. 귀를 기울이고 들어보면 새마다 우는 소리가 다르다. 소리를 듣고 새 이름을 아는 것은 겨우 꿩 비둘기 뻐꾸기 까마귀 까치 정도다. 새벽을 깨우는 짹짹거리는 새가 참새인지 멧새인지도 알지 못한다.

이름을 몰라도 뒷산 나무 밑은 우리의 놀이터였다. 이름을 몰라도 새소리가 시끄럽다고 생각한 적이 없다. 이름을 몰라도 이른 봄 마른 잎 사이에 고개를 내민 작은 꽃을 보면 절로 미소 짓는다. '이름도 몰라요 성도 몰라' 노랫가락처럼 그렇게 더불어 살았다.

부지不知해서 불편한 것은 오히려 이름을 잘 알고 있는 사람의 마음이 아닐까. 강산이 4번 변하는 세월을 같이 살아온 아내의 마음을 알지 못할 때는 불편을 느낀다. 웃고 넘길 작은 불편이 종종 큰 불화의 씨앗이 되기도 한다.

지난여름 미국 옐로우스톤으로 여행 갔을 때 일이다. 관광할 곳은 수증기를 내뿜는 간헐천, 대협곡으로 떨어지는 폭포, 3,000미터가 넘는 높은 산 등이다. 많이 걸어야 된다. 좋은 날씨는 여행에 큰 부조扶助다. 출발지에서는 맑았던 하늘이 도착하니 잔뜩 찌푸렸다. 우산을 준비하지 않은 것이 걱정되었다. 가이드는 곳에 따라 시시때때로 비가 온다며 우산이 꼭 필요하다고 강조했다. 다음 관광지가 우비를 가장 싸게 파는 곳이라고 알려주었다.

아내에게 우비 두 개를 사자고 말했다. 아내는 "비가 안 올지도 모르는데 살 필요가 있어요."라고 대꾸했다. 비가 오면 구경도 제대로 못하니 사야 되지 않느냐고 언성을 높였다. 아내는 "왜 그렇게 부정적으로 생각해요." 하면서 핀잔까지 주었다. 내가 부정적으로 생각한 것이 아니라 가이드가 꼭 있어야 된다고 하지 않았느냐고 따졌다. "가이드가 무엇을 알아요. 하늘이 하는 일인데." 라며 이젠 가이드 말도 믿지 못하겠다는 말투였다.

평소에 콩나물 값을 깎을 정도로 인색하지도 않은 사람이다. 관광지에서 파는 값싼 우비라도 질이 그리 나쁘지 않을 것이다. 설령 한번 쓰고 버린들 어떠랴. 부정적으로 생각한다고 나무라면서까지 꼭 필요하다는 것을 사지 않으려는 아내의 마음은 도무지 알 수가 없었다.

우비를 사려갔다. 오천 원 정도의 우비 두 개를 집어 들었다. 순간 아내의 얼굴이 떠올랐다. 한여름의 소나기는 콧등을 두고 다툰다는데 비가 와도 긍정적인 아내는 피해갈 수도 있는 일이다. 내 것 하나만 샀다. 아내에게는 사든지 말든지 알아서 하라고 말했다.

핀잔주던 아내가 비 맞는 꼴을 보며 혼자서 우의를 입고 뽐낼 것을 상상하니 기분이 좋았다. 그런 내 마음을 하늘도 알았는지 다음 목적지로 가는데 빗줄기가 차창을 두드렸다. 마음속으로 '그것 봐라.' 하면서 옆자리의 아내를 보니 어전히 태연했다. 목적지에 오니 어찌 되었는지 언제 왔냐는 듯 비는 그쳤다. 오히려 아내가 나보고 그것 봐요 하는 눈치였다. 그것이 몇 차례나 계속 되었다. 여행의 즐거움보다 내가 옳았다는 것을 보이고 싶어 안달이 났다.

케이블카를 타고 해발 3,000미터가 넘는 곳에 도착하니 드디어 빗님이 나를 마중했다. 아내는 감기기운이 있었다. 비를 맞으면 감기에 좋지 않으니 휴게소에 있으라고 하고는 혼자서 구경을 나섰다. 아내의 건강을 걱정하기보다 우비 산 것에 대한 승리감을 즐기고 싶었다.

다음 관광지에 도착하니 또 가랑비가 왔다. 내 바람막이는 어느 정도 방수가 된다고 하면서 우비를 아내에게 주었다. 겉치레라도 싫다고 거절해야 옳은 일이다. 아내는 고맙다는 말도 없이 얼른 받아 걸쳤다. 우비를 사지 않겠다고 핀잔주던 말투가 귀에 쟁쟁했다. 순간 '그것 봐.' 하고 따지고 싶었다.

사사건건 시시콜콜 시시비비를 가린다고 어찌 아내의 마음을 알아낼 수 있었으랴. 열길 물속은 알아도 한길 사람의 마음은 알 수 없다고 한다. 따져도 알 수 없는 것이 아내의 마음인데 모르고 산들 무엇이 문제가 되랴. 부부로 산다는 것은 육하원칙에 따라 서로서로 알아내려고 애쓰지 않는 것이 오히려 유덕의 길이 아닐까.

나무와 꽃과 새의 이름도 모르면서 조상 대대로 자연 속에서 아름답게 살아왔다. 짧은 인생인데 부부간에 미주알고주알 속속들이 알고 사는 것보다 서로서로 부지不知의 여지를 남겨둔 채 사는 것이 더 덕德스럽지 않을까 생각되었다.

캄캄한 방房에 불을 켜는 재미

한국여성으로는 처음으로 미국 명문대학교 수학과 정교수가 된 교포에 관한 기사를 읽은 적이 있다. 그는 정답이 없는 학생운동에 빠졌었다. 어느 날 자신을 돌아보고 정답이 있는 수학공부에 몰입했다. 정답의 길을 발견하면 캄캄한 방에 갑자기 불이 켜질 때처럼 수학이 좋다고 했다. 방 구조가 한눈에 들어오면서 모든 궁금증이 일시에 풀리는 것 같은 쾌감을 수학풀이에서 맛본다고 했다.

그 교수처럼 캄캄한 방에 불을 켜는 재미를 맛보았던 때는 신혼시절이었다. 불빛이라고는 집밖 외등뿐이었던 시절이었다. 아내와 외출했다가 밤늦게 돌아오면 벽을 짚어가며 조심조심 2층 단칸방으로 올라가야 했다. 출입문 앞에 서서 손가락 끝의 촉감으로 열쇠구멍을 찾았다. 현관에 들어서면 방안은 칠흑같이 캄캄했다. 장님처럼 더듬어서 스위치를 켰다. 불이 들어오면 낮 익은 것들이 밝은 세상에 나와 기쁘다고 일시에 아우성쳤다. 모든 것이 제자리를 지키고 있는 것을 보면 안도감을 느꼈다.

수학에서 불을 켜는 재미를 느낀 것은 중학생이 되고서 부터였다. 초등학교시절에는 수학풀이에서 불을 켜는 것 같은 재미를 느끼지 못했다. 요즈음 어린이 기준으로 보면 저능아였다. 입학 전에 글자 공부를 한 적도 없었다. 더구나 피란의 후유증으로 잔병치레까지 했다. 당시

부모님과 떨어져 증조부님과 같이 살았다. 증조부님께서는 장손의 몸이 허약한 것을 몹시 걱정하셨다. 아픈 표정만 하면 학교에 가지 말라고 하셨다. 그것이 나의 버릇을 아주 나쁘게 만들었다.

책보자기를 둘러메고 집을 나서다가도 가기가 싫어지면 언덕길 중간에 있는 큰 대추나무 밑 양지쪽에 쪼그리고 앉았다. 눈을 감고 손을 이마에 얹고 아픈 인상을 쓰고서는 증조부께서 마당을 서성거리시는 발자국소리를 기다렸다. 어지럽다고만 하면 만사형통이었다. 방에 들어가 누워서 빈둥빈둥 거리면서 귀를 쫑긋 세웠다. 등교시간에는 재잘거리면서 친구들이 집 앞을 지나갔다. 언덕 위에 있는 집이다 보니 그 소리가 더 크게 들렸다. 길거리가 조용해지면 공부가 시작된 것으로 짐작했다. 조금 더 뒹굴다가 다 나은 것처럼 마당으로 내려와 혼자 놀았다.

어지러워서 학교에 가지 않은 것이 아니었다. 가기가 싫어지면 자연히 어지러워졌다. 다른 어른들은 내가 자주 꾀병을 부리는 줄 알았다. 오직 증조부께서만 내 꾀병이 진짜 병이 될까 봐 걱정해 주셨다. 학교에 안 가는 날이 더 많아졌고 공부에 흥미를 갖지 못했다.

2학년 초 수학시험에서는 빵점을 받았다. 겁이 덜컥 났다. 붉은 동그라미가 점점 커지는 것 같았다. 그 밑에 쭉 뻗은 막대기 2개는 회초리 같았다. 어른들에게 들키지 않도록 시험지를 왕겨가 수북이 쌓여있는 디딜방아 공이 밑에 숨겼다. 하루는 할머니가 방아를 찧기 위해 청소를 하셨다. 내 평생 가장 낮은 수학점수의 시험지를 발견하고 온 집안이 발칵 뒤집혔다. 부엌아궁이 깊이 던졌으면 완전범죄로 끝났을 것이다. 꾀병부릴 줄은 알았어도 숨기는 꾀는 유치원생 수준도 못되었다. 이 일로 부모님께서 계신 시내학교로 전학을 갔다. 그곳에서 한동안 나머지 공부로 처진 학업을 보충해야만 했다.

중학생이 되고부터는 수학이 제일 잘하는 과목이 되었다. 점점 재미가 붙었고 문제풀이에 몰입하였다. 특히 기하과목은 선생님도 인정하

서서 어려운 문제만 나오면 나를 불러내서 흑판에 풀어보도록 하였다.

　기하문제를 풀 때는 방에 불을 켜는 맛을 종종 느끼곤 했었다. 문제를 푸는 요령은 공식을 대입할 보조선의 발견이었다. 보조선만 발견하면 풀이과정이 훤히 보였다. 문제가 풀리지 않으면 며칠을 매달렸다. 쉬는 기간에도 오가는 통학시간에도 집에서도 잠자리에서도 밥 먹다가도 온통 그 문제만 생각하고 또 생각했다. 해답을 찾으면 말할 수 없이 기뻤고 자랑하고 싶었다. 유사한 문제가 기말시험에 나오기를 은근히 바랬었다.

　지금은 자동화 시대에 살고 있다. 거리도 대낮같이 밝다. 외출했다가 늦은 밤에 계단에 올라서기만 해도 층마다 불이 자동으로 켜진다. 현관문을 열기가 무섭게 방안은 환하다. 불을 켜놓기라도 한 것 같다. 이젠 손으로 방에 불을 켜는 재미마저 사라졌다. 수학 문제풀이 할 나이도 지났다. 때론 더듬어 불을 켰을 때 느꼈던 그 느리게 사는 맛을 되찾고 싶어진다.

　디딜방아가 있었던 행랑채는 헐렸고 터만 남아 있다. 오늘 아침 보리수나무를 심으려고 땅을 파니 구들장과 방아공이가 빵점 시험지의 추억과 함께 얼굴을 내 밀었다. 기억의 방에 불이 켜진 것이다. 추억을 회상하는 것은 노년에 즐거움을 주는 것이다. 기억의 방에 불을 자주자주 켜야겠다.

삼다三多의 길

삼다三多는 사진을 배우면서 처음 들은 말이다. 남의 사진을 많이 보는 다독多讀과 많이 찍는 다작多作과 많이 생각하는 다상량多商量을 통해서 좋은 사진을 만들 수 있다고 했다. 우연한 기회로 글쓰기를 배우고 있다. 글도 잘 쓰려면 삼다가 필요하다고 한다. 사진의 삼다가 글쓰기에서 빌려온 것임을 알았다.

사진은 보는 것이 아니라 읽는 것이라고 한다. 목요일은 전시회 가는 날로 정했다. 인사동을 중심으로 십여 개 이상의 전시회를 찾아다녔다. 다른 사람의 사진을 통해서 찍고 싶은 대상을 발견하고 그들과 다른 표현방법을 생각한다. 보는 눈이 조금씩 떠진 후에는 미리 조사하여 취향에 맞고 이름이 알려진 전문작가들의 전시회만 보러간다. 좋은 사진은 반복해서 본다.

수필을 쓰기 위해 다른 사람의 글도 많이 읽는다. 도서관에서 여러 문예지에 실린 수필과 소설을 읽어본다. 가끔 시 소설 수필의 평론도 읽는다. 글은 어떻게 쓰는가가 궁금하여 문장론 같은 글쓰기에 관한 책도 자주 뒤적인다. 남과 다른 내 글을 써보고 싶기 때문이다. 많은 글을 읽는 것보다 좋은 글을 반복해 읽는 것이 내 글쓰기에 도움이 되는 것 같다. 피천득 윤오영 이태준의 수필집을 종종 다시 읽는다.

사진을 시작하면서 처음 삼 년간은 한 해에 만 장 정도 사진을 찍었다. 사진은 카메라라는 광학기기로 작품을 창작하는 것이다. 기계가 가지고 있는 표현수단을 순간적으로 이용하려면 다루는데 익숙해야 한다. 많이 찍어 봄으로서 몸에 배게 해야 된다. 사진은 발견의 예술이다. 만난 이미지를 짧은 순간에 포착해야 한다. 촬영조건을 능숙하게 바꾸고 다가가서 찍어야만 잡힌다. 지금도 주변에서 남이 발견하지 못한 시간과 빛의 흔적들을 찾아다닌다.

글쓰기도 삼년 동안 150여 편의 글을 써보기로 목표를 정했다. 그 정도 습작을 써보아야만 쓰기가 몸에 밸 것 같았다. 창작노트에 써보고 싶은 목록들을 적어나갔다. 틈틈이 읽어보고 관련된 사건들을 적어둔다. 길을 가다가 생각나면 휴대폰에 기록한다. 제재 중에서 하나를 골라 매주 한 편씩 글을 썼다. 지금은 한 달에 두 편씩 쓴다. 글쓰기 요령도 조금씩 나아지고 이야기보다 형식과 묘사에도 눈이 떠짐을 느끼고 있다. 매달 초면 창작노트에 적힌 것들을 뒤적이며 이 달에는 어느 것을 써볼까 고민하는 것이 혼자만의 즐거움이다.

사진은 시각언어로 나를 표현하는 것이다. 좋은 표현은 깊은 생각에서 나온다. 사진이 촬영기술이 아니고 철학이라고 말하는 이유다. 사람과 자연과 문화는 사랑하는 만큼 보인다. 독서를 통해 얻은 세상에 대한 나만의 관심을 이미지화하여 그것에 어울리는 대상을 찾아 나선다. 이렇게 사진은 만남의 예술이고 보물찾기이다. 보물은 갈고 닦아야 하듯이 사진도 촬영 후에 여러 가지 도구를 통하여 자신의 이야기가 드러나도록 만든다. 만들지 않은 사진은 화장하지 않는 얼굴과 같다. 찍는 순간은 짧지만 만드는 시간은 길다. 불필요한 부분을 잘라내고 색상과 명암을 바꾸는 것은 또 다른 고뇌苦惱의 길이다.

글쓰기도 문자로 자기를 표현하는 것이다. 어떤 시인은 "문학은 내 안의 수많은 나에게 말하기다."라고 했다. 이처럼 내면에서 주고받는 언어를 글자로 나타내는 것이 글쓰기이다. 처음 쓴 글이 마음먹은 대로 나를 완벽하게 표현하기란 매우 어렵다. 어느 소설가는 작품이 완성한 후 3년이 지나야 발표한다고 한다. 글도 생각하고 또 생각하는 퇴고推敲를 거쳐서 만들어가는 것이다. 거기에 글 쓰는 묘미가 있다. 퇴고는 읽는 사람을 위한 것이다. 퇴고하지 않은 글을 발표하는 것은 민낯으로 외출하는 것과 같다. 퇴고에서 중요한 것 중 하나는 불필요한 부분을 잘라내는 것이다.

그것이 어찌 사진과 글쓰기에서만 중요하랴. 피에타는 미켈란젤로가 25세 때 조각한 작품이다. 그가 어느 날 대리석 상점 앞에서 발걸음을 멈추었다. 한 덩어리의 원석을 물끄러미 바라보고 있었다. 주인은 팔리지 않아 골칫거리니 그냥 가져가라고 말했다. 작품이 완성된 뒤에 상점 주인을 불렀다. 주인은 작품을 보고 깜짝 놀랐다. 미켈란젤로는 다음과 같이 말했다고 한다. "내가 이 앞으로 지나가는데 예수님이 나를 불렀습니다. 그는 '내가 지금 이 대리석에 누워있는데 불필요한 부분을 떼어내어 내 모습을 드러나게 하라.'고 말했습니다. 이 돌덩어리를 본 나는 어머니의 무릎에 누운 예수의 형상을 볼 수 있었습니다. 단지 나는 예수가 시킨 대로 불필요한 부분을 쪼아냈을 뿐입니다." 이 이야기는 조각예술의 불문율이 되었다.

눈으로 본 작은 사물에서 불필요한 부분을 잘라내고 나를 드러내는 나만의 사진을 찍으려고 돌아다닌다. 지나온 삶이 말하고 있는 내 말에 귀를 기울이고 허상을 걷어낸 나의 참 모습을 글로 표현하려고 애쓴다. 하루하루 삼다三多의 길을 걷다 보면 내 이야기가 담긴 사진을 찍고 내 삶이 드러나는 재미있는 글을 쓰게 되지 않을까.

이 비늘처럼 겹겹이 둘러치고 그 속에 많은 영양분을 저장하고 있는 땅속줄기가 양파이다. 양파껍질을 벗긴다는 말은 둘러싼 잎을 하나하나 띠어 내는 것이다. 이런 양파 속살의 90%이상은 수분이다.

식물이 자라려면 반드시 물이 필요하다. 동물도 물이 있어야 살 수 있다. 다른 별나라에도 물만 있다면 외계인도 살고 있을 것이라고 과학은 믿고 있다. 그 궁금증이 인공위성을 쏘아 올리게 한다.

컵 속의 양파 이파리는 자신이 자라는데 필요한 물을 양파 본체에서 빨아낸다. 그것들이 자라는 것을 보노라면 자궁 속의 태아가 떠올랐다. 태아는 어머니의 건강은 아랑곳하지 않고 영양을 빼앗으며 자란다.

나도 보릿고개시절 허기진 어머니 뱃속에서 있었다. 효孝란 받은 것의 일부를 되돌려 주는 것이라고 한다. 아주 작은 것에도 드리기 인색했던 모습을 회상하니 양파 잎을 바라보던 초점이 흐려졌다.

잎이 자라기 시작한지 보름가량 지나자 겉껍질이 절로 벗겨졌다. 속과 분리되어 사이에 빈 공간이 있어 완전하게 말라버렸다. 만져보니 재가 된 종이같이 바삭바삭 부서졌다. 얼마 전 방송에서 본 가뭄으로 거북 등같이 갈라져 올랐던 저수지 바닥이 생각났다. 색깔도 비슷하다.

지구는 만물의 어머니이다. 인간들이 탐욕으로 환경을 파괴하여 기후변화가 곳곳에서 발생한다. 물이 부족하여 사막화 되는 지역이 늘어나고 있다고 한다. 양파껍질 벗겨지듯 말라 벗겨지는 지구의 겉껍질이 넓어지고 있는 것이다. 예전에는 봄에만 나타나던 황사가 겨울에도 우리를 괴롭힌다. 불청객으로 찾아온 미세먼지를 마시지 않으려고 너도나도 외계인 같은 마스크를 쓰고 다닌다.

잘 자라던 이파리가 높이가 한자 정도 되자 더 이상 크지 않았다. 한달여 이상 기다려보아도 그대로였다. 말라비틀어지지도 않고 잘 버티고 있었다. 생장의 중지에는 삶과 죽음이 불꽃 튀기며 밀고 당기는 긴장감이 있었다. 물은 오직 내부에서만 공급된다. 이파리는 성장은 포기

하고 생존에 필요한 최소한의 물만 먹고 있다. 뿌리가 없으니 외부에서 공급되는 물은 기대할 수 없다. 가진 것을 절약해 쓰면서 기적을 기다리고 있다. 애처롭고 슬픈 일이다. 그와 같은 일을 당하면 사람들은 서로 차지하려고 사생결단 다투지 않는가.

어느 날부터 겉 이파리 하나가 축 처지더니 누렇게 말라가기 시작했다. 대단한 인내가 나를 부끄럽게 한다. 양파는 이제 마지막 남은 생명의 물기로 버티기 위해 이파리 가지치기를 계속했다. 이젠 가운데 있는 한 잎만 생생한 모습으로 남아 희망의 불씨를 끄지 않고 기다린다. 물기가 빠져 축 처진 가닥들을 볼 때마다 우울해졌다. 양로원에 누워 자연사를 기다리는 어른들 모습도 이와 같지 않을까 하는 생각이 들었다.

바깥 이파리부터 차례로 시들어가는 모습은 풍랑을 만난 선장 같다. 배가 풍랑을 만나면 배를 가볍게 해야 한다. 선원의 생명을 살리기 위해 덜 필요한 것부터 바다에 던진다. 나중에는 여분의 식량도 버리라고 한다. 마지막에는 배도 버린다.

독감철도 지나고 따뜻한 봄날이다. 양파의 도움으로 독감에 걸리지 않고 겨울을 보냈다. 싹튼 양파도 버릴 때가 되었다. 동그랗고 탱탱하던 것이 쭈글쭈글해져서 원래 모습은 온데간데없고 손가락 같이 가늘고 길쭉해졌다. 만져보니 나무토막 같이 단단하다. 이파리에게 물기를 완전히 빼앗긴 양파다.

같이 살았던 몇 달 동안은 내 삶을 뒤돌아보게 한 귀한 시간들이었다. 독감에 걸리지 않은 것 못지않게 감사할 일이었다. 만나고 헤어지는 것은 아쉬운 정이다. 한겨울 쌓은 정으로 쉬 버리지 못하고 한 번 더 요리조리 돌려보았다. 마지막 말이 들려왔다. "물은 생명의 근원이다." 그 비밀을 말해주려고 양파의 파란 싹이 한 방울의 물이 남아있는 한 버티고 있었던 것이다.

잠자리를 애도하다

오늘 오후 지하철 승강기에서 일어난 사건이다. 서소문에서 친구들과 점심을 먹었다. 식사를 마치고 오래앉아 노닥거린다고 종업원들이 눈치를 주었다. 나이가 들면 웬만한 눈치에는 끄떡도 없다. 쉴 시간을 빼앗는 노인네들이라고 눈총의 강도를 점점 높였다. 마음 약한 친구가 이젠 일어서자고 했다.

밖으로 나오니 소나기가 꼭지 열린 수도같이 퍼부었다. 아스팔트 위에는 물방울풍선이 콩 볶듯 터졌다. 캄캄한 하늘을 보니 쉬 그칠 것 같이 않았다. 일행은 지하철 승강기를 향해 뛰었다. 때마침 문이 열리자 우르르 올라탔다.

그때 잠자리[蛉] 한 마리도 비를 피해 따라 얼른 들어왔다. 쪽방신세가 된 녀석은 천장과 벽에 이리저리 부딪치며 어쩔 줄 몰라 했다. 잠자리만 당황한 것이 아니다. 우리도 놀라서 모두 손을 들고 잡으려고 소란을 피웠다. 잠자리는 잡히지 않으려고 더 빠르게 날갯짓을 했다. 문이 열렸는데도 놀란 잠자리는 승강기 천정 구석에 가만히 붙어있었다.

출구를 찾지 못해 곧 죽을지 모를 잠자리에게 마음속으로 제문祭文을 읊었다. "오! 가여운 잠자리여. 그대는 어찌하여 너의 삶터를 송두리 채 파괴시키는 인간들을 부러워하는가. 그들이 만든 문명의 이기利器인 날틀도 너의 모습을 모방한 것인데. 너는 하늘을 자유자재로 날지 않느냐. 잠시 공중에 조용히 설 수 있는 것도 너뿐이지. 무슨 영광을 얻으려고 걷는 것도 귀찮아하는 게으른 인간이 만든 승강기를 올라탔단 말인가. 그런 욕심은 인간들이나 부려야 하는 것이다. 창공을 제집 삼은 네가 어찌하다가 그런 흉내를 냈는가. 내 구원의 손을 뿌리치던 네 모습이 가련하다. 사즉생死卽生. 내게 잡혀야 네가 사는 것도 몰랐단 말인가. 오호통재라. 잠자리여!"하고 애도하면서 지하철 개찰구로 내려갔다.

미국 만테오에 있는 라이트형제의 기념공원에 간 적이 있다. 그들이 동력비행기를 타고 하늘을 나르는데 최초로 성공한 곳이다. 거기에 있는 박물관에는 비행기가 만들어진 역사를 볼 수 있다. 처음에는 동력 없이 나르는 날틀을 고안했다. 그 모양이 잠자리와 꼭 같았다. 그것을 보고 인류문명이 잠자리에게 커다란 신세를 지고 있다고 생각했었다. 오랜 세월 동안 개선에 개선을 거듭하였다. 이젠 수백 명을 태우고 천 리보다 더 먼 거리를 단숨에 날아간다. 먼 나라로 여행할 때 대기하고 있는 쇳덩어리를 보면 하늘을 나는 것이 불가능해 보인다. 그럴 때마다 잠자리 날틀을 떠올리며 고마워했다.

돌아오는 내내 돈키호테 같은 잠자리 동승객의 생사가 걱정되었다. 발버둥 치던 것이 어른거렸다. 살려면 다시 올라 간 후에 하늘이 보이는 문 밖으로 달아나면 된다. 승강기를 타본 자랑을 친구들에게 죽을 때까지 고장 난 유성기 같이 되풀이 할 수 있으리라.

만일 또다시 내려와 문밖 지하도로 나가면 죽음의 길로 들어선다. 서울 지하도는 미로와 같다. 지능지수가 평균 이상이 되는 나도 가끔 길을 잘못 들어 헤맨다. 하물며 미물인 잠자리가 출구를 찾기란 더욱 어렵다. 이리저리 돌아다니다가 거미줄에 걸려 포악자의 한 끼 포식이 되고 말 것이다.

얼마 전 잠자리의 짝짓기 군무群舞를 보았다. 고향 고수부지 주차장에 주차했을 때였다. 대관령으로 넘어가는 햇빛이 황금 비단 폭을 펼치듯 남대천에 내려앉았다. 석양이 물든 강물 위에는 도희지익 반영이 가득했다. 수십 마리의 잠자리가 줄지어 물차는 제비같이 꼬리를 강물에 잠갔다가 오르내리기를 반복했다. 그런데 모두 짝짓기 하는 놈들이다. 부부가 한 몸을 이루고 율동적으로 오르내리며 강물을 스치는 퍼레이드가 장관이었다. 산란의 유희를 펼치고 있었다.

승강기에 올라탄 잠자리는 이 짝짓기 계절에 짝 잃은 놈이다. 짝을 찾아 허둥대다가 절체절명의 위기에 빠졌다. 유종의 미도 거두지 못하고 지하도를 헤맬 그가 가엽고 애처로웠다. 승강기를 세우고 잠자리를 그가 들어온 거리로 몰아냈어야 했다.

목적지에 도착하여 지하철 밖으로 나왔다. 비는 언제 왔었냐는 듯 구름 한 점 없이 청명했다. 하늘에는 수놓듯 고추잠자리가 떼지어날았다. 처서가 가까우니 푸른 느티나무 이파리에서 가을 냄새가 났다. 승강기에 동승했던 잠자리에게 파란 가을하늘을 돌려주지 못한 것이 몹시 후회가 되었다.

제09부

수연산방壽硯山房을 찾아서

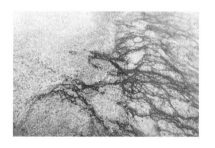

「개미옹심이」 집

　고향 갈 때마다 찾아가는 맛 집이 있다. 어느 해 여름 고향에 갔다가 주일에 인근교회에서 예배를 드렸다. 설교 중에 여름에는 콩국수가 좋다면서 강릉에서 가장 맛있는 집이 「개미옹심이」 집이라고 했다. 목사님까지 추천한 맛이니 더 언급해 무엇 하랴 싶었다. 예배를 마치고 위치를 물어서 찾아갔다.

　개미라는 상호가 어울릴 만큼 아주 작은 식당이었다. 의자가 있는 테이블이 2개이고 온돌바닥에 4명이 둘러앉을 수 있는 낮은 상이 2개이다. 테이블은 장정 세 명이 앉으면 족한 크기다. 여름철만 콩국수를 팔았다. 추천해 준 대로 콩국수를 먹었다. 온 몸이 시원해지고 입안에는 고소한 콩 맛이 여운을 남겼다. 이내 단골집이 되었다. 콩국수철이 아니면 이 집의 별미 감자옹심이칼국수를 주문한다. 옹심이란 말은 새알심의 강원도 사투리다.

　옛날, 동지에 조상님들께 올렸던 팥죽 속에는 찹쌀 옹심이가 있었다. 그것을 흉내 내어 칼국수에 감자를 갈아 만든 옹심이를 넣게 된 것 같다. 옹심이 맛도 일품이다. 우연히 고향문인들이 발행한 수필집에서도 이 집 음식에 대한 글을 발견했다. 내 입에만 맞는 것이 아님에 틀림없었다.

　까다로운 강남아줌마들의 입맛까지도 사로잡았다. 지난여름 서울서 온 손님들을 모시고 갔었다. 전국에 경치 좋고 소문난 맛 집은 찾아다니는 미식가들이다. 들어서기가 내키지도 않을 만큼 허술한 식당에서 최고의 손맛을 본 그들은 서로서로 엄지손가락을 치켜들었다. 주방이 한가한 틈을 일부러 기다렸다가 맛을 내는데 대한 온갖 질문을 했다. 레시피를 안다고 그 맛이 날까. 우리를 볼 때마다 그날 그 국수 맛 이야기를 했다. 틈만 나면 다른 사람에게도 추천한다고 한다.

「개미옹심이」집에 자주 가는 것은 음식 맛만 아니라 사람 사는 맛도 나기 때문이다. 종업원이라곤 60을 갓 넘긴 듯한 남편뿐이다. 아저씨는 중풍으로 손과 발이 꽤나 불편하니 1.5인이 운영하는 셈이다. 수십 명이 달라붙은 대형 음식점에 비하면 개미란 말이 딱 어울린다. 그가 하는 일은 손님에게 물 수저 반찬을 갖다 주는 것이 전부다. 몸이 불편해 맘껏 아내를 도와주지 못하는 표정을 읽노라면 정이란 마음 씀에 있음을 알게 해준다.

남편의 전직을 물으니 농사를 지었단다. 사람의 몸에는 직장의 모습이 어딘가 숨어있다. 그분의 얼굴과 손발에서 흙냄새를 맡을 수 없었다. 병으로 농사를 그만 둔 것이 오래 된 것이 틀림없어 보였다. 아주머니도 농부였을 것이다. 젊었을 땐 미인소리를 자주 들었을 얼굴이다. 그는 음식을 준비하는 주방장이요, 허드레 일하는 종업원이요, 돈 관리하는 사장님이다.

하루는 나이가 많은 할머니가 설거지통에 가득 쌓인 빈 그릇을 깨끗이 씻어주고 나왔다. 친척이냐고 물었더니 그냥 자주 오는 손님이라고 했다. 크고 번듯한 식당에서는 도무지 볼 수 없는 사람 사는 맛이 났다.

어느 날 혼자 들어가니 앉을 곳이 없었다. 잠시 서성이자 식사를 하고 있는 할머니들이 당겨 앉으며 억지로 자리 하나를 만들어 주고는 앉으라고 하셨다. 비좁은 자리에 겨우 끼어 앉자, 맛이 최고라면서 묻지도 않은 이야기를 들려주었다.

동네에서 손맛이 이름이 났던 모양이다. 날마다 방구석에 앉아있는 남편에게 운동도 시키고 음식솜씨도 자랑할 겸 작은 칼국수 집을 차려보라고 권해드렸다고 한다. 개업을 권한 사람들이니 어떻게라도 자리를 만들어 한 그릇이라도 더 팔게 하려는 정이 있는 곳이다. 오고가는 정이 있는 집에 맛도 의당 있어야 하지 않는가.

최고의 요리사는 재료가 가진 고유한 맛을 우려내는 사람이라고 한다. 지난봄에 갔더니 국수에 냉이를 넣었다. 파란 색이 뒤섞인 것을 보는 순간 국수가 살아 꿈틀거렸다. 사장님의 재치 있는 솜씨에 군침은 흘렸지만 쉬 젓가락이 가지 않았다. 재료를 직접 다듬고 매만지는 정성에다 색의 조화까지 부렸으니 어찌 맛이 없을 수 있으랴. 그날 우리는 국수가 아니라 봄을 먹었다.

오늘도 혼자 찾아갔더니 앉을 자리가 없었다. 미안해하는 주인을 대신해서 한 손님이 주방에 들어가면 한 사람은 식사할 공간이 있으니 먹고 가라고 붙잡았다. 머리를 구부리고 안으로 들어서니 조리 기구에서 나는 열기가 후끈했다. 아주머니는 밖으로 고개를 내밀고 아저씨에게 옆집에 가서 의자 하나를 빌려오라고 부탁했다. 손님을 누추한 곳에 앉히고 싶지 않아 바깥 테이블에 자리 하나를 끼워 넣을 모양이었다.

잠시 후 나갔던 아저씨가 빈손으로 들어왔다. 아주머니는 얼굴에 흐르는 땀을 수건으로 훔치며 "아이고, 의자 하나 빌려올 주변머리도 없나. 어디다 중고라도 내다 팔았으면 좋겠는데." 혼잣말로 나직이 중얼거렸다. 푸념 속에서 그분 삶의 고단함이 고개를 내밀었다. 바닥에 앉으면 된다고 하면서 이것저것을 치우고 자리를 잡았다.

자신의 땀을 식혀주던 덜거덕거리는 선풍기를 내 쪽으로 방향을 틀어주었다. 어쩔 줄 몰라 하는 모습을 잠시 식혀주려고 농담 한마디를 던졌다. "아니, 사장님, 신품도 안 팔리는 세상에 누가 중고를 삽니까.

그냥 데리고 사세요." 노란 금니를 들어내며 파안대소하더니 그냥 바닥에 풀썩 주저 앉아버렸다. 다시 일어나 칼질하지만 도마소리가 끊어지기를 자주했다. 주방에서 혼자 먹은 오늘 콩국수 맛이 칠십 평생에서 제일 결이 높은 맛이었다.

머물고 싶은 곳 론다Ronda

유럽에 살면서 여러 나라로 여행 다닐 때였다. 어느 날 새벽 호텔을 출발하여 도시를 벗어나 국도로 접어들었다. 길가에 목적지를 쓴 종이를 흔들어대는 미모의 아가씨와 눈빛이 마주쳤다. 마침 내가 가려는 곳이었다. 심심풀이로 이야기도 나누려고 차를 세웠다. 짐을 정리하고 뒷자리에 태워주었더니 아주 고마워했다.

동양인이라 관심이 많았던지 그녀는 내게 이것저것을 물었다. 나의 휴가일정을 듣더니 그녀는 눈을 크게 치켜뜨고 "휴가가 아니고 노동이다."라고 큰 소리로 말했다. 보고 느낀 것을 자랑하는 것이 아니라 짧은 기간에 얼마나 먼 거리를 돌아다녔는지를 자랑했다. 머물며 즐기는 그들의 휴가기준으로 보면 노동임에 틀림없었다.

지난 가을에 스페인도 노동같이 다녀왔다. 우리나라 국토(남한)의 여섯 배나 되는 큰 나라를 7일 동안 동서남북 도시를 징검다리 건너뛰듯 돌아다녔다. 스페인은 알프스 산자락에 모인 유럽 국가들과는 문화유적과 자연경관이 달랐다. 그런 곳들을 주차간산走車看山 격으로 다녀온 것이 너무 아쉬웠다.

귀국하여 지도를 통해 관광한 곳을 차례차례 찾아보았다. 내륙의 섬 같은 작은 도시 론다를 보는 순간 눈길이 멈추었다. 인구 3만 7천 명이 사는 안달루시아 지방에 있는 중소도시이다. 안달루시아는 북쪽에는 산맥 남쪽에는 지중해와 대서양 서쪽에는 포르투갈에 접해있다.

론다는 바닷가에서 멀지 않으면서도 해발 700m가 넘는 높은 지대에 있다. 이슬람과 유대와 기독교의 서로 다른 문화가 뒤섞여있는 곳이다. 헤밍웨이를 비롯하여 많은 문인과 예술가들이 즐겨 찾았던 곳이다.

가끔 괴테처럼 여행하고 싶은 생각이 들었다. 그는 26세에 바이마르 공화국의 고위관직을 맡고 10년 동안 정치인으로 변신했다. 탁월한 행정능력을 발휘하였지만 시인의 상상력을 옥죄는 일상으로부터 탈출하고 싶었다. 어느 날 밤 당시 세계의 수도라고 불렸던 로마를 향해 훌쩍 떠난다.

이탈리아 땅에 들어서면서 그는 자신이 가지고 있던 모든 지식을 내려놓았다. 자연과 예술과 문화를 새로 받아들이기로 결심했다. 철저하게 본명을 숨기고 가명으로 관찰과 감상과 교제를 나누며 여러 작품을 마무리하였다.

보고 느낀 것을 일기형식으로 고향사람들에게 수시로 써 보냈다. 그 편지를 모은 것이 괴테의 「이탈리아 기행」이다. 당초 예정한 기간을 훨씬 넘겨 1년 9개월이나 머물렀다. 이렇게 머물러야 무엇을 남길 수 있는 멋진 여행이 될 수 있지 않을까.

괴테처럼 1년은 어렵더라도 여름이 지나갈 무렵 론다에 3개월 정도 머물고 싶다. 떠나기 전 인사말 정도는 주고받을 수 있도록 스페인어를 배워둔다. 호텔보다 곱게 늙으신 할머니 집에서 민박한다. 처음 며칠 동안 골목과 오솔길을 구석구석 발로 느리게 누비며 먹고 마시고 쉴 곳을 알아두리라.

스페인을 좋아해서 내전 때 종군까지 했던 헤밍웨이의 소설영화 「누구를 위하여 종을 울리나」의 촬영한 곳도 찾아가리라. 갈라진 천길 절벽을 연결한 느에보다리에 서서 새벽이면 지평선에서 솟아오르는 일출을 기다리겠다. 저녁이면 하늘을 붉게 물들인 황혼이 무대 뒤로 사라지는 일몰도 보리라.

　축구와 함께 정열의 스페인을 떠올리게 하는 투우 발상지인 론다의 투우장에서 광기의 물결에 내 몸을 맡기면 가슴이 또 얼마나 벅찰까. 잠시 도시가 답답해지면 지척에 있는 마리아 릴케가 거닐었던 숲속으로 달려가리라. 풀숲에 벌렁 드러누워 나뭇가지 사이로 보이는 쪽빛 하늘을 바라보며 그의 시「가을날」한 구절을 읊는다면 이 또한 낙이리라.

　산이 싫어지면 탁 트인 하늘아래 파도가 넘실거리는 지중해 바닷가에서 벗은 것 같은 미녀들의 틈바구니에서 파도타기도 즐겨보리라. 불현듯 옛날이 생각나면 무어 인들이 남긴 아람브라궁에 들어가 천년의 이끼도 만져보리라.

　오랜 세월 이질문화가 겹겹이 녹아든 맛 집도 찾아다녀야겠다. 음식을 음미하고 레시피도 받아 직접 만들어먹는 재미도 맛보리라. 찻집에 앉아 오순도순 커피가 식어가는 것도 잊으며 보고 느낀 것으로 수다도 떨고 싶다.

　무엇보다도 론다에 머물면서 꼭 해보고 싶은 것은 그림을 그리는 것이다. "그림 자체를 즐겨라."고 말했던 처칠처럼 대작을 그리겠다는 야망 같은 것은 애당초 갖지 않을 테다. 보고 만났던 것을 그저 화폭에 담는 것만으로 만족해야겠다. 그러다가 밤이 깊어지면 괴테처럼 일기를 쓰고 싶다. 먼 훗날 후손들이 나의 일기장을 들고 내 발자취를 찾아다니는 꿈을 꿈꾸어본다. 꿈속에서나마 소나기 지나가듯 다녀온 지난번 여행의 허전함을 달래고 싶다.

수연산방壽硯山房을 찾아서

소설가 이태준은 월북하기 전까지 성북동에 살았다. 그곳에서 「복덕방」 등 많은 소설을 썼다. 그의 수필집에도 재미있는 글이 많다. 읽으면 읽을수록 글속에 빠져든다. 「집 이야기」에서 그가 처음 이사 왔을 때에는 아랫마을 혜화동에는 김장배추밭이 시퍼런 것을 보고 다녔는데 어느새 거의 공지가 없게 되었고, 살고 있는 성북동도 지형이 고르지 않은 곳에만 공터가 남았다고 했다. 들어서는 것이 집인데 높게 쌓은 시뻘건 벽돌담과 멀쩡한 재목에 땀 흐르는 얼굴처럼 번질번질 끈적끈적해 보이는 기름칠한 것이 한옥에 전혀 어울리지 않는 모습이라고 했다.

그가 살 집을 지으면서 들었던 목수들의 이야기를 또다시 읽다가 문득 그 집이 아직도 남아있으면 가보고 싶었다. 검색을 통해 '수연산방壽硯山房'을 걸어놓고 살았다는 집을 알아냈다. 찾아가고 싶었던 이유는 두 가지다. 그의 글에 쓰인 성북동 모습이 과연 얼마나 남았을까 궁금했다. 또 그가 지으면서 부렸을 한옥의 멋도 느껴보고 싶었다. 벼르고 벼르다 오늘에야 찾아 나섰다.

이효석 문학관을 찾아갔을 때 일이다. 음식점과 숙박업소들이 여기저기 듬성듬성 볼썽사납게 들어섰다. 나는 머릿속에서 그것들을 다 지워버리고 그 자리에 메밀밭으로 채웠다. 초가삼간에 앉아 달빛이 골 가득 드리운 밤에 소복 입은 메밀밭을 내다보며 「메밀꽃 필 무렵」을 쓰던 이효석의 모습을 그려보면서 그 풍광에 탄복한 적이 있다.

글을 쓰던 이태준의 모습을 상상하면서 '수연산방'을 찾았다. 복개된 개천 따라 오르는 길가에는 손바닥만 한 밭뙈기뿐만 아니라 목조가옥도 흔적이 없었다. 5층 건물 틈 사이에 홀로 남아있는 한옥은 문화의 이방인 같았다. 집은 작았으나 정자같이 누마루에 난간까지 있었다. 마루에 오르는 디딤돌에 올라서서 주변을 살펴보았다. 오늘날의 성북동은 그가 본 모습은 상상해볼 수 없도록 변했다.

'수연산방壽硯山房'도 그가 그렇게도 간직하고 싶었던 한옥의 모습은 아니었다. 한지를 발랐던 창호는 유리창으로 바뀌어 우리고유의 멋을 느낄 수 없었다. 추녀에는 누리끼리한 함석으로 한팔 길이나 덧댔다. 비록 눈비는 막아줄지 몰라도 그가 생각에 잠겨 푸른 산, 파란 하늘을 바라보았을 넓은 시야의 태반은 가로막고 있다. 기둥과 인방引枋은 번질번질하게 칠을 했다. 그가 몹시도 못마땅해 하던 모습이다.

이젠 문학의 산실에서 수다의 찻집으로 변해있어 허전하기는 했지만 제초제를 무자비하게 뿌린 밭에 살아남은 한포기 냉이 같아 무척 고마웠다. 메가폰을 잡은 60대의 남자가 20여명의 중년 아주머니들을 끌고 우르르 들어왔다. 그의 문학에 관한 이야기는 한마디도 하지 않고 난간의 문양만을 지루하게 설명하곤 나갔다. 요즈음 유행한다는 길거리 인문학인 모양이다. 귀담아 듣는 사람은 삼분의 일도 되지 않았다. 더위에 지쳐 삼삼오오 모여 세상이야기를 했다.

집 안팎을 돌아보면서 이태준의 모습을 끄집어 낼만한 곳을 애써 찾아보았다. 추사체의 기영세가耆英世家*와 문향루聞香樓란 현판, 우물, 한지를 바른 쪽문에서 그나마 집주인의 모습을 그려 볼 수 있었다.

두 현판은 추사의 글씨를 채자採字 탁본拓本하여 따온 글자를 모아 새긴 것이라 한다. 그는 「고통과 불편과」라는 수필에서 작은 추사 글씨

한 짐 짓기 위해 찍어야 했던 금진직 고동은 잠시 시나가는 불번에 불과하다고 썼다. 형편에 지나치게 과한 값을 주었던 모양이었다. 그 현판의 서체를 보노라니 어렵게 구한 추사의 글씨를 보면서 먹물에서 우러나는 향에 무척 흐뭇해했을 선비의 모습이 떠올랐다.

앞마당 낮은 곳에 우물이 남아있다. 둘레에 겹겹이 쌓여있는 푸르디푸른 이끼가 주인이 떠난 세월의 길이를 말해주었다. 우물가에 서있으니 땀이 흐르는 등이 잠시 시원함을 느꼈다. 글을 쓰다가 생각이 막히면 하얀 고무신을 끌고 내려와 노란 바가지로 냉수 한 모금 마셨으리라.

우물을 바라보노라니 그의 수필 「목수들」에서 어느 목수가 비싼 '앗씨구리(아이스크림)' 사먹던 이야기가 떠오른다. 어느 복날에 일하고 돌아오다가 목이 너무너무 말라 얼떨결에 앗씨구리 두 고뿔(컵)을 마셨다. 열 지게 스무 초롱 물 값인 이십 전을 내고 온 식구가 한동안 물을 맘대로 못 먹었다는 것이다. 구수하게 이야기를 풀어내던 늙은 목수가 이 집을 지었구나 생각하니 한 번 더 둘러보게 된다.

안채 쪽으로 뒤돌아가니 방마다 한지를 바른 쪽문이 하나씩 나있다. 앞방쪽문 앞에 서서 방을 들여다보니 빈 방석과 낮은 책상 모서리가 보였다. 주인이 조금 전까지 앉았다가 방금 나간 것 같다. 쪽문은 왜 냈을까. 손님이 오면 부엌에서 준비한 술상을 들이던 곳이리라. 작은 개다리소반에 차린 조촐한 술상 하나 받아들고 돌아서는 지아비를 바라보며 부끄럽게 서있는 안주인이 떠올랐다.

향은 맡지 않고 귀로 들어야 한다는 곳, 문향루聞香樓에 젊은 아주머니 네 사람이 차를 마시며 유리창너머로 나를 내다보고 있다. 저들의 귀에는 어떤 향기가 들려올까. 남 흉보는 소리, 떼돈 버는 소리, 볼거리 먹거리 찾는 소리 같은 세상냄새는 아닐는지. 혹시 누각주인의 품격에 누를 끼치지나 않을까 괜한 걱정해본다.

산수유청음山水有淸音이란 세로 현판이 기둥에 걸려있다. 산과 물에는 맑은 소리가 있다는 말일 것이다. 산중 고요한 집을 스치며 지나가는 청량淸凉한 바람소리와 집 앞 계곡을 구르는 청랑淸朗한 물소리 들으며, 먹을 갈아 좋은 작품을 늙도록 쓰고 싶은 애절한 마음에 '수壽연硯산山방房'이란 택호宅號를 내걸지 않았을까.

이젠, 수연산방에서는 구름 인 산봉우리도 가재 노닐던 개울도 볼 수 없다. 하물며 청음淸音은 말해 무엇 하리. 산방山房이란 현판도 내려야 할 것 같다. 이태준이 보았던 수목水木 사라진 길을 내려오노라니 초여름 뙤약볕이 정수리를 때리고 성북동 언덕으로 올라가는 자동차소리가 고막을 뚫는다.

* 기영세가耆英世家 : 늙도록 높은 벼슬한 선비가 여럿이 나온 가문.

외갓집 터에 서서

어린 시절 외가에 놀러갈 때에는 언제나 가슴이 설렜다. 아들이 없던 집이라 가면 귀여움을 독차지했다. 집을 나서서 마을을 지나 개울가에 오면 징검다리가 있었다. 두 냇물이 합치는 곳이 그리 멀지 않은 곳에 보였다. 돌다리를 건너면 민물조개 잡던 제법 큰 웅덩이가 있었다. 웅덩이를 지나면 아름드리 솔밭 사이로 오솔길이 나왔다.

여름, 가을 그 길을 걸을 때 제일 무서운 것이 뱀이었다. 항상 길쭉한 막대기를 질질 끌며 갔다. 간혹 길가 감나무에는 말라비틀어진 죽은 뱀이 걸려 있었다. 어른들은 뱀을 잡으면 나무에 걸어놓았다. 풀숲에 그냥 두면 이슬 맞고 다시 살아나 사람에게 원수 갚는다고 믿었다.

강물 따라 긴 솔밭 중간쯤 하늘이 트인 곳에 외딴 초가집이 있었다. 집 주변 밭가에는 감나무가 줄지어 있었다. 그 초가집이 외갓집이었다. 집 앞에는 삼사십 리 떨어진 동해바다까지는 넓은 평야가 펼쳐진다. 두 물이 합친 물가 소나무 숲속에 있다 하여 택호를 수구송水口松이라 정한 것이다. 얼마나 운치 있는 택호인가.

이 수구송 집에서 내가 태어났다. 오곡이 무르익은 가을날 만삭이 된 어머니가 출산을 위해 친정에 왔다. 어머니는 부지런하셔서 가만히 앉아있지를 못하셨다. 부른 배를 앞세우고 감나무에 올라가 익은 감을 따시다가 산기가 있어 내려온 즉시 나를 낳으셨다고 한다. 감 따는 철이 오면 어머니는 그날 이야기를 늘 말씀해 주었다. 그래서인지 어렸을 때부터 송진 냄새를 맡으며 솔밭에서 놀기를 좋아했다. 과일 중에는 지금도 감을 제일 좋아한다.

5학년 무렵에 인근 산 밑으로 집을 지어 외갓집은 이사를 했다. 냇물도 보이지 않는 곳으로 이사 갔건만 택호는 수구송 그대로였다. 새로 이사한 집은 어린 내가 보아도 택호와는 전혀 어울리지 않는 집이었다. 고등학교시절 어느 날 외할머니께 아름다운 택호가 있는 곳에서 살지 않고 이사 온 이유를 물었다.

말로만 자주 들었던 병자년포락丙子年浦落에 관해 이야기해 주셨다. 여기저기서 평생에 보지도 듣지도 못한 엄청난 물난리가 났었던 모양이었다. 내가 건너다니던 징검다리 부근의 강둑도 그 홍수 때 터져서 급류가 논밭을 휩쓸고 외갓집을 덮쳤다. 밤이었다고 한다. 마당에 물이 들어서자 온 식구가 논둑을 건너 산 밑 이웃집으로 서둘러 피신했다. 밤새도록 비는 억수로 쏟아졌다. 동이 틀 무렵에 내다보니 논밭은 바다로 변해 있었다.

희미하게 나타나는 초가집은 바다 가운데 있는 작은 섬 같았고 물은 주춧돌까지 차올랐다. 발을 동동 구렸지만 비는 그칠 줄 몰랐다. 조금 더 있으니 문지방이 잠기기 시작했다. 물은 점점 문고리 가까이 올라왔다. 초가집은 물이 불어 문고리를 넘어서면 기우뚱 쓰러지고 이내 둥둥 떠내려간다고 한다.

외할머니께서는 물속으로 곧 사라질 것 같은 집을 바라보면서 땅바닥에 주저앉아 대성통곡 엉엉 우셨다. 넋 놓고 하늘만 쳐다 보는데 비가 그치기 시작하였고 강물이 서서히 줄어들었다. 많은 세월이 흘렀음에도 그날의 물난리를 이야기 하실 때에는 눈가에 눈물이 고이셨다. 이사 하고나니 물난리 걱정하지 않아서 좋다고 했다.

세월이 흘러 농지정리 작업으로 집터는 사라졌으나 강가 소나무는

듬성듬성 남아있었다. 2002년 루사 태풍이 또 한 차례 외갓집이 있던 뜰을 휩쓸고 지나갔다. 홍수 피해를 또다시 입지 않도록 높은 콘크리트 옹벽으로 강둑을 쌓고 나머지 솔밭마저 논으로 개간하였다. 이제 남아 있는 것은 정지작업으로 받은 논뿐이다. 옛날 수구송 초가집이 있던 곳은 어딘지 알 수도 없다.

어느 가을 이른 아침 외갓집 논가에 서서 탁 트인 뜰을 바라보았다. 벼는 무르익어 들판은 온통 황금으로 덮여있었다. 아침 해가 지평선 위로 솟아올랐다. 바닷가에서 보는 일출에 조금도 부족함이 없는 장관이었다. 고개 숙인 이삭에 맺힌 이슬이 보석같이 반짝였다.

수구송 마당에 서서 소나무 사이로 떠오르는 태양을 지금도 볼 수 있다면 얼마나 멋진 아침이었을까. 사라진 솔밭을 생각하니 서러웠다. 옛 초가집을 마음속으로 그려보았다. 기억 속으로 사라졌던 한국동란 때 피난 가던 날이 생각났다. 그때 나는 여섯 살이었다.

남쪽으로 피난 가려면 외갓집을 지나야 했다. 어머니가 친정에 피난 간다는 것을 미리 알렸던 모양이다. 외갓집이 건너다보이는 길에 도착하니 외할머니와 외할아버지께서는 길가까지 나와 계셨다. 어쩌면 영영 보지 못할 이별의 순간이었다. 어른들은 피란 가기보다 조상의 묏자리 지키기를 더 중요하게 생각했다.

외갓집 마당가에는 연세가 높아 앞을 못 보셨던 외증조모님이 지팡이에 의지해서 우리를 바라보고 계셨다. 피난길에 먹으라고 시루떡을 싸주셨다 한다. 내게도 작은 떡보따리를 어깨에 메어 주셨다. 내가 뒤뚱뒤뚱 거리자 그 떡보따리를 어머니 짐에 넣었다. 훗날 어머니로부터 들은 이야기다.

고향에 가면 종종 발길이 외갓집 터로 향한다. 거기에 서면 떡 보따리는 기억이 없어도 그날 배웅하던 외갓집 식구들의 모습만은 지금도 생생하게 떠오른다. 외증조모님은 전쟁 중에 돌아가셨다. 외조부 내외

도 큰 외숙모도 외사촌 누님도 이 세상 사람이 아니다. 작은 외삼촌마
저 이억 만리타국에 사신다. 만날 사람도 없고 주변마저 황량해진 그곳
에 서있고 싶은 것은 수구송水口松이 주었던 정겨운 풍광을 더 오래 가
슴 깊이 간직하고 싶기 때문이다.

못 말리는 삼치三癡

　가족과 함께 이태리 소렌토로 여행 갔을 때 일이다. 언덕을 넘어서니 아름다운 소렌토 항구가 한눈에 들어왔다. 전망대에서 차를 세우고 항구와 쪽빛바다를 내려다보니 '돌아오라 소렌토로' 한 자락이 입안에서 맴돌았다. 시원한 바닷바람에 가슴을 활짝 펴 숨을 고르고는 큰 소리로 불렀다.

　내 노래 실력을 알고 있는 아내와 아들이 기겁하고 말렸다. 노래를 못하는 사람 중에는 음치音癡가 있고 박치拍癡가 있다. 음치는 높낮이가 틀리게 부르는 것이고 박치는 장단의 길이를 틀리게 부르는 것이다. 이 둘을 합친 내 노래는 부르는 사람은 즐거워도 듣는 사람은 괴롭다. '이곳에서 한 곡조 뽑아야지' 하며 목청을 한껏 더 높였다. 옆에 있던 외국인 부부가 엄지손가락을 치켜들었다.

　처음으로 배웠던 유행가는 '섬마을 선생'이었다. 당시 인기가 대단했던 라디오 연속극의 주제가였다. 광석라디오에 주파수를 맞추고 마당에 멍석을 깔고 온 식구들이 둘러앉아 숨소리를 죽여 가며 들었다. 주제곡을 받아쓰고는 장단과 높낮이를 표시하여 연속극 시작 전에 들어주는 곡조를 따라 부르면서 배웠다.

　군대 생활과 직장 초년 시절에는 젓가락 장단에 맞추어 대중가요를 불렀다. 대부분의 술상들은 가장자리가 성한 곳이 없었다. 그러다 밴드를 불러서 여흥을 즐기는 시대가 되었다. 젓가락장단 시절에는 첫 가락을 뽑으면 대개가 제창을 했다. 중간 중간 틀리는 것이 잘 들통이 나지 않았다.

밴드가 들어오자 제창이 아니라 솔로로 불러야 했다. 밴드주자가 신호를 해 주어야 시작할 수 있었고 내가 밴드에 맞추어 노래를 부르는 것이 아니라 밴드가 내 노래에 맞추어야 했다. 이런 시절이 얼마간 지속되더니 노래방이 성업을 이루게 되었다. 회식이 끝나면 당연히 인근 노래방으로 가게 되었다.

좋아하는 사람끼리 노래를 부르고 놀았으면 좋으련만 못하는 노래를 꼭 듣겠다고 조르는 것이 우리네 풍습이다. 한 꾀를 생각했다. 두세 곡의 유행가를 준비하고는 노래방에 가면 제일먼저 항상 그 노래들을 불렀다. 그러면 더 이상 부르라고 조르는 사람도 없다. 술꾼들이 노는 꼬락서니를 맨 정신에 보는 것도 재미있었다.

한번은 직장 부서대항 합창대회가 있었다. 우리 부서도 전문가를 초빙하여 연습을 하였다. 합창단에는 부서장이 반드시 참가하여야 했다. 지휘자는 정말로 대단한 사람이었다. 첫 시간에 몇 소절을 듣고는 참가자의 성악수준을 완전히 파악했다. 내 음정과 박자를 몇 차례 수정을 하더니만 엄청난 제안을 하지 않는가. 서서 웃으면서 입모양만 내라는 것이었다.

음악을 듣는 실력도 주제를 잘 구분하지 못하는 청치聽癡에 가깝다. 음악에서 삼치인 나에게 하나님은 음악에 상당히 조예가 깊은 아내를 짝지어 주셨다. 처음 만나는 날이었다. 서로 취미 등을 물어보게 되었다. 아내는 고전음악 듣기를 좋아한다면서 누구의 음악을 좋아하느냐고 물었다. 능청맞게도 베토벤의 '며느리의 설음'을 좋아한다고 말했다. 5남1녀의 장남인 내게 시집오면 며느리의 설음이 좀 있을 것이라는 것을 넌지시 암시했다.

어쩌다 고전음악의 본거지의 하나인 오스트리아에서 살게 되었다. 선조가 남긴 폐허로 먹고사는 나라가 이태리라면 음악유산으로 먹고사는 나라는 오스트리아다. 그 나라의 국기는 적백적赤白赤의 삼색기이고, 수도 빈의 시기는 적백赤白의 이색기다.

빈의 거리를 다니다 보면 두개의 이색기가 건물입구에 엇갈리게 걸린 것을 쉽게 볼 수 있다. 그곳이 관광지다. 깃발 밑에 있는 기념동판에 관광지 설명이 간략히 적혀있다. 그 중에 누군가 살던 집이라고 적힌 곳이 많다. 특히 음악가들이 출생한 곳, 무슨 곡을 작곡했던 곳, 생을 마감한 곳이 곳곳에 있다. 음악가들이 가난하여 자주 이사를 다녔기 때문이다. 뿐만 아니라 일 년 내내 이곳저곳에서 연주회가 있다. 성당에 가면 파이프 오르간에서 흘러나오는 바흐의 음악을 언제나 들을 수 있다. 부자는 돈 내고 좋은 곳에서 듣고 가난한 사람은 야외 무료극장에서 자기가 좋아하는 곡을 들을 수 있다.

아내는 음악의 고향에 왔으니 전축을 하나 장만해야겠다고 하였다. 몇몇 음악유학생들에게 자문을 구했다. 파트마다 제품의 장단점이 있다고 하면서 통일된 브랜드보다 이것저것의 조합을 추천하였다. 거금을 들여 장만한 것이 스위스제 전축이다. 삼십 년을 훌쩍 넘긴 지금에도 처음의 음질을 그대로 재생해 준다.

수십 년 주일마다 찬송가를 따라 불렀는데도 음치와 박치를 면하지 못했다. 청치라도 면해보려는 것이 삼치의 꿈이다. 오랜 시간 듣다보니 듣는 귀는 아주 조금 열렸다. 그럼에도 아직도 명곡의 주제 하나 온전히 기억하지 못한다.

어느 날 베토벤의 교향곡 합창을 듣다가 아내를 바라보았다. 희끗희끗한 아내의 흰머리 위에는 '며느리의 설음'만이 켜켜이 쌓인 것 같았다. 교향곡은 들리지 않고 흘러간 세월의 소리만 들렸다.

집시와 플라멩코

오스트리아에 있는 유대인수용소로 알려진 곳에 갔을 때 일이다. 입구에 하늘높이 가로질러 있는 집단수용소란 커다란 표지판에는 어디에도 유대인이란 말은 없었다. 유언 한마디 없이 이슬같이 사라진 사람들의 분류표를 보고 그 이유를 알게 되었다. 유대인들이 제일 많이 희생되었지만 다른 사람들도 많이 생명을 잃었다.

유대인 다음으로 많은 사람이 집시라는 사실에 더욱 놀랐다. 그들의 억울함은 어느 누구에게도 주목받지 못했다. 집시들의 안타까운 죽음을 밝힐 자신들의 국가가 없기 때문이다. 자기나라가 있는 것이 얼마나 고마운가를 새삼 알게 해 주었다.

살아 있는 집시들을 처음 만난 것은 로마에 갔을 때다. 원형경기장 앞 광장에 들어서니 어린아이들이 손을 내밀며 몰려들었다. 가이드는 눈을 부릅뜨고 우리말로 욕설을 퍼부으면서 쫓아냈다. 집시 아이들이니 가방과 주머니를 조심하라고 했다. 평일인데도 학교에 가지 않고 나쁜 짓을 할 수 있느냐고 물었다.

집시들은 떠돌아다니니 아이들을 학교에 보내지 않는다고 했다. 일제식민지 시절 나라 잃고 만주로 연해주로 유리걸식하던 선조들이 생각났다. 아이들에게 돈을 좀 주고 싶었으나 가이드는 말렸다. 지갑을 내보이는 순간 우르르 몰려들어 낚아채 간다는 것이었다. 그런 일이 있은 후 집시들에 대한 생각은 까마득히 잊고 살았다.

지난 10월 스페인 여행 중에 그라나다에서 플라멩코를 관람하게 되었다. 가이드는 플라멩코는 집시들의 애환이 담긴 노래와 춤이라며 발상지가 바로 그곳이라고 말했다. 집시라는 말을 듣는 순간 '집단수용소'에서 죽어간 혼령의 흐느낌이 들리는 듯 했다. 로마의 집시 어린이들이 몰려오는 것 같았다.

공연장은 그라나다 외곽 옛 거주 지역 언덕에 있었다. 언덕에 올라 내려다보니 땅거미가 내려앉아 신시가지는 어둠에 싸였다. 서쪽하늘은 저녁노을로 붉게 물들어 있어 더욱 울적하게 했다. 이슬람문화와 기독교문화가 뒤섞인 것을 말해 주듯 초승달이 십자가 위에 걸터앉아 있었다.

'모라 여왕과 그의 악단'이란 붉은 글자가 우리를 맞았다. 실내는 음침하고 시설들이 낡아 의자에 앉는 것이 얼른 내키지 않았다. 공연장 가운데에는 기둥 2개가 버티고 있었고 무대를 'ㄷ'자 형태로 관람석이 둘러쌌다. 마룻바닥은 격렬한 발동작에 못 이겨 여기저기 칠이 벗기어져 있었다.

붉은 객석은 약 60여 명이 앉을 수 있는 규모였다. 관람객은 우리 일행뿐이었다. 2명이상이 예약하면 공연을 한다고 한다. 수입이 중요한 것이 아니라 집시들의 전통을 보여주는 것을 더 귀중히 여기는 것이다.

무대 위로 4명의 남자와 4명의 여자가 등장했다. 한 남자는 기타를 들었고 또 한 남자는 플루트를 들었다. 플라멩코는 연주와 노래와 춤이 어우러진 것이다. 공연은 여자들이 혼자 또는 두 명이 여섯 번 춤을 추었고 남자가 한번 춤을 추었다. 줄을 긁는 기타리스트의 오른 손 다섯 손가락은 제각기 능란하게 움직였다. 때로는 제비가 물을 차오르는 것처럼 힘차게 솟구쳤다.

한 사나이는 벽에 비스듬히 기대서서 고저高低를 오르내리며 노래를 불렀다. 득음의 경지에 오른 듯 거친 목소리로 부르는 영혼을 뒤흔드는 노랫가락에 맞추어 무녀들은 춤 동작을 펼쳐나갔다. 춤 동작에서는 손 동작, 팔동작, 발동작으로 되어있다. 마루를 구르는 빠른 발동작은 참 으로 현란했다.

노래와 춤에 담겨 있는 것은 조상 대대로 내려오는 한恨이라고 한다. 떠돌아다니는 그들은 어디를 가든 환영받지 못했다. 그런 삶을 살면서 겪어야 했던 가난과 죽음, 번뇌와 절망 속에서 대대로 쌓아온 우수어린 한恨의 정서를 피를 토하듯이 노래로 연주로 춤으로 쏟아내는 것이다.

가이드의 설명에 의하면 지구상에서 가장 강렬한 개성을 지닌 전통 음악이라고 했다. 그는 플라멩코 공연을 보고나면 자기 몸이 막 말을 하려고 한다고 이야기하면서 그는 몸을 비틀었다. 춤에 문외한이지만 격정과 우아함, 빠름과 정지가 교차할 때마다 소름이 돋았다. 열 걸음 도 안 되는 무대 위를 오가며 온몸을 쥐어짜는 모습을 보노라면 그들의 빠름의 미학에서 정선아리랑의 느림의 미학과는 다른 한을 느낄 수 있 었다.

지금도 또렷이 기억되는 첫 무녀의 모습은 숨을 멈추게 한다. 그녀는 검은 색 계통의 옷을 입었다. 큰 키에서 드러내는 젖가슴과 엉덩이의 선이 매혹적이었다. 구두까지 덮이는 드레스 하단에는 많은 주름을 달 고 있었다.

빠른 동작으로 돌 때마다 뒤따라오는 주름이 그녀의 하반신을 감고 있다가 갑자기 멈추면 반대방향으로 풀렸다. 그러면 그녀는 거친 숨을 몰아쉬고 하늘을 원망하듯 허공을 바라보았다. 그녀의 커다란 눈은 집 시의 모든 한恨을 담고 있는 것처럼 보였다. 그녀의 촉촉한 눈동자 속 에는 나치의 만행으로 죽어간 선조들의 눈물이 고여있는 것 같았다.

춤추지 않는 여인들은 박수를 치고 추임새 '얼레—'을 넣었다. 잘 한 다는 말일 것이다. 집시들이 어디에서 살든지 자기나라에서 사는 것처 럼 일상의 삶에서도 그런 추임새를 받는 세상이 왔으면 좋겠다.

제10부
추억의 고갯길

강릉 사투리

　부모님 세대까지 쓰시던 강릉 말은 국어학적으로도 특수방언으로 분류된다. 옛날 행정구역으로 강릉시와 명주군의 좁은 지역에서 인구 약 25만 명 정도가 사용하던 말이다. 낱말도 다를 뿐 아니라 억양과 장단도 특이했다. 어떻게 들으면 경상도 말씨요 또 어떻게 들으면 함경도 말씨 같다고들 한다. 고향사람끼리는 금방 알아본다.

　객지에서 우연히 고향 사투리를 듣게 되면 더 또렷하게 들리고 아주 반갑다. 까마귀도 고향까마귀는 반갑다고 하지 않는가. 하물며 고향사람이야 얼마나 반가울까. 고향사람을 구별해주는 것이 사투리이다. 몇 마디 수인사를 나누는 과정에서 귀에 익은 어투가 내 비치면 "고향이 강능이래요."라고 물어보게 된다. 음의 강약과 장단을 음악 소절로 표시하면 이렇다. '강'은 한 박자 '미'로 낮게 시작하여, '능'은 한 박자 반 높은 '도'로 길게 높이고, '이래'는 반 박자 '쏠'로 빠르게 살짝 내리고, 이내 '요'를 한 박자 '라'로 끝을 올리면서 묻는다. 입가에는 내 말이 틀림없지 하고 은근히 미소를 담는다.

　상대방은 묻는 말이 끝나기도 전에 고향사람을 만난 기쁨이 얼굴에 환하게 내비친다. "야, 강능이잔쏘." '네, 강릉입니다.'라는 말이다. 반갑게 대답하면 이야기는 급격하게 진행이 된다. 먼저 "지비 워데요."라고 사는 동네가 어딘지 서로 물어본다. 그 동네 이름은 행정 동명과는 다르다. 모산, 섬둘, 앤땔, 즈므, 왯뚜들, 언베리, 제비리, 우추리 등 토속

섞 이름이나.

해외에서 잠시 살 때 일이다. 높은 공직에서 은퇴한 부부의 현지관광 안내를 며칠 하게 되었다. 공항에서 마중하고 호텔로 가면서 이런저런 이야기를 주고받았다. 사모님 말투에서 이내 고향 맛을 느꼈다. 이억 만 리 객지에서 얼마나 반가운 만남인가. 얼굴에 환한 미소를 띠며 살 던 동네 이야기를 했다. 바로 우리 옆 마을에서 태어났고, 아주 어릴 적에 서울로 이사 갔다고 했다. 친인척 중에는 내가 아는 분이 꽤 있었 다. 그분 어머니가 자주 쓰던 정지(부엌), 정낭(변소), 당황(성냥), 지렁(간장) 같은 사투리를 흉내 낼 때마다 웃느라 하마터면 교통사고 낼 뻔했다. 그분의 남편도 "집에서는 강릉 말을 한마디도 안 쓰던 사람이 고향까마 귀를 만났다고 신이 났구먼." 하고 끼어들었다. 강릉 말을 안 쓴 것이 아니라 구별해 내지 못했을 것이다.

동네가 서로 확인되면 성姓을 물어본다. 강릉을 본관으로 하는 성씨 가 김, 최(2개), 함, 박, 유劉, 곽씨이다. 본이라도 같으면 이내 행렬을 따 지고는 다음에는 무슨 파인지 따진다. 그러면 아랫사람 윗사람이 정해 진다.

어느 비오는 날 대학에 다니는 아들을 자취방에 데려다 주다가 교통 사고가 났다. 네거리에서 신호대기 중인데 뒤차가 서있는 내 차를 쾅 크게 박았다. 문을 열고 나가자 그 운전자도 밖으로 나왔다. 얼굴에 좀 붉은 기운이 돌기에 "당신, 술 먹었지."라고 버럭 고함쳤다. 화내는 내 얼굴이 더 붉었을 것이다.

자신이 공무원이라고 하면서 어떻게 대낮에 술을 먹겠느냐며 죄송하 다고 했다. 공무원이면 명함을 보여 달라고 했다. 명함에 적힌 아들 돌 림자와 같은 한자를 보고는 길가에서 고향친척이라도 만난 듯 갑자기 부드러운 목소리로 "강릉 김가요."라고 물었다. 맞다고 하자, "종씨구 먼 내가 아저씨뻘이요. 사고는 없었던 걸로 합시다." 하고 박힌 곳을 힐끗 보고 서로 악수하고 다시 차에 올라탔다. 이 모습을 본 아들이 배를 움켜잡고 웃었다. '술 먹었지' 했을 때 얼굴과 '종씨 구만' 할 때의 얼굴이 180도 달랐다고 했다. 고향 씨족을 만났을 때 늘 그랬던 모습이었다.

동네와 성씨가 확인되고 나면 나이가 많은 사람이 "사업핵교 댕겼는가." 하고 묻는다. 자기가 졸업한 상업고등학교 후배인지 확인하고 싶은 것이다. 같은 학교를 졸업했으면 기수를 따진다. 그러면 같은 기수의 집안사람을 들먹이며 아는지 묻는다. 혹 학교가 다르면 그 학교를 졸업한 집안의 당숙과 먼 친척들의 이름을 하나하나 들이댄다. 없으면 동네사람까지 들먹인다. 그러면 그 중에 적어도 한 사람과는 동창이거나 엇비슷한 연배로 이름을 아는 사이가 된다. 그 사람들의 소식을 한참 주고받은 후에야 헤어지게 된다. 나중에 고향에 가면 그 우연한 만남을 기회 있을 때마다 자랑한다.

교통이 발달하여 전국이 일일생활권이다. 방송과 신문이 쉬지 않고 매일매일 표준말을 우리고향까지 퍼 나른다. 표준말로 교육을 받는다. 얼마 전 고향사투리로 펼친 개그가 인기를 끌었다. 고향젊은이들도 사투리를 사용하지 않는 시대가 되었기 때문이다. 사투리가 사라졌으니 객지에서 무엇으로 고향사람들을 알아볼 수 있을까. 만남의 장을 펼쳐 나그네설음을 잊게 해주던 것이었는데 내 기억에서도 점점 사라지고 있다.

어머니께서 '우아도(우리 집 애도)', '즈지베(제 집에)', '죠흘그(좋을 걸)', '인나(일어나)', '낭그(나무)', '농고(나누어)' 같은 향수의 말이 군데군데 들어있는 편지 몇 장 남기셨다. 고향에서 태어나지도 않은 손자들은 증조할머니의 귀한 편지를 읽지도 못할 것이다. 읽어줄 사람이 끊어질 것 같아 더 자주 꺼내본다.

잊히어진 소리

　서리가 내린다는 상강霜降이다. 밤공기가 제법 차다. 장작으로 군불을 땠다. 잠자리에 드니 사방이 고요하다. 증조할머니가 기거하던 자리다. 창호로 들어온 달빛에 희미하게 드러난 천장을 바라본다. 때마침 건너 마을에서 개 짖는 소리가 가느다랗게 들려온다. 어렸을 때도 자주 들었던 소리다. 세상은 하루가 다르게 변하지만 도둑을 지키는 개의 충정은 일편단심이다.

　멀리서 짖어대는 소리를 들을 수 있는 것은 우리 마을구조 덕분이다. 꽤 넓은 들판을 사이에 두고 대관령에서 시작한 두 개의 산줄기가 마주 보고 뻗어간다. 개울이 이리저리 양쪽 산부리에 부딪히면서 낮은 곳을 찾아 머리를 틀어 논밭을 가로질러 흐른다. 양쪽 산자락을 따라 두 개의 마을이 들어서 있다. 분지가 된 들판에는 소리가 뻗어나가는 것을 막는 장애물은 하나도 없다. 오히려 텅 빈 공간은 소리의 울림통 역할도 한다. 우리 집은 산턱에 올라앉아 있어 소리가 더 잘 들린다.

　내가 태어난 집은 옛 모습 그대로인데 마을은 많이 변했다. 초가집들은 대부분 양옥으로 바뀌었다. 넓은 들은 논이었는데 지금은 모두 밭이다. 세수하고 가재잡고 물놀이 하던 시냇물도 이젠 발도 담그지 못한다. 군데군데 가로등이 있기는 하지만 어둠 속으로 기어들어가야 마을을 품은 산이 옛 모습을 드러낸다. 그나마 옛 것을 간직한 것은 밤이구나 생각하니 눈은 더욱 초롱초롱하다.

　건너 마을 충견忠犬이 짖는 소리가 향수를 느끼게 하는 밤이다. 소리가 들리는 곳은 사람이 살고 있다는 증거이다. 사라진 소리가 많구나 생각하니 어린 시절이 그리워진다. 이랴 이랴하며 밭가는 농부의 소 부리는 소리, 음매 음매하고 일 나간 어미 소를 찾던 송아지의 울음, 개골 개골 한여름 논을 가득 채운 개구리의 거대한 합창, 마당에서 도리깨질 하는 타작소리, 한겨울 양지 바른 곳에서 장작 패던 소리, 잭 잭하며 어미에게 먼저 먹이를 달라며 입이 찢어지도록 크게 벌리던 제비 새끼들의 절규, 달가닥 달가닥 겨울밤 할아버지가 돗자리 맬 때 고드래 돌 부딪히는 소리, 또오 똑 초가집 추녀에서 낙수 물 떨어지는 소리. 이젠 모두 고향에 와도 들을 수 없는 소리들이다.

　건너 마을에서 들려오던 새벽을 깨우는 닭 우는 소리도 들을 수 없다. 어렸을 때에는 집집마다 닭을 키웠다. 병아리부화를 위해 수탉도 한두 마리 키웠다. 동이 트면 마주보는 마을에서 수탉들이 이집 저집에서 번갈아 가며 울어댔다. 계란도 구하기 쉬워졌고 씨암탉 잡기보다 외식이 편하니 농촌에도 닭 키우는 사람이 많지 않다. 알을 얻으려고 암탉만 키운다. 닭 우는 소리가 어찌 들리랴.

　초저녁 다듬잇방망이 두드리는 소리도 들을 수 없다. 가난하건 부자건 집집마다 다듬잇돌과 방망이가 있었다. 우리 집 다듬잇돌은 대대로 물려받은 박달나무로 된 것이다. 나무로 된 것도 '돌'이라 부르는 것을 보면 원조는 돌이었던 것 같다. 어른들의 흰 옷의 천은 모시 삼베 광목 옥양목이었다. 풀을 먹이고 마른 북어같이 볕에 말려서 입으로 물을 뿌려 축축하게 한 다음 보자기에 싸서 발로 꾹꾹 밟아 숨을 죽이고는 다듬질을 했다. 낮에는 밖에서 일하고 밤이 되어야 바느질과 다듬질을 했다.

　다듬질은 힘으로 하는 것이 아니라 요령으로 하는 것이다. 두드리고 튀어 오르는 힘을 이용하여 들어 올리고 방망이 무게로 떨어지는 힘을 이용하여 다시 두드린다. 방망이는 손에 잡기도 편해야 하고 무게도 알맞아야 한다. 윤오영의 수필 '방망이 깎던 노인'에는 방망이 하나를 깎는데 얼마나 정성이 필요한지를 묘사한다. 그 노인은 다듬질소리를 들어가며 방망이를 깎았을 것이다. 방망이를 좌우로 움직여가면서 골고루 두드렸다. 어머니가 할머니와 마주 앉아 맞다듬질 하는 것을 보면 한 자락의 공연을 보는 것 같았다.

다듬질은 두드리는 것을 보는 재미보다 듣는 재미다. 듣는 것도 좁은 방안에서 들으면 소리의 묘미를 느끼지 못한다. 들판을 가로질러 멀리서 은은히 들려오는 소리를 들어야 멋이다. 깊어가는 밤에 보름달을 보면서 방망이 소리가 들려오는 외딴 초가집을 바라봐야 제격이다. 사방이 고요한 산비탈 속에 희미한 윤곽만 보이는 집 안방에 등잔 불빛이 새어 나온다. "투닥 투닥 탁 탁 탁" 들리면 옷감을 뒤집으려고 다듬질을 잠시 멈추는 것이다. 총총한 별을 세노라면 방망이소리는 이내 이어간다. 국제적 명성을 얻은 '난타'를 구경 간 적이 있다. 내 귀에는 달밤에 들었던 건너 마을 초가집 할머니의 '난타' 솜씨가 훨씬 더 아름답지 싶었다.

강산이 일곱 번이나 변했다. 농촌도 모든 면에서 살기 좋아졌다. 언제나 뒷방 구석에 자리 잡고 있던 다듬잇돌도 방망이도 보이지 않는다. 그럼에도 사라진 다듬질소리가 이 밤 귓전에서 맴도는 것은 무슨 연유인가. 잊히어진 소리로 허허로운 마음을 달래고 싶어진다.

추억의 고갯길

중고등학교 6년 동안 넘었던 긴 고갯길이 있다. 그 길의 대략 반은 아름드리 소나무가 우거진 긴 산길이었다. 고갯마루에 올라서면 금방 쓰러질 것 같은 오막살이 구멍가게가 있었다. 이고지고 장보러 다니던 많은 장꾼들이 고개를 오르며 헐떡거리던 숨을 돌리려고 오가며 그곳에서 잠시 쉬었다. 구멍가게 뒤편 골자기에 움막 같은 초가집 하나가 있었다. 인가가 한적한 그 길을 아침 일찍 밤늦게 넘나들었다. 초저녁이면 불이 항상 꺼져있는 오막살이 가게는 밤길을 걸을 때는 있으나마나 했다.

초등학교시절 어른들은 우리들의 담력을 키워준다고 귀신이야기를 자주 들려주었다. 건넛마을 어느 집이 호환虎患을 당했던 이야기도 자주했다. 호랑이가 사람을 물고 가는 소리까지 흉내 냈었다. 한겨울 눈 위에 짐승 발자국이 외길로 나 있으면 호랑이 발자국이라고 했다. 호랑이가 물어가는 흉내를 낼 때에는 이불 속으로 숨어들어가면서도 눈과 귀만 내밀고 숨죽이며 들었다.

중학생이 되자 밤중에 그 산길을 혼자 걷게 되는 것이 큰 걱정이 되었다. 다행스럽게도 동네친구들이 같은 학교에 들어갔다. 나 혼자 반이 달랐지만 밤늦게 공부를 마치면 서로 기다렸다가 같이 왔었다. 어느 날 담임 선생님께서 반성적이 떨어졌다며 학생들에게 단체 벌을 주시느라 저녁조회가 늦어졌다. 혼자서 집에 갈 것이 무서워서 더 커지는 눈으로 복도 쪽을 자주자주 두리번거렸다.

기다리다 지친 동네친구들이 먼저 가겠다고 손짓했다. 친구들이 사라지자 가슴은 쿵쿵 거렸다. 선생님의 말씀이 좀처럼 끝날 것 같지 않았다. 친구들과 거리가 점점 멀어진다는 두려움에 마침내 엉엉 울었다. 놀란 것은 담임 선생님이셨다. 자초지종을 들으시고는 먼저 가라고 하셨다. 허락이 떨어지자 책가방을 들고 뛰었다. 시내를 벗어나 산길 초입에 들어서자 친구들을 큰소리로 불렀다. 메아리치는 친구들의 대답이 주었던 당시의 안도감이 지금도 생생하다.

고등학교에 입학하면서 밤길 동무들과도 헤어졌다. 일학년부터 매일 아침저녁 보충수업이 있었다. 밤이 되면 장꾼마저 끊겨 그 무시무시한 고갯길을 혼자 넘는 날이 많았다. 어른들이 들려주던 옛날이야기가 거짓이라는 것을 확실히 알았지만 늦은 밤 그 길에 접어들면 언제나 오감과 사지가 긴장했다. 캄캄한 그믐밤이 오히려 덜 무서웠다. 돌부리에 걸려 넘어지지 않으려고 오직 길을 찾느라 다른 것을 생각할 겨를이 없었다. 갑자기 사람을 마주치면 짐승이라도 만난 것처럼 가슴이 철렁했다.

폭설이 내린 후 은빛 보름달이 중천에 떠있는 날이 더 무서웠다. 소나무에 얹힌 눈은 이내 얼음덩어리가 된다. 눈 덮인 소나무는 검고 흰 것이 뒤섞여있고 나무줄기는 달빛에 그림자를 드리운다. 초겨울부터 봄까지 영동지방에는 바람이 심하게 불었다. 겨울이면 책가방이 춤을 출 정도로 더 심하게 바람이 분다.

소나무가 바람에 흔들릴 때마다 그림자도 같이 움직인다. 그것을 보노라면 꼭 소복한 귀신이 소나무 뒤에 숨어서 손짓하며 나를 부르는 것 같아 발걸음이 빨라졌다. 눈 덩어리가 떨어질 때 휘날리는 눈보라가 귓전을 때릴 때는 나를 덮치려고 달려드는 것 같아 더 긴장했다. 얼음길에 넘어지지 않게 새끼줄로 신발을 동이었다. 조심조심 걷다가도 무서움이 엄습하여 뛰기 시작하면 새끼줄은 이내 벗겨졌다. 한두 번 엉덩방아를 찧고서야 집에 도착했다. 등은 언제나 식은땀으로 축축했다.

가장 무서움을 느꼈던 것은 인민군을 묻었다고 하는 곳을 지날 때였다. 밤이 되면 무덤부근에는 송장이 썩을 때 발생되는 인(燐)이 샛별 같은 빛을 발한다. 어렸을 때 어른들은 그것이 도깨비불이라고 했다. 특히 인민군 무덤부근에는 고향으로 돌아가지 못한 혼이 도깨비 되어 자주 나타나며 가끔 우는 소리도 들었다고 겁을 주었다. 비 오고 바람 불어 소나무가 윙윙 우는 날 밤 그곳을 혼자서 지날 때는 가슴이 조여들고 숨이 가빠졌다. 어른들이 말한 귀신 우는 것 같은 소리가 생생히 들여오기 때문이었다. 고개를 딴 데로 돌려보지만 마음은 뭔가 끌리는 호기심에 눈꼬리는 늘 그 쪽을 향했다. 호기심과 불안을 반복하며 도망치듯 뛰었다. 빈 도시락이 딸랑딸랑 거리면 송장귀신이 나를 쫓아오는 것 같았다.

이런 밤길에 내게 무서움을 달래주는 것이 하나 있었다. 골짜기 초가집 사랑방 창에서 새어 나오는 가느다란 불빛 하나가 작은 위안을 주었다. 늦은 밤 어둑한 고갯마루에 올라서면 제일먼저 확인하는 것이 그 불빛이었다. 마치 낚시꾼이 물린 고기를 끌어올리려고 줄을 잡아당기듯이 그 불빛을 팽팽히 잡아당기면서 휘돌아 고갯길을 넘었다. 그곳에 사람이 살고 있다는 것이 큰 안도감을 주었다. 지금은 그 고개를 자동차로 넘나든다. 그럴 때마다 추억이 손마디 타고 내려와 핸들에 힘을 준다.

시골 이발소

　우리 마을에 이발소가 생긴 것은 중학교 입학할 무렵이었다. 상호도 없이 그냥 이발소라 불렸다. 더 외곽에 있는 이웃동네 사람들이 장보러 시내에 가려면 우리 마을을 지나야 한다. 그 길목에 한 청년이 이발소를 열었다.

　마을에 이발소가 생기기 전에 우리 집에는 낡은 이발 기계(바리깡이라 불렸다)가 있었다. 그것으로 할아버지 학생들 어린이들 모두는 집에서 머리를 깎았다. 남자 중 하이칼라한 아버지만 이발소에서 이발하셨다. 멀리 사시는 고모님이 아들형제가 이발할 때가 되면 친정 나들이 할 정도로 인기가 있었다. 머리카락을 자주 집어 이발하려면 눈물 꽤나 흘려야 했다.

　마을에 이발소가 생기고 얼마 후 보물 같던 이발기계도 고장이 났다. 그 후로는 식구 모두 이발소에서 머리를 깎았다. 처음으로 아버지와 함께 이발소에 갔을 때였다. 아버지를 면도해 주는 장면은 나를 몹시 걱정스럽게 했다. 기둥에 매달려 있는 가죽 벨트에 큼직한 면도칼을 오르락내리락 몇 번 문질러 날을 세웠다. 솔로 비누통을 휘저어 만든 거품으로 얼굴에 붓질하고는 면도를 시작했다. 아버지 목을 날이 시퍼런 칼로 면도질을 하는 것을 볼 때는 내 몸이 오싹오싹했다. 면도날 아래에 목을 들이대고 태연히 누워있는 어른들이 정말로 용감해 보였다.

이발소가 들어서자 마을에 새로운 풍습이 생기게 되었다. 이발을 하려는 사람뿐 아니라 시간이 조금 한가한 사람도 모여들었다. 어른들의 잡담장소가 자연스럽게 형성되었다. 젊은 이발사는 앞 사람이 한 이야기를 다음에 오는 사람에게 전하는 중계자노릇을 했다.

비가 오는 날에는 더 많은 사람이 모여서 더 많은 이야기들이 오갔다. 젊은 이발사는 나쁜 말은 걸러서 전하다 보니 동네 어른들로부터 인심도 얻었다. 찾는 손님은 점점 많아졌다. 급전도 빌려주니 동네 금고 역할까지 했다.

어느 해 태풍으로 이발소가 쓸려나갔다. 그 자리에 아래층은 이발소로 위층은 주택으로 사용하는 번듯한 양옥을 올렸다. 「모산 이발소」라는 간판도 달았다. 시설도 현대화 했다. 무시무시했던 면도칼과 날 세우는 가죽벨트도 이젠 없다. 옛 풍광은 사라졌으나 그래도 마을 통신의 중심지역할은 변하지 않았다. 농촌인구도 줄어 손님이 간간히 오니 이발하는 시간보다 이야기 나누는 시간이 점점 많아졌다.

청년이던 이발사는 이제 할아버지가 되었다. 두터운 돋보기 너머로 가위질을 했다. 젊었을 때의 단골손님들은 모두 세상을 떠나갔다. 그들의 후손들은 대부분 도시에서 산다. 이발소 아저씨는 이제 우리 마을의 지킴이가 되었다. 고향을 찾았다가 들리기라도 하면 나도 모르는 우리 아버지의 근황을 전해주기도 했었다. 마을사람들의 내력을 그 가족보다 더 소상히 아는 사람이 되었다.

심심하면 이발소를 찾아가시던 아버지도 몇 년 전에 돌아가셨다. 치매로 십여 년 요양원에 계셨던 어머니마저 작년에 돌아가셨다. 조상 대대로 살았던 고향집은 비어있다. 도시 생활이 답답해지면 고향으로 내려가 집주변을 손질하고 동네를 한 바퀴 휘돌아보면 가슴이 후련해진다.

며칠 전 고향에 갔다가 잠시 이발소에 들렀다. 그곳에 터 잡은 지도 오십 년을 훌쩍 넘었다고 말했다. 새색시의 얼굴은 사라지고 주름만 남온 이발소 아주머니가 나를 보자 대뜸 빚집 큰아들 아니냐며 가족을 만난 것처럼 반가워했다. 어머니를 꼭 닮아 한눈에 알아본다며 돌아가시기 전에 문병 못한 것을 거듭 미안해했다. 어머니가 고향을 떠나기 전 치매로 평소와 다른 행동을 하시던 모습들을 죽 늘어놓았다.

하루는 어머니가 땔감으로도 쓸모없는 나뭇가지를 끊고 가시기에 물었다. "썩은 가지를 어디다 쓰시려고 끌고 가세요." "나 참, 모르는 여편네가 별 간섭 다하네. 남이야 무엇에 쓰던지 무슨 상관이요." 어머니는 험악한 얼굴로 버럭 화를 내시더라고 말했다. 평소에 그렇게 상냥하시던 모습을 생각하니 너무 안타까웠다는 것이다.

이발소 아저씨도 머뭇머뭇하더니 아주 조심스럽게 운을 떼면서 물었다. "자네 집을 팔았는가." "아니요. 부모님 돌아가신지 얼마나 됐다고, 집을 팔아요." "그러게 말이야. 며칠 전에 누가 와서 자네가 집을 팔았다고 하더라고. 그럴 리 없다고 말해도 막무가내로 틀림없다는 거야."

확인해 주지 않았으면 한동안 우리 집은 내가 팔아먹은 것으로 동네 사람들이 알고 있었을 것이다. 이렇게 시골 이발소는 소문을 내고 또 듣는 곳이다. 맞는 이야기도 있지만 틀린 이야기도 가끔 있다. 틀려도 크게 문제 삼지 않는다. '그랬던가.' 하면 그만이다.

도심에는 이발소가 아예 사라졌다. 이발사는 이제 목욕탕으로 들어가 곁방살이 한다. 정겨웠던 고향 이발소도 몇 년이나 더 버틸 수 있을까. 마을사람들이 정을 주고받을 공간마저 사라질 것 같아 더 안타까웠다.

문풍지의 향기

나이가 들수록 고향에 오면 더욱 포근해 진다. 수구지심이란 그런가 보다. 지난 가을 태어나 자랐던 집을 수리한 첫날밤도 그랬다. 군불 땐 따뜻한 아랫목에 눕자 도시의 아귀다툼은 어둠 속으로 자취를 감추었다. 잊힌 추억들이 방안 가득하게 나타났다. 바람도 문안인사 하려고 문을 두드렸다. 새 옷으로 갈아입은 창문의 문풍지가 반가움에 사르르 떨며 화답했다.

문풍지소리는 한겨울에 들어야 제격이다. 차가운 바깥 공기에게 들어오지 말라고 문풍지가 하얀 손을 휘젓는 소리다. 그런다고 못 들어올 공기가 아니다. 공기가 바람이 되면 천하장사 못지않다. 가지 못하는 곳이 없고 뚫지 못하는 벽이 없다.

바람이 제집 드나 듯이 방을 들락거리는 것을 외풍外風이라고 한다. 겨울이면 틈새로 들어오는 바람뿐 아니라 흙벽과 천장에서도 찬바람이 불었다. 벽지를 바른 것도 중학생 때였으니 어린 시절에는 외풍이 훨씬 더 기세 등등 했다..

문풍지소리를 미리 알려주는 것은 집을 병풍같이 둘러싼 왕대 이파리들이었다. 댓잎이 일제히 파르르 부채질하고 나면 뒤따라 문풍지가 혀같이 날름거리며 장단을 맞추었다. 대가 크게 울리면 문풍지도 요동쳤고, 대가 소곤대면 문풍지는 가볍게 추임새를 넣었다. 대밭에서 들려오는 전주곡을 들으면 우리는 서로 이불을 끌어당기고 머리를 파묻었다.

불을 켜고 짝을 찾아 밤새 집 주위를 헤맨다는 도깨비, 변소에 앉으면 혼만 빼간다는 몽달귀신, 고개 마루에서 마음 약한 사람을 시험한다는 여우, 사람을 물고 외줄 발자국을 남기며 눈 위를 걸어간다는 호랑이 같은 옛 이야기가 어울리는 때가 문풍지 우는 한겨울 밤이었다. 무섭게 하려고 어른들이 귀신 흉내 내는 목소리가 추위보다 더 몸을 오그라들게 했다.

학창시절에는 석유 등잔불 아래에서 책을 읽었다. 문풍지가 문을 요란하게 두드리면 등잔의 불꽃이 춤을 추었다. 얼굴그림자는 커졌다 작아졌다 하며 덩달아 방안을 헤집고 다녔다. 불은 꺼지지 않으려고 불꽃을 키우면 검은 그을음은 천정에 붓질했다.

콧구멍 가장자리에는 실밥 같은 검정들이 달라붙어 있었다. 아침에 눈뜨고 코를 문지르면 검정은 콧수염으로 변했다. 광속에는 때묻은 등잔걸이 하나가 당시의 콧수염 증인으로 아직도 남아있다.

어느 시인은 '질화로에 재가 식어지고…' 읊조리며 고향을 그리워했다. 화로의 재가 식어지면 온돌도 식어가는 새벽이 다가온다. 같은 문풍지 소리라도 몸을 더욱 움츠리게 한다. 이때가 되면 벌써 잠을 깨신 뒷방의 할아버지의 잔 기침소리가 들렸다. 담뱃재를 터시려고 두드리면 놋쇠 재떨이는 긴 여운을 남기며 괘종시계같이 울렸다.

장죽에 담배를 눌러 넣고 질화로를 뒤적여 남은 불씨에 불을 붙였다. 입술을 오므릴 때마다 담뱃불은 빨갛게 타 들어가고 방안을 희미하게 비췄다. 불빛은 문풍지를 밀치고 들어오는 더 차가워진 바람과 더불어 나를 깨웠다. 이불 뒤집어 쓴 채 식어가는 질화로를 끼고 책과 씨름하는 하루가 시작되었다.

사람은 환경에 적응하며 살아간다. 도회지 생활이 아늑해 질수록 외풍에 대한 면역력은 떨어졌다. 구정에 부모님을 찾아 뵐 때마다 걱정

하나가 있었다. 방안을 쉬지 않고 맴도는 찬바람이었다. 장작 땐 구들 장은 뜨끈뜨끈하여 향수에 젖게 했다. 반면 콧등을 스치는 외풍은 을씨 년스러웠다. 이마가 선득선득했다. 문풍지는 동장군이 나를 잡으려고 오는 발자국소리 같이 문을 두드렸다. 감기에 걸리지 않으려면 머리맡 에 두꺼운 겨울외투로 바람막이를 세워야 했다.

외풍에 허약해지자 한옥을 폄하했던 적도 있었다. 잠시 유럽에 살 때 였다. 창호기술이 우리보다 훨씬 앞서있었다. 방에서 유리창을 닦을 수 있도록 창문을 좌우상하로 열 수 있게 만들었다. 틈새가 전혀 없는 이 중창이었다. 창문을 닫으면 완벽한 방풍방음으로 외풍과 소음이 거의 없었다. 낮을 밤같이 햇볕도 가려주었다. 찬바람이 들락거리던 고향집 에서 단 잠잤던 어린 시절을 까맣게 잊고 몹시 부러워했었다.

막고 가린다는 것은 바깥세상과 통함이 없다는 의미이다. 한옥의 창호 는 귀로 듣게 하고 눈으로 보게 한다. 아랫목에 누워서 가느다란 바람소 리를 들을 수 있다. 창호에 비친 희미한 가을 달빛도 볼 수 있다. 막힌듯 하나 열려있다. 고향집은 이렇게 바깥세상과 더불어 살게 하는 곳이다.

지금 방에 있는 것이 아니라 자연 속에 벌렁 누워있다. 여명의 속삭 임을 막아버린 커튼 친 유리창에서는 찾을 수 없는 멋이다. 고향산천을 벗 삼으니 혼자 있어도 외롭지 않았다. 주름진 눈을 감으니 온돌방이 묵은 추억들을 활동사진 같이 또렷하게 펼쳐 보였다. 얼마나 이야기 하 고 싶었을까. 연민의 밤이 아니라 희락의 밤이었다.

조용한 문풍지 가락이 또다시 들려왔다. 이불 덮어주고 토닥거리며 부르시던 할머니의 자장가 같았다. 문풍지의 향기는 단잠을 주어 아침 해가 솟을 때까지 나를 어린 시절로 데려가주었다.

녹슨 못에 걸린 사연

　고향집은 약 70여 년 전에 증조부님께서 지은 목조 기와집이다. 내가 태어나서 자란 집이며 4대의 선조들의 손자국 발자국이 남아있는 곳이다. 부모님이 돌아가시고 오랫동안 비워두었던 집을 수리할 때 일이었다.

　"여보, 여기저기 있는 못들을 좀 뽑아버려요. 기둥에 못이 박혀 있으면 오는 복을 막는다고 하던데."하고 부엌을 청소하던 아내가 아주 못마땅한 듯이 말했다. 아내가 손가락으로 가리키는 기둥을 보니 크고 작은 못들이 여러 개 박혀있었다. 오가며 수없이 본 기둥인데 못이 내 눈에는 아무런 자극도 주지 않았었다.

　좌우에서 오는 위협을 즉각 감지할 수 있도록 시야의 최대 폭은 180° 정도라고 한다. 그러나 정면을 바라보았을 때는 45°내의 사물들만 선명하게 눈으로 들어온다. 그렇다고 그 안으로 들어오는 모든 사물을 전부 인지하는 것이 아니다. 그 중에 단지 우리가 보려고 하는 극히 일부분만 기억에 남는다. 아내가 지적한 못들은 아내에게는 존재를 확연히 드러냈었지만 내 눈에는 존재 밖에 있었다.

　장도리를 들고는 방과 마루와 광을 둘러보았다. 집 바깥벽도 빙 둘러보며 박힌 못을 찾아보았다. 지금까지 늘 보아온 천장이요 기둥이요 벽이었는데 못이 이렇게도 많이 박혔다는 것은 미처 깨닫지 못했다.

　전깃줄을 고정하려고 박아놓은 못은 삭아 누전의 위험도 있었다. 어머니가 박기에는 어려웠을 것 같은 높은 곳에도 못들이 많이 박혀있었다. 어머니가 아버지에게 "여보, 저기 못 하나 박아주세요."했을 그 못을 며느리는 뽑으라고 했다.

　그 것들이 왜 박혀 있을까를 잠시 생각해 보았다. 못 마다 그곳에 걸린 사연이 보였다. 선조들의 삶의 소리들이 먼 산에서 되돌아오는 메아리같이 은은히 들려왔다.

　방안의 못들은 옷들을 걸기 위한 것들이다. 어머니에게는 분명 필요한 것들이었다. 이곳저곳의 못들을 보면서 박음과 뽑음 사이에 무엇이 있을까 생각해 보았다. 방안의 못은 옷걸이 문화의 차이다. 어머니 세대는 궤짝문화다. 철이 아닌 옷들은 접어서 옷 궤짝에 넣어두었다. 옷을 걸어놓을 곳은 벽밖에 없었다. 당장 입는 옷들을 걸어두려면 필요한 만큼 중방도리에 못을 박아야했다. 식구가 늘고 옷의 가지가 늘어나니 박힌 못도 점점 늘어났던 것이다.

　며느리는 도회지 장롱문화에 익숙해 있다. 모든 옷은 장롱 속에 걸어놓는다. 잠시 벗었다 입을 옷들은 방마다 세워놓은 옷걸이에 걸었다. 아내는 옛날 궤짝문화가 필요로 했던 못들을 도회지 장롱문화의 눈으로 보았던 것이다.

　천장에도 긴 못들이 어렸을 때 보았던 그대로 박혀있었다. 메주를 달았던 곳이다. 가을이 되면 간장 고추장 된장을 담글 메주를 만들기 위해 큰 가마에 노란 콩을 삶았다. 네모난　말에 베보자기를 깔고 삶은 콩을 식기 전에 부어서 발로 밟아 단단한 덩어리로 만들었다. 그리고는 마른 볏짚으로 역어 매달았다. 볏짚 마디에 있는 미생물이 메주덩어리가 마르면서 속을 발효시키는 것이다. 메주콩을 삶는 날에는 맛있는 콩누룽지를 먹는 날이었다.

　결혼 후 장을 담그는 것을 본 일이 없다. 우리 집 장맛은 대를 이은 손맛이 아니라 상표 맛이다. 시어머니가 오직 자신의 손맛을 위해 메주를 매 달았던 못을 시장에서 남이 만든 장을 사먹는 며느리가 뽑아 버리라고 했다. 어머니의 솜씨를 매달던 못인데 아내의 눈에는 거슬렸다.

앞 처마 서까래 마다 큰 못이 서너 개는 박혀 있다. 감을 깎아 말리던 곳이다. 과일이 풍부하지 못하였던 시절에는 곶감이 제법 값나가는 실과였다. 우리 집에는 감나무가 많았다. 우물가 감나무에서는 곶감을 40접이나 수확하였다. 감은 한 개씩 장대로 꺾어서 따야 했다. 감을 따면 방구석에 쌓아놓았다. 밤에는 감나무가 없는 이웃 할머니들과 함께 어머니께서 밤새워 깎으셨다.

다음날 아침에는 아버지가 처마에 있는 못을 징검다리 삼아 새끼줄을 길게 띄웠다. 새끼줄 마디에는 깎은 감을 하나씩 끼워 넣었다. 매달인 노란 감은 가을바람에 조금씩 쪼글쪼글 해지고 점점 붉어진다. 땡감이 곶감으로 변하는 것이다. 크기가 반으로 줄어들고 축 늘어져야 단맛이 난다.

그 못들을 보니 덜 마른 곶감을 어른들 몰래 빼먹던 것이 생각났다. 결혼 후에도 설에 고향에 오면 어머니가 곶감을 주셨다. 시집 곶감이 맛있다고 아끼며 이웃에게 자랑하던 아내였는데 감을 매달았던 그 못을 볼썽사납다고 뽑으라고 했다.

못들은 녹 쓸었고 나무도 자기 색을 잃어 까맣게 변했다. 세월의 오램을 말해주었다. 많은 못들이 내가 자랄 때부터 박혀있었던 것이다. 아내는 못만 바라보았지만 내 눈에는 못에 걸린 것들이 보였다. 못에 걸렸었던 옷이며 쟁기며 먹거리들이 활동사진 지나가듯 되살아났다. 못을 뽑는다는 것은 못 주인의 삶의 흔적을 뽑을 뿐 아니라 내 추억도 뽑아내는 것이었다.

낡은 못의 녹이 나무속에 엉겨 붙어 뽑히지 않으려고 발버둥 쳤다.

두세 번 장도리 질을 하다가 "여보, 있는 그대로 놓아둡시다." 하고 아내에게 말했다. 내 추억을 걸어둔 못이니 뽑지 말아야 한다고 이야기한들 아내가 내 마을을 알아주었을까. 못을 뽑아 버리라는 아내의 말보다 뽑지 말아 달라고 애원하는 못에 걸린 사연들의 소리가 더 크게 들렸다.

제11부

어느 미소微笑의 의미

아름다운 눈 맞춤

무심코 보다가 서로 눈이 마주칠 때가 있다. 눈이 마주친다는 것은 어떤 감정이 오고가는 순간이다. 우리는 눈길이 마주치면 좋지 않은 쪽으로 먼저 생각하는가 보다. 힐끗힐끗 본다, 지긋이 본다, 엿본다, 응시한다, 노려본다, 째려본다, 아래 위 훑어본다, 쳐다본다, 내려다본다, 깔본다, 빤히 본다, 훔쳐본다, 곁눈질 한다, 등등 보는 행위에 악의가 숨어 있는 듯한 말이 많아서가 아닐까. 그래서 학교폭력도 가끔 '왜 봐.'에서 시작하는 것이다.

며칠 전 지하철에서 눈이 마주친 사건은 정말로 황당한 눈 맞춤이었다. 건너편에 앉은 아주머니의 행동이 이상하다고 직감적으로 느꼈다. 몇 장의 종이를 이리저리 뒤져보는 행동거지와 옷차림이 조금은 정상이 아니어서 호기심으로 바라보다가 서로 눈이 마주쳤다. 나와 눈이 마주치자 그는 종이로 얼굴을 얼른 가렸다. 조금 있다가 가렸던 종이를 천천히 내려 눈을 내밀고는 내가 자기를 보고 있는지 확인하였다. 나는 그 행동이 너욱 이상해서 계속 보고 있있다. 그는 나를 보자마자 얼른 눈을 도로 가렸다. 그리기를 몇 차례 하더니 혼자서 욕설을 퍼붓는 것 같았다.

정상적이 아닌 것 같아 하는 짓을 계속보고 있었다. 그는 옆에 앉은 다른 여자에게 나를 가리키며 여자만 훑어보는 이상한 남자라고 이야기차였다. 고개를 끄덕거리는 것을 보니 그런 남자가 있다고 대답하는 것 같았다. 그 말에 용기를 얻었는지 그 여자는 큰 소리로 나를 향해 욕설을 퍼부었다. 행동이 이상해서 자연스럽게 시선이 갔을 뿐이었다. 그는 내가 어떤 관심을 갖고 유심히 본 것으로 오해하고 불쾌하게 느꼈던 모양이었다. 엉뚱한 오해가 생기게 된 이유를 따지고 싶었다. 하지만 비정상인과 다투면 나도 그런 사람이 되겠기에 참고 한번 웃어주고 내렸다. 내 웃음을 또 어떻게 해석했을 지가 궁금했다. 아마도 그는 자기가 내게 볼거리를 제공하고 있다는 것은 생각하지 않았다. 나의 건너다봄을 자기를 향한 이성간의 관심이라고 오해하고 그런 행동을 했을 것이라고 생각하니 헛웃음이 나왔다.

남녀 간에 비윤리적으로 서로 눈이 맞는 경우도 많다. 내가 다니던 초등학교 건너편에 담배 파는 작은 구멍가게가 있었다. 지금은 슈퍼에서 담배를 팔지만 당시에는 허가 받은 곳에서만 담배를 팔았고, 전매청에서 정기적으로 담배를 배급하였다. 배급 날에는 할아버지 심부름으로 담뱃대에 넣어 피우거나 종이에 말아서 피우는 봉초담배를 사러 자주 그 가게에 갔다. 주인은 외아들과 사는 청상과부였다. 어느 날 담배를 사려갔더니 내 친구 어머니가 여주인과 머리카락을 서로 잡아당기며 싸우고 있었다. 싸움 구경한 이야기를 전했더니 어른들이 담배 집 댁네가 누구와 눈이 맞았다고 쑥덕거렸다. 나는 그 '눈이 맞았다'는 것을 한참 자란 후에야 무슨 뜻인지 알았다. 지하철에서 만난 그 여자가 혹시 그런 눈 맞춤이 싫어서 그랬을까 생각하니 자존심이 상했다.

이처럼 눈 맞춤에는 오해와 불륜이 있기는 하지만 아름다운 것도 있다. 이 세상에서 가장 아름다운 눈 맞춤은 어떤 것일까. 아마도 젖을 먹이는 모자의 눈 맞춤일 것이다. 내가 본 모자의 서로 바라봄 중에 가장 인상 깊었던 것은 오래 전 방콕공항에서 보았던 것이다. 인천행 비행기로 갈아타기 위하여 대합실에서 몇 시간을 혼자 기다리고 있었다.

자리가 부족했다. 아랍풍의 키 큰 미모의 여인이 젖먹이를 안은 채 네 댓 살 되는 아들을 데리고 혼자 앉은 나에게 합석하자고 했다. 앉자마 자 나를 향하여 살짝 웃고는 풍만한 젖가슴을 풀어헤치고는 젖을 먹였 다. 전혀 알지도 못하는 낯선 사람 앞에서 부끄러움보다 앞서는 것은 품에 안은 자식에 대한 사랑이었다. 불어터진 젖을 아기가 물더니 정신 없이 빨아댔다. 젖이 넘쳐흐르자 엄마는 손으로 바쳤다.

　나는 얼른 화장실에 가서 휴지를 잔뜩 뽑아주었다. 고맙다고 말하면 서 다시 웃었다. 처음 웃음과는 전혀 다른 웃음이었다. 첫 웃음이 부끄 러움이었다면 나중 웃음은 감사의 표시였을 것이다. 휴지로 흐르는 젖 을 받으며 애기를 내려다보았다. 젖꼭지를 문채로 고개를 비틀어 엄마 를 쳐다보는 아들과 웃으며 눈 맞춤 하는 엄마의 모습은 한 폭의 모자 상母字像 그림 같았다.

하숙집 할머니

어느 날 고장 난 전자사전을 고치러갔을 때 일이다. 학창시절 2년 넘게 살았던 하숙집 앞을 지나게 되었다. 대학로 길까에 있던 하숙집은 헐렸고 그 터는 확장한 교회마당이 되었다. 하숙집 할머니가 생각나서 교회마당으로 들어갔다. 하숙방이 있었던 자리에 서니 그 시절의 장면들이 발끝에서 머릿속으로 스멀스멀 기어 올라왔다.

서울생활을 처음 시작할 때 귀에 거슬리는 말 중에 하숙친다는 말이 있었다. 고향에서는 돼지를 제외한 대부분의 짐승은 키운다고 했다. 유독 돼지만 친다고 했다. 천한 개도 키운다고 했지 친다고 하지 않았다. 하숙생이 되는 것이 돼지취급 받는 것 같았다.

하숙집 할머니는 초등학교 5학년 외손녀를 데리고 하숙쳐서 먹고살았다. 방 세 칸과 부엌이 나란히 붙은 별채였는데 두 칸에 네 명의 학생이 하숙했다. 그 별채의 주인집은 대로변에 프로판가스 대리점을 하고 있었다. 오른 편에는 교회가 있었다. 교회와 안채 사이 골목을 따라가면 왼편에 화장실과 수도 펌프가 있고, 미닫이문을 열고 들어서면 하숙집이었다.

둘러앉아 아침을 먹던 어느 날 경상도 친구가 불쑥 한마디 했다. "할매, 요강소리에 잠 못 잤다." 백발이 성성하고 잔주름이 진 할머니의 얼굴이 갑자기 홍당무같이 붉어지더니 어이없는 미소를 짓곤 부엌으로 들어가셨다.

하루는 학교에서 돌아온 나를 붙들고 외손녀를 키우며 하숙치는 신세타령을 한바탕 늘어놓았다. 젊었을 땐 상당한 미모로 고향 밀양에서 소문이 났을 얼굴이었다. 예쁜 얼굴이 행복을 언제나 보증하지는 않는 것이 인생인가 보다.

"결혼하고 첫 딸을 난지 얼마 되지 않아 남편이 이웃과부와 눈이 맞아 서울로 도망갔어요. 남편을 찾겠다고 어린 딸을 둘러업고 무작정 상경했습니다. 단칸셋방사리가 어찌나 힘들었던지 어느 날 모녀가 죽기로 결심하고 방안에 연탄을 피워놓고 잤지요. 복 없는 사람은 맘 놓고 죽을 복도 없다고 일어나니 머리만 아팠습니다. 어린 딸은 세상모르게 곤히 자고 있었지요. 신세를 한탄하며 딸을 안고 실컷 울고 나니 무슨 일이 있어도 딸을 잘 키워야겠다는 오기가 생겼습니다."

재가하라는 유혹을 물리치고 온갖 고생해가며 딸을 간호고등학교로 보내 졸업시켰다. 그 무렵에 학교부근에서 하숙치기 시작한 것이 생업이 되었다고 울먹였다. 당시 간호사는 이민 바람이 든 젊은이들이 찾는 좋은 신붓감이었다. 미군부대에 근무하는 할머니 사위도 그 병에 걸렸었다. 수차례의 도전 끝에 딸 부부는 미국으로 이민 갔다. 자리가 잡히면 어머니를 모시려오겠다고 하면서 자기 딸까지 맡겨 놓았다.

첫 직장생활을 지방에서 했다. 주말에 올라와 하룻밤을 자려고 그 하숙집에 갔었다. 가는 길에 할머니께 드릴 스웨터를 사려고 시장에 들렀다. 이색저색을 만져보다가 '요강소리'에 붉어졌던 그 얼굴이 떠올라 분홍색을 골랐었다.

서울로 전근되어 직장인으로 잠시 그 집의 하숙생이 되었다. 강원도 학생에서 '김 선생'으로 호칭이 바뀌었다. 무엇이나 맛있게 먹는 것을 아시는 할머니가 어느 날 "김 선생, 신혼 때는 반찬이 맛있다고 하지 말아요. 그러면 그 반찬만 얻어먹게 돼요." 하고 다홍치마 때 마누라

길들이는 법까지 알려주었다.

어느 날 퇴근해 보니 마루에 넋을 놓고 앉아있었다. 늘 웃는 모습이었는데 의아해 자초지종을 물었다. 최근에 남편이 몸이 아파 누워있고 사는 것이 무척 어렵다는 소식을 들었다는 것이다. 그날 수소문해서 그 집을 다녀왔단다. 공고에 다니는 아들학비도 못 내고 있다는 얘기를 듣고도 도와줄 형편이 못되어 걱정이라고 했다.

나는 보지도 못한 할머니의 남편에게 버럭 욕을 퍼부었다. "아니, 신혼 때 버리고 도망간 사람이 무슨 남편이요. 원수 같은 인간이 벌을 받았구먼. 그런 인간을 찾아가요. 게다가 남의 자식 학비까지 걱정해요." "그래도 내 남편이지 않소. 남편 아들은 내 자식도 되지요. 고등학교는 나와야 벌어먹고 살지." 하며 깊은 인정의 한숨을 쉬었다. 얼마 지나지 않아 그 아들 학비에 보태 쓰라고 돈을 주고 왔다고 했다.

비싸지도 않은 옷을 받아 들고 눈물을 글썽이던 할머니의 모습이 밝고 선 교회 마당에서 솟아올랐다. 연탄을 피워놓고 죽고 싶었을 때 얼마나 그 남편이 미웠을까. 세월이 약이라고 상처를 달래가며 부부의 끈을 놓지 않고 늙도록 생과부로 살았으리라. 지금은 고국을 그리다가 이국땅에 묻혀 있을 것이다.

어느 미소微笑의 의미

가끔 사소한 불편을 이겨내지 못하고 새 물건을 사는 때가 있다.

이곳저곳에서 읽고 배운 것을 칸이 작은 노트에 샤프로 늘 적어놓는다. 가는 심과 굵은 심 두 종류의 샤프를 사용해 보았다. 가는 것은 지우는데 불편하고 굵은 것은 또박또박 쓰는데 불편했다. 중간 크기의 샤프가 있는지 알아보려고 문구점에 갔다.

색상별로 굵기가 다르다. 검은 것은 가는 심 샤프, 푸른 것은 중간 심 샤프, 노란 것은 굵은 심 샤프였다. 제조사와 디자인을 이리저리 본 후에 하나를 골랐다. 필요한 몇 가지와 함께 값을 치렀다. 문구점을 나와 몇 발자국을 걷다가 문득 수도꾸를 열심히 풀고 있는 아내도 필요할 것 같았다. 하나 더 사려고 문구점으로 되돌아갔다.

아내는 이면지에 가로세로 아홉 칸을 대충 그리고 그 속에 문제를 적어놓고는 연필로 썼다가 지우기를 반복했었다. 서식을 만들어 주었더니 아내는 아주 고마워했다. 수도꾸만 잡으면 시간가는 줄도 모른다.

문구점으로 다시 들어서면서 조금 전에 샀던 중간 심 샤프만 얼마냐고 물었다. 천원이라고 하였다. 아내 것으로 하나 더 달라고 말했다.

"사모님께 드리려면 좀 더 좋은 것을 사세요."라고 대답했다.

하나 골라 달라고 부탁했다. 누르기에 부드럽고 쓰기에 편리한 것을 추천하였다. 값이 2천원이라고 하기에 내가 산 것도 바꾸어 달라고 하면서 도로 주었다.

"아니, 사장님께서는 남자니까 그거 그냥 쓰세요."

그의 대답이 내 자존심을 몹시 건드렸다. '보아하니 실업자 같고 힘을 달리 쓸 데도 없으니 부드럽지 않은 싸구려 그냥 쓰세요.'하는 말투로 들렸다. '남자니까.'라는 말에도 심히 비위가 상했다. 남자는 대충 살아도 되는 싸구려 인간인가. 순간 '적은 돈을 무시하는 것을 보니 돈 벌기는 틀린 사람이군.' 속으로 그를 폄하했다.

"퇴직 후 삼식이니 하면서 푸대접 받고 사는데 사장님까지 그까짓 샤프하나를 가지고 사람을 무시합니까." 참을성 없는 성질대로 버럭 화를 내면서 소리를 질렀다. 직장을 다닐 때에 아내는 친구의 남편 삼식이 이야기를 가끔 했다. 그럴 때마다 내게 미리 말해두는 것 같아 속이 뒤틀렸던 것이 생각났다.

막 계산을 끝낸 아주머니가 누구편인지 알 수 없는 미소를 짓고 나갔다. 문구점 주인도 더 많이 팔기를 포기하면서까지 자기주장을 굽히지 않으면서 어느 친구 이야기를 늘어놓았다.

"대기업에서 63세까지 일하고 정년퇴직한 내 친구의 비참한 현실에 대한 이야기 입니다. 자기 딴에는 다른 친구들 보다 더 오랜 직장생활을 하였기에 은퇴하면 가족들에게 대우받는 노후일거라고 생각했는데, 한 삼 개월이 지나자 마누라의 눈초리가 달라지더랍니다. 또 삼 개월이 지나니 아들딸들이 농담하듯 말하더니 요즈음에는 아주 대놓고 직장을 구하는 것이 어떻겠냐고 한답니다. 그 뿐만 아니랍니다. 딸하고 마누라가 푸들인지 푸드럭인지 개새끼 하나를 끔찍이 애지중지 물고 빨며 키우는데, 이놈은 자기에게 가까이 오지도 않을 뿐 아니라, 몸을 푸들푸들 떨면서 빤히 쳐다본다나요. 이렇게 삼인일물三人一物로부터 완전히 왕따 당하고 있는 은퇴자도 있습니다."

"사장님도 집에서 사모님께 대접받고 사시려면, 천 원짜리 그냥 쓰시고, '문구점에 갔다가 사모님 생각이 나서 사장님 것보다 두 배나 값을 더 주고 샀다.'고 말씀 드리세요." '두 배'를 힘주어 말하라면서 갖다 주는 요령까지 가르쳐주었다.

'내가 십년 이상 더 살아서 너보다 내가 세상이치를 더 잘 알지.' 속으로 중얼거렸다. 반신반의로 화가 풀리지 않아 씩씩거렸다. 아내의 반응이 신통치 않으면 바꾸러 오겠다고 반품에 대한 다짐까지 받으려 했다.

"그러세요. 돈을 더 받지 않고 그냥 교환해드릴게요." 천 원짜리를 이천 원짜리로 바꾸어주겠다며 자기소신의 확신을 자랑했다. 틀림없다는 듯 짓는 그의 미소가 더욱 불쾌했다. 내 얼굴에 '왕따'라고 적혀있는 것을 꿰뚫고 있다는 듯이 눈을 크게 뜨고 나를 바라보았다. 무시하는 건지 도와주려는 건지 도무지 분간이 되지 않았다.

집에 돌아오니 아내는 여전히 수도꾸에 몰입하고 있었다.

"이거 당신이 수도꾸 풀 때 필요할 것 같아 산거요. 간 김에 내 것도 하나 샀지. 특별히 생각해서 당신 것은 '두 배'나 비싼 것으로 골랐어."

두 배를 힘주어 강조하면서 샤프를 주었다. 그분이 일러준 요령에 하나를 더 보태어서 당신 것을 사러 갔다가 내 것도 샀다고 말했다. 아내는 샤프를 받아 들고서 이것저것을 써보더니 아주 부드럽다며 환하게 웃었다. 고맙다는 말까지 덧붙였다.

나도 덩달아 웃었다. 장사를 하려면 손님의 관상도 볼 줄 알고 사는 형편까지 짐작할 줄 알아야 하는가 보다. 아내의 웃음 속에서 계산을 막 끝내고 나가던 그 아주머니의 미소가 번뜩 겹쳐 지나갔다. 부부사이에도 작은 관심과 배려가 더 힘이 있다는 것이 그 미소의 의미가 아니었을까. 그분은 일의 결국을 이미 알고 웃었던 것이다.

최고의 혼수婚需

독일 어머니는 시집가는 딸에게 세 가지 혼수를 주었다고 한다. 자녀들에게 예쁜 옷을 직접 지어주라고 가위 하나를, 식구들에게 맛있는 음식을 마련해주라고 칼 하나를, 부부가 따뜻한 잠자리를 가지라고 오리털이불 하나를 주었다는 것이다. 간단한 혼수이나 의미는 깊고 깊다. 독일에서 만든 칼과 가위가 세계적 명품으로 손꼽히는 이유가 그것들이 귀중한 혼수품이 됨으로 정성들여 만들기 때문이 아닐까.

어느 날 목사님이 주례사에서도 의미 깊은 혼수이야기를 했다. 하나님도 혼수를 주신다는 것이었다. 귀가 솔깃했다. 하나님께서 주시는 첫 번째 혼수는 '믿음'이라는 것이다. 우리가 버스를 타는 것은 그 운전기사가 반드시 목적지에 데려다 준다는 것을 신뢰하기 때문이다. 이러한 신뢰는 우리들의 삶에 꼭 필요하지만 부분적인 신뢰에 불과하다. 부부 간은 서로가 완전히 신뢰해야 한다. 일부만을 신뢰하면 그 가정에는 언젠가는 의심이 자리 잡는다. 의심이 커지면 불화가 시작된다.

하나님께서 주시는 두 번째 혼수는 '소망'이라는 것이다. 모든 사람은 꿈을 가지고 있다. 결혼 후에도 서로 다른 꿈을 이루려하기 보다는 가정의 꿈을 서로 협력하여 이루어야 한다. 가정의 꿈은 경제적 꿈, 자녀에 대한 꿈, 삶의 가치에 대한 꿈 등 여러 가지다. 꿈을 정하려면 마음을 열고 많은 대화를 해야 하고, 이 꿈을 달성하도록 또한 기도하여야 한다.

하나님께서 주시는 세 번째 혼수는 '사랑'이라는 것이다. 노랫말 중에 사랑은 주는 것이라고 하지만 대부분의 사람은 사랑받기를 원한다. 특히 결혼 전에는 더욱 그렇다. 결혼 전의 사랑은 결혼식과 함께 사라진다. 주는 사랑은 꾸준한 의지적 노력에 의해서만 가능하다.

모든 결혼은 '믿음, 소망, 사랑'을 가지고 시작한다. 그런데 하나님은 세 가지 혼수를 냉장고처럼 우리가 필요할 때 언제나 사용할 수 있는 상태로 주시는 것이 아니다. 다만 그 씨앗을 줄 뿐이다. '믿음의 씨앗' '소망의 씨앗' '사랑의 씨앗'을 주신다. 그 씨앗을 싹트게 하고, 자라게 하고, 꽃피게 하고, 열매 맺게 하는 것은 부부의 몫으로 남겨 두신다. 하나님이 주신 혼수는 부부가 협력하여 열심히 제때에 포기하지 않고 꾸준히 물주고 가꿀 때에만 온전한 혼수가 된다고 말했다. 물질적 혼수 부담이 사회문제가 되고 있는 이 시대에 귀담아 들을 필요가 있는 이야기였다.

어제 김밥 집 아주머니가 들려준 혼수 이야기도 목사님 이야기만큼 내 가슴을 뭉클하게 했다. 아주머니의 큰딸은 대학을 나와서 취직했다. 작은 딸은 전문대학에 다니는데 등록금을 한번만 더 대면 지긋지긋한 '학비대기'는 이제 끝난다면서 크게 웃었다. 그 웃음 속에는 그간의 지겨웠던 학비걱정의 깊은 한숨을 확 쓸어버리는 것 같았다. 힘겹게 살아온 모습이 물씬 풍겨 나왔다.

그분은 큰딸이 빨리 시집가기를 원했다. "딸을 출가시키려면 돈이 많이 필요할 텐데요." 하고 넌지시 혼수걱정을 앞세우며 운을 뗐다. 놀랍게도 혼수준비는 다 마련했다는 것이다. 고단한 삶이 얼굴에 배어있는 분이 딸의 혼수를 이미 준비해 놓았다니 놀라지 않을 수 없었다. 눈을 동그랗게 뜨며 "축하합니다."라고 말했다. 환하게 웃고는 딸 몫으로 들어둔 보험금통장을 주면 된다고 했다. 딸들에게도 이미 통장 외에는 아무엇도 없다고 알려주었단다.

　통장에 찍힌 들쭉날쭉한 보험금 입금일자는 그분 삶의 흔적이다. 그날도 설거지통에서 그 흔적 하나를 더 올려놓기 위해 비지땀을 흘리고 있었다. 국내외 어디든 여행을 다녀온 적이 한 번도 없다는 분이다. 비행기타고 여행가고 싶은 욕망도 물리치고 오랜 기간 많은 고난에도 자녀들을 위해 차곡차곡 불입한 인고의 기록이 통장에 녹아 들어있다. 자녀들이 어머니사랑의 자국들을 알게 될 때 부모님에 대한 정이 더욱 깊어지고 넘치리라. 물려받은 통장들은 그들에게 유용한 유산이며 평생 간직했다가 물려줄 가보家寶다. 거기에는 어머니의 '믿음 소망 사랑'이 담겨있다. 어찌 이보다 더 좋은 혼수가 있을 수 있으랴.

　혼수다툼으로 결혼식 직전에 파혼하기, 혼수가 하잘것없어 며느리의 인격까지 구박하기 등이 안방극장의 단골 주제의 하나인 나라가 우리나라다. 부자들은 자랑하기 위해 더 값비싼 혼수가 필요하고 가난한 사람은 체면 때문에 분에 넘치는 혼수를 보낸다. 혼수의 가치를 오직 계산 가능한 물질로만 준비하기 때문에 일어나는 비극이다.

　이런 시대에 독일어머니의 사랑이 담긴 혼수도 목사님의 형이상학적인 혼수도 값진 것이지만, 김밥 집 사장님처럼 딸을 낳으면 오동나무 심듯이 오랜 기간 어머니의 사랑이 차곡차곡 쌓인 보험통장이야 말로 진실로 최고의 혼수가 아닐까 생각되었다.

최고의 화장술化粧術

오늘은 입춘이다. 햇볕이 따사롭다. 겨울이 뱀 꼬리 사라지듯 물러가니 낮 기온이 영상으로 올라왔다. 겨울 내내 처박아 두었던 카메라를 메고 거리로 나섰다. 한겨울 모진 눈바람에도 떨어지지 않고 붙어있는 마른 나뭇잎에서 인생의 한 자락을 느꼈다.

렌즈를 이리저리 돌려가며 겨울이 남겨놓은 파란하늘에 내 마음의 액자를 붙이고 있는데 갑자기 등 뒤에서 "아이고 허리야." 비명이 들려왔다. 뒤를 돌아보니 허리가 굽은 할머니가 웃고 서있었다.

"할머니 허리가 아프시면 걸을 때 뒷짐을 짚으세요. 그렇게 하면 허리를 세울 수 있고 가슴도 펼 수 있어 건강에 좋습니다."라고 말하며 시범을 보여드렸다. 노인들에게 뒷짐 짚고 걷기를 강조하던 전문가의 말이 생각났기 때문이었다. 그 말을 들은 후에는 나도 동네를 산책할 때에는 언제나 뒷짐을 짚는다. 건강에 대하여 유난떨지 않던 시절에 장수하시던 동네어른들은 항상 뒷짐을 짚고 걸으셨다.

"뒷짐을 짚고 걸으면 신상에 더 안 좋다고 하던데."라며 어느 날 방송에서 들은 것이라며 이야기했다. 제 소견대로 각각 말하는 자칭 전문가들이 여기저기 설치는 시대다. 뒷짐을 짚지 않고 걸으면 자꾸만 앞으로 꼬꾸라질 것 같다면 서도 건강에 좋지 않다는 그 말을 철저하게 지킬 모양새였다. 입춘이기는 하지만 그늘진 곳을 지날 때는 공기가 차가

웠다. 할머니의 왼쪽 콧구멍에는 말간 콧물이 곧 떨어질 듯 매달려 있었다.

"할머니, 젊을 때에는 예쁘다는 소리를 꽤나 들으셨겠네요."라고 할머니의 긴장을 풀어드리려고 농담 한마디를 던졌다. 허리 아프다던 기색은 얼굴에서 순식간에 사라지고 환한 미소를 지었다. 웃는 모습을 보니 진담으로도 예쁘다고 할 만한 얼굴이었다. 매달렸던 콧물방울이 떨어지자 이내 새로운 방울이 맺히기 시작했지만 할머니의 미모에는 흠이 되지 않았다. 적어도 내 눈에는 그랬다.

"이 나이 먹도록 밉다는 소리는 듣지 않고 살았어요." 자기 얼굴에 자신감이 가득 묻어있는 말투였다. 처녀시절에 동네총각들이 줄줄이 따라 다녔겠다고 추켜세우자 "그땐 어른들이 골라줬지. 선도 한번 보지 못했는데 무슨 남자들이 줄줄이 따라다녀. 만났다 헤어지기를 식은 밥 먹듯 하는 요즈음 젊은 것들은 얼마나 좋은 세상이야." 그 말에 나와 할머니는 큰 소리로 웃었다. 길 가던 사람들이 우리를 보고 이유도 모르면서 덩달아 웃었다.

연세가 나와 띠 동갑이었다. 십 이년 후에 길거리에 서있을 내 모습을 그려보면서 할머니의 얼굴을 다시 한번 쳐다 보았다. 내 얼굴 여기 저기에 있는 주름살과 검버섯이 할머니 얼굴에는 놀랍게도 거의 없었다. 문신도 없는 까만 눈썹이 웃음 속에서 살아 움직였다. 겉옷 매무새로 보아 날마다 피부 미용실에서 곱게 손질할 노인은 아니었다. 하기야 그런 노인이 동네에서 이웃사촌이라도 만난 듯 낯모르는 사나이와 길거리에서 정답게 이야기를 나눌 리가 없다.

할아버지는 살아 계시냐고 물었다. "그 영감 노인정에 점심 얻어먹으러 갔지." 할아버지가 제일 싫어하는 말이 노인정 늙은이들이 할머니를 보고 미인이라고 하는 말이라고 했다. 남편은 할머니가 노인정에 오래 있는 것을 아주 싫어해 때맞추어 가서 점심만 먹고 얼른 나온다고 했다. 할머니가 평생 들어왔고 또 돌아가실 때까지 듣고 싶어 하는 그 말을 함께 사는 남편이 싫어한다니 참으로 아이러니였다. 질투심은 늙지도 않는 것 같다는 내 말에 할머니는 "그 영감, 젊은 시절부터 그랬는데 구십 평생 그러고 살아."하며 얼굴에는 은근히 승자의 여유 같은 미소를 보였다. 예쁘다는 내 말에 완전히 도취되어 허리 아픈 것도 잊은 채 꼿꼿하게 서있었다.

할아버지는 사랑한다는 말도, 좋아한다는 말도 할 줄 모른다는 것이었다. "그래도 어쩌겠는가. 아버님께서 골라주신 남편인데. 우리 영감은 젊었을 때는 일밖에 몰랐어. 그 덕에 자식들 다 시집 장가보냈고, 아직까지 밥은 안 굶고 살아."하면서 또 크게 웃었다. 할아버지는 아내의 아름다움을 지켜드리려고 평생 열심히 일했는지도 모를 일이다. 미인얼굴을 사진에 담고 싶다고 하자 한사코 거절했다. 아무리 예쁘다는 소리를 들어도 지금은 젊은 시절의 그 얼굴이 아니라는 것이었다.

계단 앞에서 손을 내밀자 할머니도 손을 잡았다. 따뜻한 손이었다. 마음씨도 따뜻하리라는 생각이 들었다. 순간 나는 곱게 늙으신 할머니의 비밀을 읽을 수 있었다. 따뜻한 생각과 맑은 웃음이 처녀시절의 그 고운 얼굴모습을 망백望百의 나이까지 지켜주는 최고의 화장술이라는 것을.

어느 따스한 겨울날

　나의 산책길은 경의선변 숲길이다. 봄이면 향기 물씬한 들꽃, 여름이면 청량한 녹음, 가을이면 천자만홍, 겨울이면 앙상한 가지에 덮인 눈꽃을 보여주는 길이다. 숲 사이로 자전거 길과 보행자 길이 나란히 나있다. 주말에는 제법 많은 사람들이 각자 자기소견에 옳은 대로 팔다리를 흔들며 걷는다.

　어느 겨울 오후 햇살에 간밤의 혹한도 도둑처럼 물러갔기에 집을 나섰다. 대로를 건너면 바로 산책길에 접어든다. 신호등 앞에서 파란 불이 켜지기를 기다리며 움츠린 뼈마디를 풀려고 나름의 비법으로 사지를 흔들어대고 있었다. 그때 저쪽에서 한 사람이 신호등을 뚫어지게 바라보며 헌 종이박스와 고철을 자기키 높이만치 가득 실은 손수레를 온 힘으로 끌고 왔다. 횡단보도에 도달하기도 전에 신호가 바뀌자 방향을 급히 틀어 8차선 대로로 향했다. 파란 불이 꺼지기 전에 건널 요량으로 발놀림이 더욱 빨라졌다. 마음만 급하지 바퀴는 느리게 돌았다.

　얼른 손수레의 뒤를 밀었다. 아무 생각도 없었다. 측은함도 선행을 하겠다는 마음도 없었다. 머리보다 내 손과 발이 앞섰다. 노견路肩 턱에 바퀴가 걸리는 것 같아 힘껏 밀었다. 수레는 쑥 인도로 올라섰다. 수레 주인은 큰소리로 고맙다고 말했다. 인사말을 귓전으로 흘리며 앞서려고 빨리 걸었다.

지나치면서 그분의 얼굴을 보니 내 나이쯤의 할아버지였다. 순간 나는 그분이 팔려고 가는 고물상이 떠올랐다. 그곳을 가려면 경의선 밑으로 나있는 토끼 굴을 지나야 한다. 그 길은 ㄷ자 모양의 내리막과 ㄷ자 모양의 오르막이 있다. 토끼 굴로 갈 거냐고 물었다. 고개를 끄덕였다. 가는 길을 잠시 벗어나야 했지만 밀어드리기로 했다.

숲길은 평편한 줄로만 알았다. 작은 오르막에도 수레바퀴가 저항하는 힘이 전기에 감전 된 듯이 내 팔에 전달되었다. 내리막에는 뱀이 숲속으로 사라지듯이 밀던 힘이 팔에서 쑤욱 빠져 나갔다. 수년 동안 같은 길을 걸었건만 둔감한 발바닥이 전혀 느껴보지 못한 오르막과 내리막이었다.

오르막 순간 내 팔에 힘을 줄 때마다 손수레를 끄시던 부모님의 얼굴이 어른거렸다. 시내 장터까지는 십리 길이다. 중간에 긴 산등성이를 넘어야 한다. 참외 곡식 등을 시내로 팔러가셨다. 팔 것이 많으면 아버지께서 손수레로 실어다 주셨다. 긴 언덕을 끌고 올라 갈 때 누군가 뒤에서 밀어주었다면 얼마나 고마뭐하셨을까. 두 분이 돌아가신 지도 십년이 가까워지는 지금에서야 부모님의 사랑에 대한 민망함이 밀려왔다.

남들 보기에는 평탄했던 삼십 오륙년의 직장생활에도 오르막과 내리막이 있었다. 그것은 손수레를 끄는 것과는 다르다. 오르막이 신나고 내리막이 힘겨웠다. 때맞추어 승진하거나, 윗사람의 칭찬을 받거나, 원하던 자리에 앉거나, 월급이 인상 되는 것 등은 직장에서는 오르막이었다. 승진에 밀리거나, 하찮은 일로 질책을 받거나, 동료들과 비교되거나, 그리고 결코 명예라 할 수 없는 명예퇴직을 권유받을 때는 직장의 내리막 이었다. 때로는 사표를 던지고 싶었지만 목구멍이 포도청이라 사직서에 이름 석 자 쓰기가 무던히도 힘들었던 기억들이 바퀴 구르는 소리를 따라 지나갔다.

토끼 굴 오르막을 밀고 올라가는 나를 본 한 젊은이가 힘을 보탰다.

좋은 일을 하신다고 건네는 인사가 '저도 앞으로 그렇게 하겠습니다.'라는 따뜻한 울림으로 들렸다. 내리막이 시작되면 손수레의 주인은 진심이 물씬 배어있는 고맙다는 말을 반복했다. 때로는 짧고 큰 소리로 때로는 가늘고 긴 소리로 걸음에 장단을 맞추어가며 고맙다고 했다. 토끼굴을 빠져나오자 손수레를 멈추었다. 숨을 고르시더니 고개를 숙이며 내게 마지막 인사를 했다. 검고 주름진 얼굴이 하루하루의 수고를 말없이 대변했다.

고물상에서 가져가면 얼마나 받느냐고 묻고 싶은 마음이 목구멍까지 기어올라 왔다. 혹시 내가 스타벅스에서 아무생각 없이 마시는 커피한 잔의 값도 안 되지 않을까 걱정되어 말을 멈췄다. 그분이 며칠 동안 동네 여기저기 돌아다니면서 수고한 것이다. 내가 한두 시간 잡담이나 하면서 마신 씁쓸한 한 잔의 커피 값과 같다면 내 양심은 살아있는 것일까 죽은 것일까.

눈이 마주쳤다. 덥수룩한 콧수염 사이로 땀방울과 말간 콧물이 섞여 흘렀다. 인간은 자신에게 사회적 외관이라는 굳은 껍질을 입혀왔다는 루소의 말은 적어도 그 순간 그분에게는 틀린 것 같았다. 그분에게 외관보다는 한날의 삶이 더 소중해보였다. 악수를 청하며 건강하시라는 내 말에 한겨울 오후 따사한 햇볕같이 훈훈한 미소로 답했다.

내 남은 삶의 여정에도 슬픔을 주는 내리막과 보람을 주는 오르막이 있으리라. 욕심이라는 무거운 짐을 내려놓으면 내 여생의 내리막은 평탄해지지 않을까. 이웃에게 작은 도움의 손길을 수시로 내밀어 준다면 그들과 기쁨의 오르막을 함께 걷는다고 그 노인이 눈빛으로 말했다.

제12부
해방둥이 칠땡이 되다

풀피리 할아버지

어린 시절 흙에서 뛰놀았다. 오늘날 도회지 어린이들의 눈으로 보면 상상도 못할 만큼 가난한 의식주였다. 해가 짧은 겨울에는 할머니 어머니는 나물밥 한 숟갈로 점심을 때웠다. 중고등 학생시절에는 군복을 검게 물들여 만든 옷이 물이 빠져 희끗희끗해지도록 입었다. 기와집에 살았으나 벽은 황토였다.

지금은 가난했던 부모님들이 귀하게 사용했을 살림도구가 처치 곤란한 폐품으로 나뒹구는 풍요의 시대에 살고 있다. 도시뿐 아니라 농촌도 풍요롭다. 초가집은 사라지고 논밭이었던 들판에 양옥이 여기저기 들어섰다. 집집마다 자동차 두세 대씩 세워둔 것을 보면 그들도 우리 때와는 딴 세상에 살고 있다.

새로 지은 집들 사이에 옛 한옥 고향집은 더 낡고 시대에 뒤떨어져 보인다. 내 집은 80년이란 세월의 두터운 테를 두르고 있으나 들판 양옥은 세월의 변화를 드러내고 있다. 잘 살아 보세를 외치던 시절이 아주 까마득해 보인다.

풍요를 가장 잘 느낄 수 있는 것이 요즈음 어린이들의 장난감이라고 생각된다. 가끔 손자들이 생각나거나 내 어린 시절의 추억이 그리우면 장난감 진열대 앞에 우두커니 서서 본다. 크기도 다양하고, 종류도 가지가지며, 값도 천차만별이다. 요란한 겉포장은 아이들을 유혹하려는

상사군의 속마음을 잘 드러낸다. 섣보양반 보아서는 어찌 가시고 노는
지 알 수 없는 것도 많다. 대부분 수입한 것이라 외국어로 쓰여 있으니
더더욱 그렇다.

내가 어렸을 때에는 장난감을 만들어서 놀았다. 외사촌 누님 1주기에
공원묘지에 갔을 때 일이다. 친가 외가 통틀어서 누님이라고는 무남독녀
인 외사촌 누님뿐이었다. 새벽산책 나갔다가 말 한마디 남기지 못 하고
돌아가셨다. 추모예배를 드리고 나서 그늘에 둘러앉았다. 파란 새 이파
리를 삼단같이 뒤집어 쓴 사철나무를 보니 어린 시절 추억이 떠올랐다.

연한 이파리 하나를 따고는 초등학생들을 불러 모았다. 잎을 동그랗
게 말아서 입에 물고 불었다. 생전처음 보고 듣는 풀피리 소리에 아이
들은 어쩔 줄 모르게 좋아했다. 너도나도 만들어 달라고 서로 졸랐다.
만드는 요령을 알려주었지만 소리가 쉽게 나지 않았다. 새 이파리를 따
서 다시 만들기를 반복했다.

몇 번 해봐도 소리가 나지 않는 아이는 눈물까지 흘렸다. 아카시아
잎과 풀잎으로도 피리 부는 것을 보여주었다. 공장에서 만든 장난감에
익숙한 아이들이 흥겨워하는 모습을 보니 그들을 자연 속으로 데려간
것 같아 뿌듯했다. 그날 이후 그들은 나를 '풀피리 할아버지'라 부른다.

갯버들에 물이 오르면 가지를 꺾어 버들피리를 만들었다. 억새 풀잎
을 양 엄지손 사이에 팽팽히 끼워 감싸고 나팔 불 듯 풀피리를 불었다.
가을에는 황매 줄기를 잘라서 날라리도 만들었다. 휘파람을 섞어 불며
친구들과 합주도 했다. 교가 애국가 아리랑이 주 연주곡이었다.

부러진 나뭇가지도 장난감이었다. 어느 날 고향집에서 낡은 사진 한
장을 발견했다. 사진 속에는 서너 살 먹은 어린이가 한손에는 작은 고
무공을 다른 한손에는 바람에 부러진 감나무 가지를 들고 있었다. 아내
는 사진 속의 어린이가 내가 틀림없다고 했다. 내가 아니라는 것을 한
눈에 알아봤다. 손에 든 고무공이 명확한 증거였다. 내가 고무공을 가

진 것은 초등학교 고학년 때였다. 동생은 고무공과 부러진 나뭇가지를 가지고 놀았다.

여름 물놀이 할 때는 배를 띄우며 놀았다. 친구 둘이서 마주 팔을 벌려야 할 정도의 둘레가 큰 소나무에서 두꺼운 껍질을 도끼로 잘라냈다. 크면 클수록 돛을 세우는 큰 배를 만들 수 있었다. 대나무 잎으로는 짧고 넓은 배를 가느다랗고 긴 풀잎으로는 길쭉한 배를 만들어 시냇물에 띄웠다.

바다로 흘러 보내고 또 흘러 보냈다. 그것도 흥이 식으면 풀들로 물레방아를 만들어 누구 것이 오랫동안 잘 돌아가는지 내기했다. 잔잔한 웅덩이 가에 서면 납작한 돌로 한 참을 놀았다. 누가 더 멀리 여러 번 물을 튕기며 동심원을 많이 만드는지 시합했다. 서로 지지 않으려고 팔이 빠져나가도록 던지고 또 던졌다.

겨울이면 양지 녘에 모여서 찰흙으로 자동차나 탱크도 만들었다. 설날이 가까이 오면 방패연 가오리연을 만들어 날렸다, 눈이 내리면 대나무로 스키를 만들었다. 논바닥이 빙판이 되면 나무를 깎아 만든 팽이를 돌렸다. 정월대보름 불놀이 때는 화약을 사용한 권총 장총 수류탄도 만들었다. 세발자전거까지 만들어 타고 언덕을 내리달렸다. 자빠지고 뒹굴고 어디에 피가 나야 더 웃고 더 신이 났다. 엽전도 도토리도 사금파리도 자갈도 헌책도 장난감으로 둔갑했다.

마트마다 천정이 닿도록 진열대 층층이 높게 쌓여 있는 장난감들을 보면 가슴이 답답해진다. 대부분 방안에서 가지고 노는 것들이다. 새장에 갇힌 것 같은 요즈음 어린이들이 가엽게 느껴진다. 내 어린 시절에는 산과 들과 냇가가 놀이터요 손에 잡히는 것이 모두 장난감이었다.

손자들이 장성하면 무엇을 보고 어린 시절을 회상하며 웃을까. 나뭇잎으로 만든 풀피리를 불며 나뭇가지를 손에 잡고 어린 손자들과 고향 산으로 냇가로 뛰놀아 '풀피리 할아버지' 추억을 만들어 주어야겠다.

한 살의 차이

손자가 네 살 때 놀이터에서 종종 목격했던 일이다. 또래의 아이가 오면 제일 먼저 묻는 말이 나이였다. 손가락 셋을 펴 보이면 손자는 네 손가락을 내밀고는 형이라 부르라고 했다. 한 살의 차이를 뿌듯하게 자랑했다. 나도 그 시절에는 그랬을 것이다.

직장 다닐 때에는 나이 먹는 줄도 모르고 살았다. 마음은 늘 청춘이었다. 이모작 월급쟁이를 하고 은퇴할 무렵 후배가 찾아왔다. 선배님은 은퇴를 하시면 뭐 하실 거냐는 질문에 불쑥 '봉사나'하면서 살아야지라고 대답했다. 나이가 들어 봉사하는 것이 말처럼 그렇게 쉽냐면서 취미생활이나 하라고 권했다.

무슨 계획이 있었던 것도 아니었는데 그 다음 말이 더 철없는 대답이었다. 환갑을 훌쩍 넘었음에도 "이 나이에 그렇게 할 일이 없어 청승맞게 취미생활이나 하느냐."며 취미 같은 것은 더 늙어서 해도 된다고 후배를 타일렀다. 차 한 잔을 나누고 후배는 의심의 눈초리를 남기고 갔다.

제일먼저 도전한 것이 어머니가 계신 요양원 목욕봉사였다. 매주 수요일 오전에 다른 봉사자와 둘이서 수족이 부자유한 십여 분의 할아버지를 목욕시켜드렸다. 달여 지난 어느 날은 나 혼자였다. 그날은 목욕 중에 할아버지 한 분이 대변을 보았다. 역한 냄새를 참아가며 모두 목욕을 시켜드리고 봉사를 말리던 후배의 얼굴을 떠올리며 아주 당당한 걸음으로 집으로 돌아왔다.

문제는 그 다음날 아침에 발생했다. 일어나니 목과 어깨가 아프고 오른쪽 팔이 저렸다. 잠을 잘못자서 그런가보다 하고 이리저리 몸을 비틀어 봐도 통증이 가시지 않았다. 정형외과에 갔더니 목 디스크라며 삼 주 정도 치료를 받아야 하다고 했다.

봉사를 받아야할 나이에 무슨 육체적 봉사를 하느냐는 의사의 핀잔에 목 디스크를 핑계 삼아 목욕봉사를 그만 두었다. 후배가 권유한 대로 취미활동하기로 결심했다. 사진을 배워서 동호인과 함께 전시회도 열었다. 사진은 발로 찍는 것이다. 이곳저곳을 돌아다녀야 한다. 카메라를 둘러메고 나갈 때마다 봉사하겠다고 후배에게 큰 소리 친 것이 가슴 한구석에 짐으로 남아있었다.

어느 날 사진 찍으려 나가다가 젊은 사람에게 길을 묻는 할머니를 보았다. 가는 길이 바빠서인지 젊은이는 손가락으로 방향을 일러주고 휙 사라졌다. 난감해하는 할머니를 버스 타는 곳까지 데려다 드렸다. 감사와 칭찬을 듬뿍 받고 돌아서니 발걸음이 무척 가벼웠다. 그 순간 친절한 길안내가 내 나이에 내가 할 수 있는 봉사임을 알았다.

오늘 낮 미디어시티역에서 있었던 일이다. 미디어시티역은 6호선과 경의선과 공항철도가 만나는 곳이다. 6호선에서 내려 경의선으로 갈아타려고 가는데 길을 몰라 어쩔 줄 모르는 할머니가 보였다. 키는 내 어깨 아래로 자그만하였다. 멜빵이 헐고 색까지 바랜 등산배낭을 메고 있었다. 나이는 들어 보였지만 걸음새는 조금도 흔들림이 없었다.

어디로 가시려는지 물었다. 경의선을 타고 국수역까지 가야한다고 했다. 나와는 열차방향이 반대였다. 나를 따라 오시라고 하면서 말을 걸었다. 응암동에 사시는데 국수역부근 식당에서 먹고 자며 일하고 있다, 일주일에 하루 집에 다녀간다, 자식들이 생활비를 대줄 형편이 못

뭔나, 손자들 용돈이라도 쥐어주면 자기가 열심히 벌어야 한다는 등 사는 형편들을 늘어놓았다. 연세가 몇이나 되시냐고 묻자 일흔 셋이라고 했다. 얼굴의 나이는 더 들어 보였다.

"저보다 한 살 많으시네요." 나는 불쑥 한 살의 차이를 내세웠다. 취미생활이나 하는 나를 자랑하고 싶은 것이었을까. 아니면 한 살 많으신 분이 일을 해야 하는데 대한 측은한 마음이었을까. 아니면 늙도록 일하시는 분에 대한 존경심이었을까. 그것도 아니면 전쟁의 아픔을 이겨내며 숨 가쁘게 살아온 동시대인임을 드러내려고 했었을까. 아마도 한 살 더 젊음을 은근하게 자랑했는지도 모른다. 할머니는 손바닥으로 내 등을 툭 소리가 나도록 치며 말했다.

"아이고, 젊어서 얼마나 좋겠소." 한 살 차이인데 뭐가 젊으냐는 내 말에 작년만치 건강했으면 소원이 없겠다며 할머니는 크게 한숨을 쉬었다. 식당일이 점점 버거워지기도 하겠지만, 나이가 많다고 주인이 그만두라고 할까봐 더 걱정되는 모양이었다. 한숨 짓는 얼굴이 더 연로해 보였다. 한 살 더 먹은 것이 얼마나 안타까웠으면 길에서 만난 한 살 적은 낯선 남자의 등을 쳤을까. 승강기 문이 닫히고 할머니가 위로 서서히 사라지는 것을 보고서야 돌아섰다.

늦은 밤 책상 앞에 앉으니 '얼마나 좋겠소.'하던 할머니의 근심 섞인 음성이 내 음성으로 바뀌어 귓가에서 쟁쟁거린다. 나도 그 할머니처럼 작년이 더 살만하지 않았던가. 인생이란 한 살의 차이를 자랑하다가 결국 한 살의 차이를 부러워하면서 삶을 마감하는 것이 아닌가 생각되었다.

해방둥이 칠땡이 되다

"네 나이가 벌써 그렇게 되었나. 아이구야." 저 멀리 전화기속에서 들려온 소리였다. 신축년辛丑年 설날 코로나 19가 가져다 준 새로운 세계적 대유행 비대면으로 고향 대소가에 새해문안을 드렸다. 목소리의 주인은 친가에서 제일 연세가 많은 당숙이시다. 반갑게 맞아주셨다. 내외분과 자녀들의 안부를 주고받으며 집안소식을 서로 전했다. 연세가 93세인데 아직도 운전하신다고 하셔서 깜짝 놀랐다. 조심해서 운전하시라고 당부를 드렸다. 끊을 쯤에 갑자기 내 나이를 물으셨다. 새해에 일흔일곱이 된다고 하니 놀란 웃음소리로 하신 말씀이다. '이이구야'를 덧붙이는 것으로 보아 전혀 생각지도 않았던 늙은 내 나이를 새삼 알게 된 놀라움의 표현이었다.

1945년 을유년乙酉年에 태어났다. 올해가 '칠땡'인 희수喜壽다. '섰다'판에서 칠땡이면 돈을 딸 확률이 꽤나 높은 패다. 아무리 백세시대라 하더라도 동창이 아닌 모임에 나가면 상당히 나이가 많은 축에 속한다. 1945년은 우리민족이 일제압제에서 해방된 해다. 사연이 없는 해가 어디 있으랴 만 1945년이야 말로 특별한 해요, 온 민족이 기뻐했던 해였다. 그래서 그 해에 태어난 어린이들을 '해방둥이' 라는 영광의 명패가 붙어 다녔다.

나의 중고등학교동창 중 허물없는 친구 하나가 있었다. 군대도 한날에 입대했다. 중학교 때 내 호적 생년월일을 알고는 기회 있을 때마다 '어린 녀석이 맞잡이 한다.'고 핀잔을 주었다. 내 호적이 일 년 늦게 올 랐다며 나도 해방둥이라고 주장해도 믿지 않았다. 당시에는 유아사망 률이 높아 제 나이와 호적나이가 다른 사람이 꽤나 흔했다. 그럼에도 내 친구는 아랑곳없이 기회 있을 때마다 '어린 것이...' 하며 친하다는 역설적 표현이었지만 가끔 나의 비위를 건드렸다.

내 나이를 친구에게 밝히기 위해 부모님을 증인으로 모시고 갈 수도 없는 노릇이었다. 그 친구가 나 보고 어린 것이 어쩌고저쩌고 못하게 대못을 박을 방법이 없을까 이리저리 궁리했다. 어느 날 나도 해방둥이 라고 알릴 묘안이 떠올랐다. 우리가문의 족보에는 내 출생년도가 정확 하게 기록되어있다. 하루는 내 이름이 있는 족보 책 하나를 가방이 터 져라 쑤셔 넣고는 의기양양하게 학교로 갔다.

친구를 꼼짝 못하게 할 기쁨에 가슴을 두근거리며 분초가 하루 같이 느리게 가는 것을 참고 친구가 등교하기를 기다렸다. 교실로 들어서는 친구를 불러 세우고는 "이래도 내가 해방둥이가 아니냐. 동갑인 나보고 어린놈이라고 할 수 있느냐." 하며 족보를 친구 코앞에 들어 밀었다. 호적등본은 틀릴 수 있지만 족보는 틀릴 수 없다고 큰 소리쳤다. 내가 어느 해에 태어났는지 두 눈으로 똑 바로 보라고 호통 쳤다.

족보를 가만히 내려다보던 친구가 느닷없이 도리어 큰 소리로 "이러 니 너는 나보고 형님이라고 불러야지." 전혀 예상하지 못한 반격에 내 큰 눈이 더 뚱그래졌다. "나는 해방 전에 태어났고 너는 해방 후에 태 어났으니, 나는 왜정시대 사람이고 너는 대한민국 시대 사람이야, 태어 난 시대가 다른데 너보고 어린놈 하는 것이 당연하지." 하며 친구는 자 기학생증을 꺼내 보였다. 내 생일은 9월(음력)인데 친구는 4월이었다. 나는 할 말을 잊었다. 혹 띠러 갔다가 더 확실하고 큰 혹을 붙여온 꼴 이다. 그 후로 그 친구는 나와 작은 다툼이라도 있으면 '어린 놈'이란 말을 마치 당연한 권리라도 받은 듯이 사용했다. 이제 모두 칠땡의 나이가 되고 보니 그것도 어릴 때의 추억으로 남아있다.

어느 글방 모임에서 동갑내기 할머니 두 분을 만났다. 셋이서 우리는 '해방둥이'라고 빙 둘러 앉은 다른 회원들에게 자랑했다. 우리보다 나이가 많은 분은 박수를 치며 특별한 동갑들의 만남을 축하했다 그런데 젊은이들은 우리를 멀뚱히 보고 있었다. 그들이야 말로 대한민국시대의 사람들이다. 광복절이라고 집 앞에 태극기를 내다 거는 사람은 거의 없다. 해방의 기쁨이 점점 희미해지고 있지만 우리는 영원히 해방둥이로 남아 그날의 기쁨을 가슴깊이 간직하고 싶다. 그 기쁨의 만세소리는 어머니 뱃속에서 메아리로 들은 소리다. 어찌 잊을 수 있으랴.

껌 값

지하철에서 할머니 한분이 껌을 팔고 있다. 얼굴의 나이는 칠십을 훌쩍 넘어 보인다. 커다란 배낭을 등에 메고 있다. 옷도 얼굴도 머리카락도 검다. 가방을 멘 탓인지 허리는 조금도 굽어보이지 않는다.

흔들리는 차내에서 넘어지지 않으려고 조금 안짱다리로 걷는다. 껌을 쥐고 내미는 검은 손등은 굵게 주름졌다. 그래도 눈매 하나는 초롱초롱하다. 자리에 앉은 사람 중에 인정을 베풀만한 사람을 찾아 껌을 내밀며 애원한다.

"껌 하나 팔아주세요. 한 갑에 천 원이에요."

내가 자주 이용하는 지하철 구간이 그분의 사업장이다. 수년 동안 껌을 파는 모습이 한결같다. 초기에는 껌을 사주는 사람이 더러 있었다. 근간에는 그런 사람을 거의 보지 못했다. 주변을 둘러봐도 껌을 씹는 사람이 없다.

가게에서 파는 값과 같다면서 '천 원이에요.'를 되풀이 한다. 값을 강조하는 것을 보면 '껌 값, 천 원'은 누구나 쉽게 지갑을 열 수 있는 금액이라고 믿는가 보다. 모두 너무 자주 봐서 그런가. 고개를 돌리거나 무표정한 눈으로 바라보기만 한다. 할머니와 눈이 마주쳤다. 내 코앞에도 껌을 내밀었다.

어린 시절 껌 씹기를 무척이나 좋아했다. 처음으로 씹어본 껌은 미군

전투식량 속에 들어있던 미제 껌이었다. 휴전 직후에 집집마다 배급했다. 어린 우리들에게 껌을 반쪽씩 나누어 주었다. 입에 넣으면 단물이 나와 씹는 기분은 날아갈 듯 좋았다. 단물이 빠지고 나면 입안에는 침만 흥건했다. 양손으로 잡아 당겨 늘리고는 바람을 들이키면서 껌 터지는 소리를 내는 것이 즐거움의 하나였다. 하얗던 것이 점점 검게 되어도 버리지 않았다. 잘 때에는 벽에 붙여놓았다. 이른 새벽 눈이 떠지면 껌부터 더듬더듬 찾았다.

소풍갈 때 받은 용돈으로 제일먼저 사는 것도 껌이었다. 껌이 없으면 만들어 씹었다. 밀이 여물면 싹을 잘라서 파란 밀알을 입에 한가득 넣고 짓이겼다. 이때 목구멍으로 넘기면 껌을 만들 수 없다. 껍질을 뱉어내며 하얀 속살만을 계속 씹었다. 나중에야 안 일이지만 밀속에는 고무성분인 글루텐이 12% 정도 들어있다. 다른 성분은 뱉어내고 글루텐이 뭉칠 때까지 씹었다. 때로는 소나무에 있는 깨끗한 송진 덩어리를 섞어서 껌을 만들었다. 씹는다는 것은 무엇을 먹는 것이다. 껌 씹을 때에는 보릿고개의 허기를 덜 느꼈다.

빤히 쳐다보며 고개를 흔들자 할머니는 이내 다른 사람 앞으로 간다. 멀어지는 할머니 뒷모습을 보면서 쩍쩍거리며 친구들에게 자랑까지 했던 껌 하나를 왜 사주지 못했을까 생각해 본다. 부분틀니이다 보니 껌을 씹지 못하기 때문이라고 변명 하나가 앞장선다.

그렇다고 껌을 전혀 씹지 않는 것도 아니다. 방안에는 껌이 떨어지는 날이 없다. 콧물감기가 걸리거나 장거리운전 중 잠이 올 경우에는 불가피하게 껌을 씹는다. 얼마 전 할인점에서 '1+1'로 싸게 파는 껌 두통을 사다가 하나는 방에 하나는 차 안에 두었다.

껌 파는 행위에 대한 부정적인 생각이 무의식적으로 할머니에게 고개를 흔들게 했는지도 모른다. 회사에 다닐 때 본 일이다. 사무실 앞에는 잡곡과 야채를 펼쳐놓고 하루 종일 앉아 있는 할머니들이 있었다.

인근에서 농사짓는 분들인 줄 알았다.

어느 날 평소보다 일찍 출근하다가 그분들이 봉고차에서 내리는 것을 보았다. 주고받는 인사를 보니 운전하는 젊은이의 판매원이었다. 앵벌이 할머니들이라고 생각하니 팔아드리고 싶은 생각이 저만치 멀리 달아났다. 그날 이후로는 구걸하는 장애인도 색안경 끼고 바라볼 뿐 도움을 주는 것을 거부하는데 익숙해졌다. 그런 편견으로 지갑뿐 아니라 마음 문을 닫았다고 자위해 본다.

이런 저런 핑계를 억지로 끄집어내도 마음 한구석이 불편하다. 얼마전 「껌팔이 소년」이라는 동영상을 보고 목이 메었던 것이 생각난다. 그는 다섯 살에 고아원을 뛰쳐나와서 혼자 살았다. 껌을 팔아서 먹고살았다고 한다. 청년이 되어서는 막노동하며 산다고 했다.

포장마차 아주머니의 권유로 공부를 시작했고 주변의 도움으로 예고를 졸업했다. 그날 TV에 출연하여 「넬리 판타지아(나의 환상)」을 불렀다. 그가 기억조차하기 싫은 지나온 삶을 손을 비벼가며 띄엄띄엄 어눌하게 말할 때 심사위원들은 할 말을 잊고 고개를 돌리거나 눈물을 훔쳤다. 그 청년도 껌이 필요 없다고 거절하는 손을 수없이 마주쳤을 것이다. 그럴 때마다 실망감에 배고픔마저 잊었으리라.

뒤뚱거리며 멀어지는 저 할머니에게도 앵벌이의 검은 손이 뒤에 있는 것이 아니라, 돌보아야 할 병든 남편이나 장애인 자녀나 아니면 자식이 맡기고 간 손자가 있지 않을까. 오늘도 움직일 수 있는 건강을 주신 데 감사하며 집을 나서지나 않았는지. '천 원이에요.'에 고개 돌리는 내 얼굴을 보고 돌보아야 할 가족 생각하면서 눈물 삼켰을지도 모를 일이다.

평생 경쟁의 틈바구니 속에서 아귀다툼하며 살았다. 더불어 살아야 할 이웃을 측은하게 생각하기보다 사악하게 보거나 이해득실을 따지는 데 이골이 났다. 부끄러운 것은 할머니의 손이 아니라 고개를 젓는 내 얼굴이었다. 하찮은 것의 대명사인 '껌 값'에도 마음을 열지 못했다. 내 마음은 미적지근해졌고, 얼굴은 무채색으로 변해버렸다. 내 눈은 아무 표정도 짓지 않고 멍하니 할머니를 바라보았다. 아주 천연덕스럽게. 때론 그런 내가 미워진다.

노년의 불안不安

잠을 잘 자야 하루가 평안하고, 겨울을 따습게 지내야 일 년을 잘 보낸다. 인생도 노년을 잘 보내야 평안하게 삶을 마감할 수 있다고 믿는다. 평안한 노년의 삶에 필요한 것이 무엇일까. 돈이 없는 사람은 돈이 있어야 한다고 주장하고, 건강에 자신이 없는 사람은 건강이 최고라 할 것이다.

어느 날 몸도 온전하지도 않고 넉넉한 재산이 없어도 참으로 평안하게 일상을 보내는 노인을 만났다. 소아마비로 몸을 한쪽으로 기우뚱하게 서서는 하늘을 바라보며 조그마한 카메라로 사진을 열심히 찍고 있었다. 사진 찍기를 마칠 때까지 기다렸다가 말을 걸었다.

"무엇을 그렇게 열심히 찍으세요." "하늘 아닌기요. 구름이 너무 멋지지 않습니껴." 하늘에는 한 덩어리의 뭉게구름이 피어오르고 있었다. 그는 찍은 사진들을 자랑스럽게 보여주었다. 위에서 아래로 나를 잠시 살폈다. 내가 손에 들고 있는 책 제목을 보더니 환하게 웃었다. 나도 사진을 찍느냐고 물었다. 마침 사진에 관한 책이었다. 동호인을 만난 것이었다. 이내 통성명을 하고 연락처를 주고받았다. 수일 내 만나기로 하고 헤어졌다. 몇 걸음 가다가 뒤돌아보았다. 기우뚱한 자세로 카메라를 이리저리 방향을 바꾸어 가며 셔터를 꾹꾹 눌러 댔다.

이틀 뒤 우리는 동네 '수다' 카페에서 만났다. 우리나라 사람들은 대체적으로 초대면에 개인적 친분을 쌓기가 쉽지 않다. 고향이 어딘지, 나이는 몇 살이나 되는지, 성씨는 무엇이며 본은 어딘지, 학력은 어느 정도며 출신학교는 어딘지 등 형사적 의문들이 해소돼야 앞으로 계속 만날지를 결정한다. 심지어 재력까지도 염탐한다.

나도 사람 사귀는데 비교적 까다롭다. 처음 만나는 사람에게 내 자신을 쉽게 드러내지 않는다. 나이를 따지다 보니 둘 다 해방둥이었다. "아이고 마, 이제 우리 서로 친구 하입시더." 그는 작은 카페가 떠나갈 듯 큰 소리로 웃으며 말했다. 목소리가 너무 크기에 조금 놀라 주위를 살피는 나를 보더니 가는귀가 먹었다고 말했다. 인근에 있는 다가구 주택 반지하방에서 장성한 두 아들과 함께 살고 있다. 그날 우리는 각자 살아온 삶의 여정과 사진에 관하여 커피 집 이름 그대로 수다를 떨었다.

목소리로 얼른 알아챘지만 부산이 그분의 고향이다. 삼년 전 부인이 돌아기셨다. 혼자서 살고 있는 아버지를 두 아들이 강권하여 친구 하나 없는 일산신도시로 모셨다. 큰아들이 소일하라고 카메라를 사주었고 사진을 올릴 블로그도 만들어 주었다. 점심 값, 커피 값, 교통비 등으로 하루에 용돈으로 만원을 받는다. 그날은 아들이 준 용돈을 한 푼도 쓰지 않았다며 커피 값은 꼭 자기가 내야한다고 우겼다. 마치 아들에게 돈 쓴 보고라도 해야 하는지 황소고집을 부렸다.

이름이 알려진 대학을 졸업했지만 큰아들은 비정규직이다. 그럼에도 둘이 힘을 합하여 거금을 들여 아버지에게 임플란트 11개를 해주었다. 입을 크게 벌려서 가지런한 치아를 보여주었다. 깍두기도 잘 씹어 먹는다고 자랑했다. 깍두기도 씹지 못하는 아버지가 안쓰러워 임플란트를 해드린 것이 틀림없었다. 부모의 치아가 몇 개나 남아 있는지 아는 자식이 얼마나 있을까. 그렇게 착한 아들을 두었느냐고 말하자 검고 자그마한 눈에 눈물을 글썽이며 처음에는 말도 못 꺼내게 했다고 한다. "아브지, 우리는 다 한 식구가 이닙니껴." 아버지를 존경하고 사랑하는 두 아들의 말이었다. 그 말속에 행복함이 가득 차있다. 한식구가 아니냐고 수차 조르기에 마지못해 치과에 따라갔었다고 말했다. 물기 있는 눈빛으로, 떨리는 목소리로, 고쳐 앉은 몸짓으로 자식들에게 미안해하는 표정을 지었다.

그날 후 길거리에서 종종 만나면 서로 반갑게 인사를 나눈다. 하루는 정발산 기슭에서 만났다. 할머니 한분과 나란히 내려오고 있었다. 반갑게 인사하자 할머니는 모른 척 앞서갔다. 그분은 찍은 사진들을 내게 보여주었다. 할머니가 들어가지 않은 사진은 한 장도 없었다. 집에 가서 포샵을 한 후에 할머니에게 카톡으로 보내 준다며 웃었다. tête-á-tête도 함께 보냈을 것이다. 얼굴은 훨씬 더 생기 있어 보였다.

어제도 두 분이 함께 있는 것을 보았다. 할머니는 나를 보자 연애하다가 들킨 처녀같이 살짝 고개를 숙였다. 할머니가 사진 찍어 주는 것이 고마워 반찬을 싸들고 그 분의 집을 들락거리지 않을까 상상하니 내 가슴이 덩달아 달아올랐다. 그분에게 또 한 사람의 식구가 생긴 것이다. 노년의 불안不安은 돈이 없는 것보다 건강하지 않은 것보다 결국 돌볼 식구가 없이 혼자 남을 것이라는 걱정 때문이라 생각되었다. 아버지를 가족이 아니라 한식구로 생각하는 두 아들을 둔 그분의 얼굴에는 언제나 미소가 있었다.

슬픈 경로우대석敬老優待席

어느 날 외국에 계신 외삼촌 심부름으로 춘천에 문상을 대신 다녀와
야 했다. 경의선을 타고 서울역에서 1호선으로 환승하여 상봉역에서
갈아타고 남춘천까지 갔다. 지공선사地空禪師가 된 혜택을 마음껏 누렸
다. 지공선사란 지하철을 공짜로 타고 다니는 노인들이 자기들끼리 높
여서 부르는 해학적인 말이다.

그 먼 거리를 내 돈 한 푼 들이지 않고 다녀 올 수 있어 좋기는 했지
만 최근에 읽은 기사로 마음이 편치 않았다. 적자에 허덕이는 지하철공
사가 무임승차 카드를 발급하는 지방자치단체에게 적자의 일부를 부담
해 달라는 기사였다.

젊은이들은 자기들이 낸 돈으로 타고 다니는 노인들에게 자리까지
양보할 필요가 없다고 댓글을 달고 있었다. 윤리보다는 권리와 이해타
산을 앞세운 것이었다. 이런 다툼의 틈바구니에서 누군가 내 차비를 대
신 지불하고 있다고 생각하니 창밖에 펼쳐지는 북한강 경치가 아름답
게만 느껴지지 않았다.

지공선사를 위해 객차 양쪽 구석에 경로우대석을 마련해놓았다. 지
하철을 탈 때마다 그 좌석수가 노인 이용객에 비하여 좀 부족하게 느껴
졌다. 그러다 보니 노인들이 자리 잡으려는 모습도 다양하다.

일반석에 자리를 양보 받으려고 애교를 부리는 분도 있다. 어느 할머

니는 자리가 없자 아기를 안은 젊은 엄마 앞에서 아기가 예쁘다고 큰 소리로 수작을 걸면서 옆자리를 두리번거렸다. 계속 같은 소리를 반복하자 옆자리의 젊은 청년이 할머니를 쳐다 보지도 않고 시무룩한 표정으로 일어섰다. 앉으라는 양보의 말도 없었다. 할머니는 고맙다는 말도 없이 앉았다.

자리 잡기를 아예 체념한 어른도 있다. 선 사람이 많으면 주변을 둘러보지도 않는다. 일반석에 서는 것조차 꺼린다. 구석진 곳에 서서는 사람의 눈길을 피하고 어두운 창에 비친 자신의 얼굴만 바라본다. 우대석을 구분한 뒤로부터 생긴 지하철 풍경이다. 몸은 늙었지만 마음은 청춘이라는 자존심이 아니다. 젊은이한테 자리를 구걸하는 듯한 눈총을 받을 가봐 그들의 눈을 피하는 것이다.

노인들끼리 자리다툼이 벌어지기도 한다. 어느 날 젊어 보이는 할머니를 향해 할아버지가 자리를 비키라고 소리쳤다. 할머니도 앉을 권리가 있다고 대꾸했다. 주민등록증을 보자고 할아버지는 더 큰 소리로 말했다. 대부분의 승객들은 눈살을 찌푸리지만 크게 관심을 갖지 않았다. 할머니는 싸우기 싫어 다른 칸으로 피해갔다. 분이 안 풀린 할아버지는 할머니 뒤통수를 향하여 "젊은 것이."라고 욕을 뱉었다.

동방예의지국에서 노인이 천덕구니라도 된 건가. 지하철 내에서 이런저런 모습들을 보면 노인을 도덕적으로 고려장하는 시대라도 온 것 같다. 이런 현상들이 왜 일어날까. 그것은 노인을 대우한다고 그럴듯하게 포장해놓은 경로우대석敬老優待席 때문이라는 생각이 든다.

우대석이 지정되지 않았을 때에는 노인들이 젊은 사람들과 뒤섞여 어디에도 앉거나 서 있을 수 있었다. 그 시대에는 어른들께 자리를 양보하는 것이 미덕이라고 여겨졌다. 눈을 감고 자는 척 하다가도 앞에 선 어른을 보면 벌떡 일어서는 애교스러운 모습도 종종 보았다. 비록 사회가 점점 각박해져가도 노인에게 자리를 양보해야 한다는 양심은 살아있었다.

허울 좋은 우대라는 구분으로 눈에 보이지 않는 칸막이를 설치해 놓았다. 서로가 그 경계선을 넘지 않으려고 한다. 젊은이들도 우대석이 비어있어도 앉지 않는다. 또한 일반석에서는 어른들에게 자리를 양보하지 않는 것을 당연시 한다. 빈자리가 생기면 주변을 돌아보지도 않는다. 앉으면 휴대폰을 꺼내고 문자를 주고받거나 게임에 몰두한다. 앞에 선 사람이 누군지 눈길도 주지 않는다.

간혹 자리를 양보하는 젊은이가 없는 것은 아니다. 그런 젊은이가 눈에 띄게 점점 줄어가고 있다. 이 경계선이 노인들에게 자리를 양보하는 풍습을 자연스럽게 사라지도록 한 것이 아닐까. 허가 받은 무임승차인데도 무슨 죄를 지은 듯 기죽은 모습들이다. 젊음을 바쳐서 나라를 위해 일한 수고로 드린 경로우대석이 적선한 '노인공짜석'으로 폄하 받고 있다.

나같이 젊은 노인은 우대석에 앉기에는 어른들께 민망하고 젊은이 사이에 앉기에는 주책없어 보인다. 그럼에도 우대석에 앉는 것을 일부러 피하고 일반석에 앉는다. 연세가 나보다 많은 분이나 애기를 안은 엄마에게 자리도 양보한다. 본을 보이면 내 주변의 많은 젊은이들이 내게 자리를 기꺼이 내 놓는다. 우대석이라고 구분한 경계선이 이런 미덕의 불씨마저 끄고 있다. 그것이 나를 슬프게 한다.

時間의 징.검.다.리

2021년 3월 29일 인쇄
2021년 4월 5일 발행

지은이   金翰南
펴낸이   백 성 대
펴낸곳   도서출판 노 문 사

주 소   서울 중구 마른내로 72(인현동)
등 록   2001년 3월 19일 제2-3286호
이메일   nomunsa@hanmail.net

전 화   (02) 2264-3311, 3312
팩 스   (02) 2264-3313

ISBN   979-11-86648-37-7